古典詩歌研究彙刊

第五輯

龔鵬程 主編

第 9 冊

唐代詩評中風格論之研究

黃 美 鈴 著

初盛唐五言近體詩聲律研究

涂 淑 敏 著

國家圖書館出版品預行編目資料

唐代詩評中風格論之研究　黃美鈴　著／初盛唐五言近體詩聲
律研究　涂淑敏　著 — 初版 — 台北縣永和市：花木蘭文化出
版社，2009〔民 98〕
序 2+ 目 4+108 ／目 2+90 面；17×24 公分
（古典詩歌研究彙刊 第五輯；第 9 冊）
ISBN　978-986-6528-58-3（精裝）
1. 唐詩　2. 詩評　3. 近體詩　4. 聲調

820.9104　　　　　　　　　　　　　　　　　98000875

ISBN - 978-986-6528-58-3

9 789866 528583

古典詩歌研究彙刊
第五輯　第 九 冊　　　　　　ISBN：978-986-6528-58-3

唐代詩評中風格論之研究
初盛唐五言近體詩聲律研究

作　　者　黃美鈴
主　　編　龔鵬程
總 編 輯　杜潔祥
出　　版　花木蘭文化出版社
發 行 所　花木蘭文化出版社
發 行 人　高小娟
聯絡地址　台北縣永和市中正路五九五號七樓之三
　　　　　電話：02-2923-1455／傳真：02-2923-1452
網　　址　http://www.huamulan.tw 信箱 sut81518@ms59.hinet.net
印　　刷　普羅文化出版廣告事業
初　　版　2009 年 3 月
定　　價　第五輯 20 冊（精裝）新台幣 28,000 元

唐代詩評中風格論之研究

黃美鈴 著

作者簡介

黃美鈴

國立臺灣師大國研所碩士、博士，現任國立交通大學通識中心副教授，從事古典小說與唐宋詩研究。著有專書《歐、梅、蘇與宋詩的形成》，及〈淵雅自適與日常生活化的歐詩〉(《國科會研究彙刊》七卷二期)、〈馮燕傳〉、〈馮燕歌〉、〈水調七遍〉對馮燕的謳歌──男性中心層級分明的道德體系呈現(《漢學研究》第 24 卷第 2 期)等單篇期刊論文十餘篇發表。

榮譽事蹟：第二屆（97 年）教育部全國傑出通識教育教師獎。國立交通大學第 3 屆（90 學年度）傑出教學獎。國立交通大學第 9 屆（96 學年度）傑出教學獎。

提　　要

　　本篇論述唐代詩評中之風格論，全文凡分六章，首章論唐以前風格理論之建立，其中又分二節，第一節由人物品鑒之啟示、文氣之發現與文體風格之要求，探討風格論之淵源。第二節以文心雕龍與詩品二書為深究之重點，以見風格理論建立之流程，所謂「體大慮周」、「思深意遠」者，於此可闡其蘊奧，識其脈絡矣。

　　第二章唐代詩評中風格論之發展。先述唐代詩學大要，總括有唐三百年之詩論，約以別之，可分詩話、自選詩、個別詩家三端，並由此三端之剖析，進窺各家風格論之精義。

　　夫詩為有唐一代之主流，作家之多，作品之富，以及詩論之蓬勃，實彼此輝映，相輔相成。而其間皎然詩式與司空圖詩品，又為百氏之冠冕，詩論之魁楚。於是本特設第三、第四章，分述皎然詩式與司空圖詩品之風格論，章分四節。蓋由兩家之詩觀及其中心思想，以探討彼等決定風格之因素、風格之種類及意義、風格理想數端，然後其風格論之特質斯如指諸掌，清晰可辨。

　　第五章唐代禪學與詩風格論。首述唐代禪史大要。繼陳禪學與詩學之合流，中分以詩寓禪、以禪入詩與以視野論詩三目，以觀二者密切之關係，及其輻輳相成之真象。末揭禪學與詩風格論，具體彰顯禪學於詩風格論之激盪與影響。

　　第六章結論，條列唐代詩評風格論之宏綱大要，由繼承、而創新、而影響之重大成就。於此不僅可探其原委，窺其指歸，且亦足以觀其承先啟後，繼往開來之趨勢矣。

目

次

序　言

第一章　唐以前風格理論之確立 1

　第一節　風格論之淵源 1

　　一、人物品鑒之啓示 1

　　二、文氣之發現 3

　　三、文體風格之要求 4

　第二節　風格理論之建立 5

　　一、劉勰《文心雕龍》之風格論 5

　　　（一）《文心雕龍》之中心思想 5

　　　（二）決定風格之因素 8

　　　（三）風格之種類 10

　　　（四）風格之創新 15

　　二、鍾嶸《詩品》之風格論 17

　　　（一）鍾嶸之詩觀 17

　　　（二）三品評詩 20

　　　（三）作家源流論 23

第二章　唐代詩評中風格論之發展 25

　第一節　唐代詩學述要 25

　　一、唐人詩話 25

　　二、唐人自選詩 28

　　三、個別詩家之詩論 30

第二節　詩話中之風格論 ……………………………… 31
　　一、初盛唐詩話之風格論 ……………………………… 31
　　二、中唐詩話之風格論 ………………………………… 34
　　三、晚唐詩話之風格論 ………………………………… 35
第三節　自選詩中之風格論 ……………………………… 37
　　一、殷璠之《河嶽英靈氣》 …………………………… 37
　　二、芮挺章之《國秀集》 ……………………………… 38
　　三、高仲武之《中興間氣集》 ………………………… 39
　　四、元結之《篋中集》 ………………………………… 39
　　五、韋莊之《又玄集》 ………………………………… 40
　　六、韋縠之《才調集》 ………………………………… 40
第四節　個別詩家之風格論 ……………………………… 41
　　一、陳子昂 ……………………………………………… 41
　　二、李　白 ……………………………………………… 41
　　三、杜　甫 ……………………………………………… 42
　　四、韓　愈 ……………………………………………… 43
　　五、白居易 ……………………………………………… 44
　　六、李商隱 ……………………………………………… 45
第三章　皎然《詩式》之風格論 ………………………… 47
第一節　皎然之詩觀 ……………………………………… 47
　　一、復古通變 …………………………………………… 47
　　二、崇尚自然 …………………………………………… 48
　　三、文質並重 …………………………………………… 49
第二節　決定風格之因素 ………………………………… 49
第三節　風格之種類及其意義 …………………………… 50
　　一、風格之種類 ………………………………………… 50
　　二、辨體十九字之意義 ………………………………… 56
　　　（一）重視詩德 ……………………………………… 56
　　　（二）品評得失 ……………………………………… 57
　　　（三）承先啓後 ……………………………………… 57
第四節　皎然之風格理想 ………………………………… 57
第四章　司空圖《詩品》之風格論 ……………………… 61
第一節　詩品之中心思想 ………………………………… 61
第二節　決定風格之因素 ………………………………… 63

一、作者情性 63

二、語言特色 63

第三節　風格之種類及其意義 64

一、風格之種類 65

二、《詩品》二十四品之意義 73

（一）不主一格 73

（二）養氣論 73

（三）形神兼備 74

（四）思與境偕 75

（五）批評文字 76

第四節　司空圖之風格理想 77

一、恬淡空靈 77

二、象外之象 78

三、味外之旨 79

第五章　唐代禪學與詩風格論 81

第一節　唐代禪史述要 81

第二節　禪學與詩學之合流 84

一、禪與詩之異 84

二、禪與詩之同 84

（一）主妙悟 84

（二）尚傳神 85

（三）重直觀 85

（四）崇自然 86

三、禪學與詩學之融合 86

第三節　禪學與詩風格論 88

一、貴文外之旨 88

二、尚高逸恬淡 91

第六章　結　論 95

一、前人理論之繼承 95

（一）作者情性 95

（二）批評文字 97

二、有唐一代之創獲 98

三、後世詩論之啟發 99

主要參考書目 103

序　言

　　文章者，情性之風標，而情性復因其資稟有所不同，著之於筆墨，則有雅俗邪正之別，是以文如其人，良難背馳·作品風格之研究，實爲文學批評之重要課題，且其理論範疇與中國文學批評中某些特質之探討甚有關涉。然文學理論爲評鑑文學作品之矩矱，論者執此以爲準度而臧否作品，則不僅作品之高下，如臨鏡窺形，晃朗可明；即一代文學之流衍變遷，亦可瞭然於方寸之間矣。是以文學理論、文學批評、文學作品與文學演進之歷史，同爲研究文學之重要途徑而密不可分。細繹前修述及風格理論之作，或摘取章句，載在詩話，或偶舉文義，見於典籍，或概述要領，著爲批評之史，雖各有善解，而事多孤立，欲睹系統完備之作，則憂憂乎甚難。因此不揣譾陋，撰成斯編。內容取材方面：或詩話，或詩選，或詩文之序跋，或別集之題記，或論詩之專著，參驗前賢之成說，酌增一己之意見，闡幽抉微，鈎稽董理，縷析而條貫之，則唐代詩評中風格論之理論雖如散珠零玉，庶幾乎如沙中揀金，得窺大略矣。至於此期理論之特色，約以別之，有下列三端：

　　一曰以人論文：詩之爲道，要在吟詠情性，故善詩者，必有眞性情，情動而韻流，自有一家風骨，足以爲人心儀者。觀其詩風，其人可知矣。是以古來學者多由人之稟賦、情性，以論其作品風格，如魏

晉之世，曹丕倡文氣之說，明揭風格源於作者之才性，洎乎劉勰，更標體性之論，以為「吐納英華，莫非情性」。時至李唐，皎然詩式與司空圖詩品變其本而加厲焉。於是由人以論文，遂成有唐一代風格理論重要特色之一。

二曰以實喻虛：此期風格論之藝術語言，在美感活動上，有突破性之發展。夫以具體化之意象，評鑒人物或文學作品，為魏晉以降極為普遍之表達方式，且鍾嶸詩品對此有明顯而成功之運用。及唐繼相祖述，司空圖詩品尤集其大成。其間化抽象為具體之機杼，端恃作者主觀之想像，而不委屬於論辨；喜通渾論釋，而不置慮於分析，正與重直觀之傳統思考方式相契合，使批評活動成為具有創意之美感。此種以具體化之意象，比喻抽象風格之法，遂成中國當時文學批評中堪資注意之另一特色。

三曰以禪論詩：有唐禪風寖盛，此時禪學與詩學顯如楡櫪之交陰，水乳之互融，有日見會通之勢。其時風格論既陶染儒家思想，重視典雅；復受禪學影響，而崇尚高逸恬淡與文外之旨，味外之味。風格論至此可謂別開一新紀元。此又為唐代詩評中風格論之一大特色也。

觀唐代詩評中風格論演進之軌跡，雖追踪魏晉，然沿波逐流，亦風采獨標。後世論者，如宋嚴滄浪祖承其說，衍為詩話，特重妙悟；清王漁洋自立門庭，獨標神韻；袁子才雄稱一時，專主性靈；王靜安自闢戶牖，拈出境界，此一脈相傳之詩學，前出後繼，波瀾壯濶，如東昇之旭日，光照翰苑矣。

本文凡分六章，首章論唐以前風格理論之建立，其中又分二節，第一節由人物品鑒之啓示、文氣之發現與文體風格之要求，探討風格論之淵源。第二節以文心雕龍與詩品二書為深究之重點，以見風格理論建立之流程，所謂「體大慮周」、「思深意遠」者，於此可得其蘊奧，識其脈絡矣。第二章唐代詩評中風格論之發展。先述唐代詩學大要，總括有唐三百年之詩論，約以別之，可分詩話、自選詩、個別詩家三端，並由此三端之剖析，進窺各家風格論之精義。詩為有唐一代之主

流，作家之多，作品之富，以及詩論之蓬勃，實彼此輝映，相輔相成。
而其間皎然詩式與司空圖詩品，又爲百氏之冠冕，詩論之翹楚。於是
本文特設第三、第四章，分述皎然詩式與司空圖詩品之風格論，章分
四節，蓋由兩家之詩觀及其中心思想，以探討彼等決定風格之因素、
風格之種類及意義、風格理想數端，然後其風格論之特質斯如指諸
掌，清晰可辨。第五章唐代禪學與詩風格論。此章首述唐代禪史大要。
繼陳禪學與詩學之合流，中分以詩寓禪、以禪入詩與以禪論詩三目，
藉此觀察二者密切之關係，及其輻輳相成之眞象。末後揭示禪學與詩
風格論，具體彰顯禪學於詩風格論之激盪與影響。第六章結論，條列
唐代詩評風格論之宏綱大要；由繼承、而創新、而影響之重大成就。
於此不僅可探其原委，窺其指歸，且亦足以觀其承先啓後，繼往開來
之趨勢矣。

　　「風格」本抽象難明，若欲條分縷析，實屬不易，故撰述之頃，
冀能索其潛德幽光於萬一，然而由於前無所因，資料殘缺，雖廣事搜
討，終感力不從心，故嘗焚膏永夜，恐抉摘之未周；含筆終朝，患思
慮之不逮。每成一章，必掩卷思之，反覆則再，懼其不能冥符遙契，
會通妙旨也。幸蒙　王師更生悉心指導，通其義理，潤其字句，始底
於成。師門之誨，一日不敢忘也。夫伊摯不能言鼎，輪扁不能語斤，
況乎識在餅管，曷足探驪，聊寄嚮慕，用表微志而已。是非然否，不
敢自信，知音君子，幸垂教焉。

民國七十年孟夏之月黃美鈴謹識於

國立臺灣師範大學國文研究所

第一章　唐以前風格理論之確立

　　吾國文學批評中向以「陰陽」、「剛柔」、「清濁」、「體」、「品」、「氣」等語詞，闡述近世文學中之「風格」一詞。因文中必有情在，詩中須有我意，而文學家又獨有資稟，獨有遭際，獨有時世，故一旦著爲文辭，便個具風貌，迥不相類，昔彥和論文有八體，畫公辨詩爲一十九字，表聖舉詩凡二十四品，皆風格之謂。

　　魏晉之世，文彩彬蔚，形式之美，曲盡其工，俊才雲蒸，尚情唯美，文學藝術乃由昔時政教之附庸，蔚爲大國，風格，此一鑑賞品評上之名詞，至是亦屢被言及。迨劉勰《文心雕龍》與鍾嶸《詩品》出，吾國文學上之風格理論，始系統大備。茲論述風格論之淵源，以明其形成之原由。

第一節　風格論之淵源

一、人物品鑒之啓示

　　漢世以察舉取士、月旦評題、蔚成風尚、及魏晉六朝，政治激變、士大夫言多得咎、爲避禍免害、是以原具實用目的之人倫鑒識，遂變爲純由美學觀點，對人物才性風格之美加以鑑賞，其中《人物志》與《世說新語》即當時此種風氣之具體代表。

　　《人物志》凡三卷十二篇，爲魏初劉劭所撰，其寫作意旨本爲求得知人用人之法，以達「量能授官」、「名符其實」〔註1〕之政治目的，然審其內容，則多由人物之特殊才情與生命風姿觀，如是由德業而進於藝術鑑賞，實可開創人格美之境界，《四庫提要》謂其：「主於論辨人才，以外見之符，驗內藏之器」，信乎不誣。其書類分人爲十二流，〔註2〕論之以九徵，〔註3〕演人倫鑒識爲理論，品鑒人物以至於斯，可謂別具精神面貌矣。

　　《人物志》既由九徵（神、精、筋、骨、氣、色、儀、容、言）觀人，亦即「由形所顯，觀心所蘊」〔註4〕以人之儀容、聲色、情味以知其才性，故人物自身之形相，即有值得品評、欣賞之價值，是以人體之藝術性，於此確立，至世說新語，斯論彌彰。

　　《世說新語》敍錄魏晉人士之言行，以人物品鑒之美學觀點出之者，俯拾即是，如〈賞譽篇〉云：「王戎云：『太尉神姿高徹，如瑤瓊樹，自然是風塵外物。』」又：「桓宣武表示：『謝尚神懷挺率，少致民譽。』」〈容止篇〉云：「有人歎王恭形茂者，云：『濯濯如春月柳。』」又：「嵇康身長七尺八寸，風姿特秀，見者歎曰：『蕭蕭肅肅，爽朗清舉。』或云：『蕭蕭如松下風，高而徐引。』山公曰：『嵇夜之爲人也，巖巖若孤松之獨立，其醉也，傀俄若玉山之將崩。』」皆以簡潔與象徵式之詞語，摹寫人物之神采風韻，且特重神味，是以桓彝稱高坐爲「精神淵箸。」〔註5〕王夷甫自謂「風神英俊」，〔註6〕王右軍歎林公「器明神雋」。〔註7〕「風神」、「風器」、「風韻」、「風骨」、「風味」等

〔註1〕見《人物志・自序》。
〔註2〕十二流指清節家、法家、術家、國體、器能、臧否、伎倆、智意、驍雄、文章、儒學、口辨。
〔註3〕九徵指神、精、筋、骨、氣、色、儀、容、言。
〔註4〕見湯用彤先生《魏晉玄學論稿・讀人物志》，頁1。
〔註5〕《世說新語・賞譽篇》第8。
〔註6〕《世說新語・雅量篇》王夷甫嘗屬族人事條注引。
〔註7〕《世說新語・賞譽篇》。

詞，乃極爲暢行，它如「清」、「虛」、「朗」、「達」之類，亦藝術性人物品鑒中所常用。貴族門第間彼此於人身形相品賞之風氣，於焉形成，魏晉之所以玄風大盛，良有以也。

　　魏晉之人物品鑒，以超實用之藝術心靈，觀照出人體形相之美，久之，乃擴及於文學，故是時對文學作品之品評，輒喜以人體爲喻，此種由人體形相美，而引發文學形相美（即風格）之自覺，於風格理論之建立，實爲一大助力。

二、文氣之發現

　　辭與氣之關係，早在先秦，即載於典籍，如《論語‧泰伯篇》，曾子云：「出辭氣，斯遠鄙倍矣。」《孟子‧公孫丑篇》云：「我知言，我善養吾浩然之氣。」是皆關乎道德修養，非繫於文事，而以氣論文，曹丕之典論，當爲嚆矢。

　　曹丕文氣說，源於東漢以降之氣性觀念，張衡《渾天儀》云：「天地各乘氣而立，載水而浮。」〔註8〕王充《論衡‧無形篇》云：「人稟元氣於天，各受壽夭之命，以立長短之形。」又：「用氣爲性，性成命定，體氣與形骸相抱，生死與期節相須。」嵇康〈明膽論〉云：「夫元氣陶鑠，眾生稟焉，賦受有多少，故才性有昏明。」皆以氣爲人稟賦之物，人稟氣生，清濁多寡，人各不同。曹丕云：

　　　文以氣爲主，氣之清濁有體，不可力強而致，譬諸音樂，
　　　曲度雖均，節奏同檢，至於引氣不齊，巧拙有素，雖在父
　　　兄，不能以移子弟。

是「氣」兼含二義，「文以氣爲主」之氣，乃指文章之氣，「氣之清濁有體」之氣，則指作者之稟賦才性，此乃「不可力強而致」，雖父兄之親，亦有不能相移者。由是可知，蘊於內者爲才氣，宣諸文者爲文氣，一物之兩面，表裏本末，相依相就，共同形成文章之風格。

　　緣於作者之才性資稟，有清濁巧拙之別，未能毫釐無爽，分寸齊

〔註8〕《全漢文》55。

同，發於文章，風格遂繁複多態耳。是以曹丕論各家之風格，以為「徐幹時有齊氣」，「孔融體氣高妙」，「公幹有逸氣，但未遒耳。」

　　由以上所述觀之，曹丕云氣，猶風格也，風格者，繫於作者之才情個性耳。蓋人既各有其情性，形諸於文，必有流露於字裡行間，不能自掩者，作品遂有其獨特之點也。其後論文者，如葛洪、沈約、蕭子顯、鍾嶸等，莫不襲其遺躅，以氣論文，影響後世風格論至鉅。

三、文體風格之要求

　　漢代以降，創作形式，日趨廣泛，各體作品，日益增多。而論文之事，首宜辨體，其時從事文學批評者，多由文章體類立論。如班固《漢書‧藝文志》與〈兩都賦〉序，論及賦體之源流、變遷、體製與作法；蔡邕銘論闡述銘體之源流、變遷、名義與文例；揚雄《法言‧吾子篇》評賦有詩人之賦、辭人之賦。泊乎曹丕，方論及文章體裁與藝術形相之關係，堪稱文學批評上之一大創見。

　　曹丕《典論論文》云：「文非一體，鮮能備善。」又：「蓋奏議宜雅，書論宜理，銘誄尚實，詩賦欲麗，此四科不同，故能之者偏也，唯通才能備其體。」曹丕將文章體裁分為奏、議、書、論、銘、誄、詩、賦八類，更依其性質，分為四科。文體既分，則行文之法，自宜依體為斷，大抵每一體皆有其創作之獨特風格。是以，曹丕進而析論各類體裁宜具之藝術風格，即雅、理、實、麗。此四科體貌別異之認議，殆文學風格論之肇始。夫文本同而末異，各種體裁，性質不一，各具特質，是以體裁不類，風格自異。

　　繼曹丕之後，陸機〈文賦〉，盛言文體，分文章體裁為十類，且論各體之風格云：「詩緣情而綺靡，賦體物而瀏亮，碑披文而相質，誄纏綿而悽愴，銘博約而溫潤，箴頓挫而清壯，頌優游以彬蔚，論精微而朗暢，奏平徹以閑雅，說煒曄而譎誑。」推闡典論之意，蓋皆由體裁以言其藝術風格。

　　至乎李充之〈翰林論〉，亦論及文體類別與各體之風格表現。據全

晉文所輯，其論及讚、表、駁、論、議奏、盟檄諸體，又論文體之起源，云：「容象圖而讚立。」，「研覈名理而論難生焉。」，「在朝辨政而議奏出。」，「盟檄發於師旅。」；且其於探論文體類別之際，亦言及各體之風格表現。論讚體，則曰：「辭簡而義正。」論表駁議奏，則曰：「宜以遠大爲本，不以華藻爲先。」，析論體，則曰：「貴于允理，不求支離」。

至是，六朝文體論，非惟啓後世文章辨體之大道，亦明揭各類體裁之風格理想，此指稱風格之語詞，乃首度與文章體式密切結合，及劉彥和《文心雕龍》更彰斯旨。

第二節　風格理論之建立

魏晉之際，「天下多故，名士少有全者」，[註9] 才學之士多相率遁世，或擺落拘忌，放浪形骸，或談玄論道，不問蒼生，或模山範水，逞辭追新。是時，裁量詞藝之論雖眾，惟多屬單篇零星之作，其勒爲專著，首尾條貫，體大思精者，當推劉彥和之《文心雕龍》，是書彌綸羣言、囿別區分，其包舉之宏，斟酌之精，自有文論以來，未之前睹。及鍾嶸《詩品》出，「第作者之甲乙，而溯厥師承」，[註10] 擘肌分理，系統井然，後人或推爲詩話之祖，於歷代芸芸詩學著述中，堪稱重鎮。是二書，實爲最具統緒之風格論之先聲，以下分別敍述之：

一、劉勰《文心雕龍》之風格論

（一）《文心雕龍》之中心思想

齊梁之世，文風訛濫，言貴浮詭，雕藻淫艷，傾炫心魂。彥和以爲淫靡之風，實由離經太遠，乃倡宗經之說，以力挽頹勢，〈序志篇〉云：

> 唯文章之用，實經典枝條，五禮資之以成，六典因之致用，

[註 9]《晉書・阮籍傳》。
[註10] 見《四庫全書總目提要》卷 195 集部詩文評類。

> 君臣所以炳煥，軍國所以昭明，詳明本源，莫非經典。

彥和宗經思想，貫串全書，其尤著力處，則在原道，徵聖、宗經、正緯、辨騷五篇，吾人亦可由是以探討其宗經觀。

彥和論文，首標原道，以為人文原於自然，自然者，道之異名，道無不被，準此而論，自然為文學之淵藪，是以由伏羲創典，逮孔子述訓，「莫不原道心以敷章，研神理而設教」。以聖哲為自然與人文間之津梁，蓋自然之妙，非聖不彰，聖人制文，本乎天道，道不可見，唯聖哲明之。彥和繼原道，徵聖之後，乃有宗經之作，以示人之為文，可擷取傳統之精華也。是篇論羣經行文之風格云：

> 夫易惟談天，入神致用，故繫稱旨遠辭文，言中事隱，韋編三絕，固哲人之驪淵也，書實記言，而詁訓茫昧，通乎爾雅，則文意曉然，故子夏歎書，昭昭若日月之代明，離離如星辰之錯行，言照灼也。詩主言志，詁訓同書，摛風裁興，藻辭譎諭，溫柔在誦，故最附深衷矣。禮以立體，據事制範，章條纖曲，執而後顯，採掇片言，莫非寶也。春秋辨理，一字見義，五石六鷁，以詳略成文，雉門兩觀，以先後顯旨，其婉章志晦，諒已邃矣。

彥和又以後世各類文體，均備具於五經，故立體結言，當以摹式經典為正，「若稟經以製式，酌雅以富言，是仰山而鑄銅，煮海而為鹽也。」是以其論羣經與後世各種文體之關係云：

> 論說辭序，則易統其首，詔策章奏，則書發其源，賦頌謌讚，則詩立其本，銘誄箴祝，則禮總其端，記傳盟檄，則春秋為根，並窮高以樹表，極遠以啟疆，所以百家騰躍，終入環內者也。

〈宗經篇〉又論文能宗經之效益云：

> 一則情深而不詭，二則風清而不雜，三則事信而不誕，四則義貞而不回，五則體約而不蕪，六則文麗而不淫。

此六義，前四者之「情深」、「風清」、「事信」、「義貞」屬乎內容，後二者之「體約」、「文麗」屬乎形式，內容典雅，形式華麗，正與〈徵

聖篇〉「聖文之雅麗，固銜華而佩實」之旨相合，「雅」、「麗」既是群經之風格，同時亦爲彥和對文學風格所持之理想。

王師更生以「原道、徵聖、宗經三者篇題雖有不同，而皆以宗經爲依歸，由天文、地文以至人文，最後鎔鑄而成五經，則五經爲寫作之典範，治事之通衢，正如百川滙海，萬壑競流，或出或入，總逃不脫依經附聖之規律。」又：「正緯、辨騷兩篇之設，尤彥和最大特識，爲千古文論家所不及。如吾人將原道、徵聖、宗經三篇當成一組，屬於正面明揭劉彥和宗經論的話，那麼這兩篇便是另一組，屬於反面開示劉彥和鍼俗、衛道之精神。兩方面雖都集中在宗經上，而表現之手法卻剛好是相背之角度。」〔註11〕洵爲有見。

彥和於〈正緯篇〉，先舉四端，以證緯書之僞，又引述讖緯說之淵源衍變，卒以「經正緯奇」、「乖道謬典」論之，要皆欲證其不可亂經也。而神話式之緯書，具譎詭雕蔚之特質，可入文學領域，故爲彥和所探，其稱述緯書云：

> 事豐奇偉，辭富膏腴，無益經典，而有助文章。

彥和如是推闡緯書之文學價值，蓋欲以之輔翼經典。以成宗經之義也。

至於〈辨騷〉，則先論騷體之興，繼軌風雅，以見其本源之正。復辨其與經典之異同，將〈離騷〉與經典相爲比附，以爲其在文學創作上具有特殊意義，云：

> 固知楚辭者，體憲於三代，而風雜於戰國，乃雅頌之博徒，而詞賦之英傑也。觀其骨鯁所樹，肌膚所附，雖取鎔經旨，亦自鑄偉辭。

於此，王師更生有精卓之見地，如云：

> 他除了承認騷辭在內容方面襲取五經的菁華以外，還特別強調，由於屈原秉賦沈滯鬱伊的理智，狷介不阿的個性，炙熱奔放的情感，以及靈活生動的語態，所以在他的作品中，充滿了空前絕後的生命力，不但氣勢邁往，有凌駕古人的成

〔註11〕見王師更生《文心雕龍研究》，頁287。

就，而且辭開來世，適合今日創作的需要，尤其他那驚人的
辭藻，絕代的風華，更不愧是兩漢詞賦的開山。〔註12〕

緣於《楚辭》具有堅強凌厲之生命，與惝怳鬱伊之情懷，乃深爲彥和
所許，云：

> 故騷經九章，朗麗以哀志，九歌九辯，綺靡以傷情，遠遊
> 天問，瓌詭而慧巧，招魂大招，艷耀而采華，卜居標放言
> 之致，漁父奇獨往之才，故能氣往轢古，辭來切今，驚采
> 絕艷，難與並能矣。

其於屈宋之推崇，可謂無以復加。然〈辨騷篇〉之主旨，仍建立在其
與經典之異同，與兩漢辭賦之開展上，使《文心雕龍》依經設論之中
心意旨，更加顯豁。

（二）決定風格之因素

劉彥和以爲決定作品風格之因素有四，即才、氣、學、習，體性
篇云：

> 夫情動而言形，理發而文見，蓋沿隱以至顯，因內而符外
> 者也。然才有庸儁，氣有剛柔，學有淺深，習有雅鄭，並
> 情性所鑠，陶染所凝，是以筆區雲譎，文苑波詭者矣。故
> 辭理庸儁，莫能翻其才，風趣剛柔，寧或改其氣，事義淺
> 深，未聞乖其學，體式雅鄭，鮮有反其習，各師成心，其
> 異如面。

四者之中，又可析爲二類，一屬內在之因素，即才與氣，非可力強而
致者，一屬外在之因素，即學與習，可陶染奏功者。緣於作者先天之
情性，與後天之習染互異，故作品風格即如雲氣舒卷，水波吞吐，莫
見定準矣。以下就內在外在因素之不同，分別言之。

1. 內在因素——才與氣

才與氣，乃稟賦於自然，有剛柔庸儁之別，不可力強而致，即曹
丕典論所云：「雖在父兄，不能以移子弟」，才氣內蘊，辭采外發，沿

〔註12〕同註3，頁289。

隱至顯，表裏相合也。彥和既主創作乃「因內而符外」，故情性必與風格息息相關。才與氣皆本於情性，〈體性篇〉云：「才力居中，肇自血氣，氣以實志，志以定言，吐納英華，莫非情性。」情性相左，所鎔鑄風格亦殊。〈附會篇〉云：「才分不同，思緒各異。」〈事類篇〉云：「有學飽而才餒，有才富而學貧。」皆以人之才氣不一，故文章一家有一家之風貌矣。〈體性篇〉又歷舉十二位作家相證，云：

> 賈生俊發，故文潔而體清；長卿傲誕，故理侈而辭溢；子雲沈寂，故志隱而味深；子政簡易，故趣昭而事博；孟堅雅懿，故裁密而思靡；平子淹通，故慮周而藻密；仲宣躁競，故穎出而才果；公幹氣褊，故言壯而情駭；嗣宗俶儻，故響逸而調遠；叔夜儁俠，故興高而采烈；安仁輕敏，故鋒發而韻流；士衡矜重，故情繁而辭隱。

蓋詩文以道性情，性情面目，人人各具，性以定文，文以徵性。是以作者秉其情性，形諸詩文，自見一己之風格矣。

2. 外在因素——學與習

學與習，本之外在環境之薰陶漸染，亦為決定作家風格之因素，〈風骨篇〉云：

> 若夫鎔鑄經典之範，翔集子史之術，洞曉情變，曲昭文體，然後能孚甲新意，雕畫奇辭。昭體，故意新而不亂，曉變，故辭奇而不黷。

此即文章由學之意，彥和主學貴慎始，〈體性篇〉云：

> 夫才由天資，學慎始習，斲梓染絲，功在初化，器成綵定，難可翻移。故童子雕琢，必先雅製，沿根討葉，思轉自圓，八體雖殊，會通合數，得其環中，則輻輳相成。故宜摹體以定習，因性以練才，文之司南，用此道也。

蓋才氣稟於自然，不可力強而致，學習乃在人為，可以循序漸進，學貴慎始，摹擬雅正，取法乎上，斯登堂入室，得學習之正術矣。〈事類篇〉云：

> 文章由學，能在天資，才自內發，學以外成，有學飽而才

> 餒，有才富而學貧。學貧者，迍邅於事義，才餒者，劬勞
> 於辭情，此內外之殊分也。是以屬意立文，心與筆謀，才
> 為盟主，學為輔佐，主佐合德，文采必霸，才學褊狹，雖
> 美少功。

意謂有才而無學，必迍邅於事義，有學而無才，必劬勞於辭情，文章
之事，才學互資，相佐為用，作品乃臻高格，才苟無學以資充實，終
難獨樹一幟，成一家風格矣。王師更生嘗云：

> 學者之於寫作，如任由天賦之才氣，而不濟之以後天的學
> 習，往往不能高尚篤實。因為學是一種功力。我們如從其
> 他作品的研究，而得到構想鑄辭之法，就更能助長才氣。
> 所以古來由於作家們學養的差異，造成了作品不同的風格
> 者，所在多有。習，指習業。人性相近，因習而遠。業之
> 修習，往往與社會風尚相終始。學者如不能擇善而習，必
> 有以紫奪朱，用鄭亂雅之誤。〔註13〕

此段論述，正可與文心之旨，相互發明。性相近，習相遠，習者，即
社會環境、時代風尚之陶染。與〈時序篇〉「歌謠文理，與世推移」
之意同。彥和亦嘗舉實例，言時代社會之影響文風，如〈明詩篇〉云：
「逮楚臣諷怨，則離騷為刺。」又：「正始明道，詩雜仙心。」又：「江
左篇製，溺乎玄風。」蓋質文之代變，皆係於時代之風尚，亦「文變
染乎世情，興廢繫乎時序」之旨，〈才略篇〉云：「劉琨雅壯而多風，
盧諶情發而理昭，亦遇之於時也。」更明揭時世之興衰，成文章之樂
悲，劉琨、盧諶風格之形成，正由時代社會之習染也。由此觀之，彥
和以先天之稟賦才氣，與後天之學養習染，皆足以左右作品風格，信
然矣。

（三）風格之種類

風格之異，猶如人面，論者紛紜，分法不一，彥和總其歸趣，別
為八類，〈體性篇〉云：

〔註13〕同註3，頁365。

若總其歸塗，則數窮八體，一曰典雅，二曰遠奧，三曰精約，四曰顯附，五曰繁縟，六曰壯麗，七曰新奇，八曰輕靡。典雅者，鎔式經誥，方軌儒門者也；遠奧者，複采曲文，經理玄宗者也；精約者，覈字省句，剖析毫釐者也；顯附者，辭直義暢，切理厭心者也；繁縟者，博喻釀采，煒燁枝派者也；壯麗者，高論宏裁，卓爍異采者也；新奇者，擯古競今，危側趣詭者也；輕靡者，浮文弱植，縹緲附俗者也。

黃侃札記以「八體並陳，文狀不同，而皆能成體，了無輕重之見，存於其間」，觀彥和自云「雅與奇反，奧與顯殊，繁與約舛，壯與輕乖」，又〈定勢篇〉云：「淵乎文者，並總羣勢，奇正雖反，必兼以俱通，剛柔雖殊，必隨時而適用。」知風格因類性各別，輒呈對列之形式，或融二體爲一，或互爲烘托相襯，以顯文章妙境。茲將此八體試加闡述：

1. 典雅者，鎔式經誥，方軌儒門者也

此言典實雅正之體，鎔鑄經典，法式訓誥，以儒家思想爲其規範。如〈定勢篇〉所云：「模經爲式者，自入典雅之懿。」《文鏡秘府論‧南卷論文體》云：「夫模範經誥，襃述功業，淵乎不測，洋哉有閑，博雅之裁也，敷演情志，宣照德音，植義必明，結言爲正，清典之致也。」博雅、清典並括於彥和典雅之中，典雅一格得此旁證，其義更加明顯矣。蓋典雅者，摹習於經誥，執一於儒道，取式於古，而不爲古役，不墮蹊徑，化陳爲新，通達雅懿，是以「義歸正直，辭取雅馴，皆入此類」，〔註14〕茲引文心所稱羣製爲證：〈諸子篇〉云：「孟荀所述，理懿而辭雅。」〈詔策篇〉云：「潘勗九錫，典雅逸羣。」〈封禪篇〉云：「典敍所引，雅有懿乎？」彥和既標宗經之旨，故列典雅於八體之首。

2. 遠奧者，複采曲文，經理玄宗者也

此言深遠隱奧之體，辭采繁複，文義幽深，入於玄學宗派。彥和以爲遠奧之體亦出乎經典，如〈徵聖篇〉云：「四象精義以曲隱。」

〔註14〕見黃季剛先生《文心雕龍札記》，頁98。

〈宗經篇〉亦云：「易惟談天，入神致用，故繫稱旨遠辭文，言中事隱，韋編三絕，固哲人之驪淵也。」蓋遠奧者，義深旨遠，辭曲而中，興寄遙深，韻味無窮，是以「理致淵深，辭采微妙，皆入此類。」，〈諸子篇〉云：「鬼谷眇眇，每環奧義。」〈體性篇〉云：「子雲沈寂，故志隱而味深。」，故知周易、鬼谷子、太玄輕，皆屬遠奧之體。

3. 精約者，覈字省句，剖析毫釐者也

此言精粹簡約之體，用字覈實，造句省簡，條分縷析，毫釐不爽。《文鏡秘府論・南卷論文體》云：「指事述心，斷辭趣理，微而能顯，少而斯治，要約之旨也。」此即精約之風格。蓋精約者，辭義精鍊，體約不蕪，條述暢達，理當切旨，是以「斷義務明，練辭務簡，皆入此類。」茲引文心所稱群制為證：〈徵聖篇〉云：「春秋一字以褒貶，此簡言以達旨也。」〈宗經篇〉云：「春秋辨理，一字見義，五石六鷁，以詳略成文，雉門兩觀，以先後顯旨。」〈諸子篇〉云：「辭約而精，尹文得其要。」〈定勢篇〉云：「史論序注，則師範於覈要」等皆其例。

4. 顯附者，辭直義暢，切理厭心者也

此言明顯比附之體，措辭懇摯，內容條暢，說理剴切，厭足人心。《文鏡秘府論・南卷論文體》云：「舒陳哀憤，獻納約戒，言唯折中，情必曲盡，切至之功也。」所謂「切至」，頗與顯附之旨合，蓋顯附者，語詞中肯，情志曲盡，義正辭嚴，明白曉暢，昭昭若日月之明，離離如星辰之行，皆明顯而少婉約。是以「語貴丁寧，義求周浹皆入此類。」茲引文心所稱群制為證：〈宗經篇〉云：「尚書則覽文如詭，而尋理即暢。」，〈諸子篇〉云：「墨翟，隨巢，意顯而語質。」〈奏啓篇〉云：「賈誼之務農，晁錯之兵事，匡衡之定郊，王吉之觀禮，溫舒之緩獄，谷永之諫仙，理既切至，辭亦通暢。」〈章表篇〉云：「孔明之辭後主，志盡文暢」等是其例。

5. 繁縟者，博喻釀采，煒燁枝派者也

此言繁文縟采之體，譬喻廣博，丹采艷麗，分枝佈派，光耀奪目。

繁縟與精約，體適乖舛，〈定勢篇〉云：「斷辭辨約者，率乖繁縟。」，〈體性篇〉亦云：「繁與約舛」，言之甚明。蓋繁縟者，鋪辭陳義，豐縟明暢，下筆如有神助，繁縟而精神愈出，是以「辭采紛披，意義稠疊，皆入此類。」茲引文心所稱群制爲證：〈徵聖篇〉云：「儒行縟說以繁辭。」詮賦篇云：「相如上林，繁類以成艷。」〈銘箴篇〉云：「溫嶠侍臣，博而患繁。」〈議對篇〉云：「陸機絕義，諛辭勿剪，頗累文骨，文以辨潔爲能，不以繁縟爲巧」等皆其例。

6. 壯麗者，高論宏裁，卓爍異采者也

此言雄壯瑰麗之體，議論高超，規模宏偉，辭藻卓越，文采特異。《文鏡秘府論・南卷論文體》云：「魁張奇偉，闡耀威靈，縱氣凌人，揚聲駭物，宏壯之道也。」此即壯麗之風格。蓋壯麗者，氣概磅礡，雄偉飛宏，丹采耀目，風華絕麗。是以「陳義俊偉，措辭雄瓌，皆入此類。」茲引文心之例以證之，如〈章表篇〉云：「至於文舉之薦彌衡，氣揚采飛。」〈書記篇〉云：「嵇康絕交，實志高而文偉矣。」〈體性篇〉云：「公幹氣褊，故言壯而情駭。」又：「叔夜儁俠，故興高而采烈。」

7. 新奇者，擯古競今，危側趣詭者也

此言鶩新好奇之體，擯棄古法，競尙新奇，措辭險僻，用事詭異。范注以「彥和於新奇、輕靡二體，稍有貶意，大抵指當時文風而見」正〈定勢篇〉所謂：「近代辭人，率好詭巧，原其爲體，訛勢所變，厭黷舊式，故穿鑿取新，察其訛意，似難而實無他術也，反正而已。故文反正爲支，辭反正爲奇。效奇之法，必顚倒文句，上字而抑下，中辭而出外，回互不常，則新色耳。」蓋新奇著，競今疏古，標新領異，逐奇好詭，常務反言，是以「詞必研新，意必務拊，皆入此類。」，如〈辨騷篇〉云：「遠遊天問，瓌詭而慧巧。」〈明詩篇〉云：「宋初文詠，體有因革，莊老告退，而山水方滋，儷采百字之偶，爭價一句之奇，情必極貌以寫物，辭必窮力而追新，此近世之所競也。」〈通變篇〉云：「宋初訛而新。」皆新奇之謂。然彥和於此體，亦有制衡

之道，即所謂「執正以馭奇」〔註15〕與「該舊以知新」〔註16〕皆補救
新奇之方。

8. 輕靡者，浮文弱植，縹緲附俗者也

此言輕薄淫靡之體，文辭浮華，題材荏弱，意義恍惚，阿和世俗。
《文鏡秘府論・南卷論文體》云：「體其淑姿，因其壯觀，文章交映，
光彩傍發，綺艷之則也。」言綺靡華艷之體，與此頗類。蓋輕靡者，
文辭輕艷，內容虛浮，雅有藻才，重文輕質，雖獲巧意，危敗亦多。
是以「辭須蒨秀，意取柔靡，皆入此類。」文心於此體，徵引甚廣，
如〈辨騷篇〉云：「九歌九辯，綺麗以傷情。」〈明詩篇〉云：「晉世
羣才，稍入輕綺，張潘左陸，比肩於詩衢，采縟於正始，力柔於建安，
或析文以爲妙，或流靡以自妍，此其大略也。」〈時序篇〉云：「茂先
搖筆而散珠，太沖動墨而橫錦，岳湛曜聯璧之華，機雲標二俊之采，
應傳三張之徒，孫摯成公之屬，並結藻清英，流韵綺靡。」〈才略篇〉
云：「曹攄清靡於長篇。」，彥和於此體，亦有制衡之道，即所謂「文
不滅質，博不溺心」，使「正采耀乎朱藍，間色屏於紅紫」〔註17〕是
也。

彥和論文八體，已如上述，然作者爲文，難拘一體，非謂能此者
必不能彼也，蓋「雖約爲八體，而變乃無窮，但雅者必不奇，奧者必
不顯，繁者必不約，壯者必不輕，除極相反者外，類多錯綜。即一人
之作，或典而不麗，或奧而且壯，或繁而兼麗，或密而能雅，其異已
多，又或一篇之內，或意朗而文麗，或辭雅而氣壯，或思密而篇遒，
或情靡而體清，體性參伍，變乃逾眾」〔註18〕是以彥和云：「若夫八

〔註15〕《文心雕龍・定勢篇》云：「舊練之才，剛執正以馭奇，新學之銳，
　　　　則逐奇而失正，勢流不反，則文體遂弊。」
〔註16〕《文心雕龍・練字篇》云：「夫爾雅者，孔徒之所纂，而詩書之襟帶
　　　　也；倉頡者，李斯之所輯，而鳥籀之遺體也，雅以淵源詁訓，頡以
　　　　苑囿奇文，異體相資，如左右肩股，該舊而知新，亦可以屬文。」
〔註17〕見《文心雕龍・情采篇》。
〔註18〕見劉永濟《文心雕龍校釋》，頁14。

體屢遷，功以學成。」又：「八體雖殊，會通合數，得其環中，則輻輳相成。」謂掌其樞機，即可左右逢源，肆應咸宜矣。

（四）風格之創新

　　若夫學爲文章，欲使識見博高，文力雄厚，題材豐碩，則不能不廣索群書，深掘先典。蓋瀟湘夜雨，巫山煙雨，古今何殊，人事義理，千古皆然矣，是以崇古而替新，含咀而吐納，如釀蜜釀酒，既成而不見花糟也。劉彥和於《文心雕龍》中，明揭通古變今之理，欲使學者摹習傳統，徵聖宗經，探本溯源，知有典範。如是，乃能創新作品風格。茲就文章窮變通久之理，變今本於法古、變今法古之術三端，闡述其說。

1. 窮變通久之理

　　彥和著文心，立專篇以論通變，究其根源，乃承易經之窮變通久之理，《易·繫辭》云：「化而裁之謂之變，推而行之謂之通。」彥和演其理於文，舉而錯諸創作之道。云：

> 夫設文之體有常，變文之數無方，何以明其然耶？凡詩賦書記，名理相因，此有常之體也；文辭氣力，通變則久，此無方之數也。名理有常，體必資於故實；通變無方，數必酌於新聲，故能騁無窮之路，飲不竭之源。

變其可變者，而後不可變者得通，可變者，即彥和所謂「文辭氣力」、「無方之數」，不可變著，乃「詩賦書記」、「有常之體」。大抵各種文體，皆有定格，自曹丕四科之論，陸機十體之說以下，前修屢有述及，然皆未若彥和之周詳，〈定勢篇〉云：

> 章表奏議，則準的乎典雅；賦頌歌詩，則羽儀乎清麗；符檄書移，則楷式於明斷；史論序注，則師範於覈要；箴銘碑誄，則體制於弘深，連珠七辭，則從事於巧艷，此循體而成勢，隨變而立功者也。

此論各類文體之理想風格，是乃不可變者也。蓋文體之名，皆有相應之理，故曰：「名理相因」、「有常之體」，既名理有常，故體必資於故實，宜以古人之成規爲法。至若「無方之數」，乃指文辭氣力而言，蓋才氣

稟於自然，清濁自成其體，不可力強而致。〈體性篇〉以人之才氣學習相異，則風格互舛，其施丹布采，自隨事各乖，是以「文辭氣力」既多變而無常，則必酌於新聲，唯其新，方能騁無窮之路，飲不竭之源矣。

2. 變今本於法古

彥和之通變觀，既承易學之理，復有見於時人之「競今疏古」，云：

> 攡而論之，則黃唐淳而質，虞夏質而辨，商周麗而雅，楚漢侈而艷，魏晉淺而綺，宋初訛而新，從質及訛，彌近彌淡，何則？競今疏古，風末氣衰也，今才穎之士，刻意學文，多略漢篇，師範宋集，雖古今備閱，然近附而遠疏矣。

蓋「江左齊梁，其弊彌甚，貴賤賢愚，唯務吟詠，遂復遺理存異，尋虛逐微，競一韻之奇，爭一字之巧，連篇累牘，不出月露之形，積案盈箱，唯是風雲之狀」〔註19〕誠為窮途當變之時，然學者文士，卻循流放依，文弊彌甚，而文心〈通變篇〉即欲通此窮途，變其末俗，乃力倡「矯訛翻淺，還宗經誥，斯斟酌乎質文之間，而櫽括乎雅俗之際」之宗經思想。由是觀之，彥和通古變今之道，仍在宗經，其以欲正文弊，當上法經典，唯其能得古人之常則，乃可通於辭情之變，如此循序漸進，庶幾不至錯亂凌躒，而可達法古求新之目的矣。

3. 變今法古之術

劉彥和既以「矯訛翻淺，還宗經誥」為通變原理，以「斟酌質文，櫽括雅俗」為通變門徑，乃繼言通變之術，云：

> 是以規略文統，宜宏大體，先博覽以精閱，總綱紀而攝契，然後拓衢路，置關鍵，長轡遠馭，從容按節，憑情以會通，負氣以適變，采如宛虹之奮鬐，光若長離之振翼，迺穎脫之文矣。

揭示通變之術，在於博覽精閱傳統文化之經傳子史，依個人才氣學習之陶染凝鑄，於作品辭情中，作切合之表現，如此，作者乃能創造新

〔註19〕《隋書‧李諤傳》，卷66。

穎之風格，捶鍊奇偉之文辭。此亦其於〈風骨篇〉所云：

> 若夫鎔鑄經典之範，翔集子史之術，洞曉情變，曲昭文體，
> 然後能孚甲新意，雕畫奇辭。昭體，故意新而不亂，曉變，
> 故辭奇而不黷。

是「昭體」、「曉變」即通變理論之詳切內容，然無論昭體或曉變，皆
應具博練精閱之功，方得體現，是亦創新風格之術矣。

二、鍾嶸《詩品》之風格論

（一）鍾嶸之詩觀

　　鍾嶸《詩品》衡鑑詩作，冥心孤往，獨抒懷抱，不苟詭隨，信籠
圈條貫之書，足以苞舉藝苑矣。詩品之風格論，在乎三品評詩與作家
源流論二端，然欲知其品第詩人之標準，不可不先明其詩觀，蓋品第
詩人須以理論為基礎也。

1. 詩之起源

　　詩歌起源之論，最早見於《尚書·堯典》：「詩言志，歌永言，
聲依永，律和聲。」及詩大序：「詩者，志之所之也，在心為志，發
言為詩。」此言志之詩歌起源論，影響中國詩學至巨，後世多依是
說。洎乎六朝，中國詩歌漸由言志轉為緣情感物說。陸機於〈文賦〉
中主「詩緣情而綺靡」之緣情說，其馳騁詩苑，知文學之為物也多
姿，乃又論自然感物之說，云：「遵四時以嘆逝，瞻萬物而思紛，悲
落葉於勁秋，喜柔條於芳春。」所謂四時、萬物、落葉、柔條諸句，
均為客觀景物。至劉彥和《文心雕龍》，以作者情性為創作之因素，
且將物色篇獨立成論，以為「物色之動，心亦搖焉」、「歲有其物，
物有其容，情以物遷，辭以情廢。」，是景物於詩中之地位，乃由昔
日比興之作用，又擴大而與情性同為創作之要件，鍾嶸即在此一基
礎上，提出物感之詩歌起源論，云：

> 氣之動物，物之感人，故搖蕩性情，形諸舞詠。照燭三才，
> 輝麗萬有，靈祇待之以致饗，幽微藉之以昭告，動天地，

感鬼神，莫近於詩。

是以鍾嶸乃以詩爲作者心物交感下之表現，即客觀景物與詩人相互感應，而搖蕩作者內在之性情。明揭詩之起源，乃由景生情，寄情於詩耳。其又以四時景物，足以感動人心，所謂「若乃春風春雨，秋月秋蟬，夏雲暑雨，冬月祁寒，斯四時之感諸詩者也。」鍾嶸既肯定詩之緣情，本於感物，則緣情感物之說，遂得鍾氏而加以發揮。

2. 詩之效用

鍾嶸《詩品》序云：「照燭三才，輝麗萬有，靈祇待之以致饗，幽微藉之以昭告；動天地，感鬼神，莫近于詩。」又云：「詩可以羣，可以怨，使窮賤易安，幽居靡悶，莫尚於詩。」，《詩品》論詩歌之功用，蓋分自然與人事二端，於自然言之，則有如詩大序「感天地，動鬼神，莫近於詩」之高論，完成「靈祇待之以致饗，幽微藉之以昭告」之抽象、神秘效用；於人事言之，則落實於人間世，完成「使窮賤易安，幽居靡悶」之羣怨效用。尤可觀者，鍾嶸論詩之爲用，亦觸及作者自身生命境遇之安順蹇塞，及詩歌於詩人身世之飄零，遭際之不偶中所起之撫慰，如云：

> 嘉會寄詩以親，離羣託時以怨，至于楚臣去境，漢妾辭宮；
> 或骨橫朔野，或魂逐飛蓬，或負戈外戍，殺氣雄邊；塞客
> 衣單，孀閨淚盡，或士有解佩出朝，一去忘返；女有揚蛾
> 入寵，再盼傾國。凡斯種種，感蕩心靈，非陳詩何以展其
> 義，非長歌何以騁其情？故曰：『詩可以羣，可以怨』。

肯定詩歌有感染之力，使人類心靈因之相感相通，以消解詩人於困厄環境中，所生之情感激盪，由此將政教美刺之傳統詩教，轉爲緣情之羣怨說。

3. 詩之創造

鍾嶸以五言爲詩之最佳體式，故全書品評，皆以五言詩爲對象。蓋漢魏以來，五言詩風行已久，爲眾作之最有滋味者，且本身最具藝術性，云：「五言居文詞之要，是眾作之有滋味者也，故云會于流俗，豈

不以指事造形、窮情寫物，最爲詳切耶！」其以詩之滋味，繫乎詩人驅使文字，於指事造形、窮情寫物上，能否詳切？觀其品評詩人，多於內容、風骨、丹采、寫景上立論，足見鍾氏於五言詩之藝術經營，獨具慧識，而「指事、造形、窮情、寫物」數語，實已統括文學藝術之基本條件矣。至於詩歌之表達形式，鍾氏主賦、比、興三者兼用，云：

> 故詩有三義焉，一曰興，二曰比，三曰賦，文已盡而意有餘，興也；因物喻志，比也；直書其事，寓言寫物，賦也。宏斯三義，酌而用之，幹之以風力，潤之以丹采，使味之者無極，聞之者動心，是詩之至也。若專用比興，患在意深，意深則詞躓，若但用賦體，患在意浮，意浮則文散，嬉成流移，文無止泊，有蕪漫之累矣。

其釋賦爲「寓言寫物」，比爲「因物喻志」，而興爲「言已盡而意有餘」，則三義之用，因象託意，意在言外，輒有吟詠不盡之詩味矣，故其以詩有「諷諭之致」、「託喻清遠」者爲美。

詩之善用典者，不徒可增潤風采，抑可化繁爲簡，攝難達之意，於會心之間。惟用典太過，則有傷眞美。鍾氏云：

> 夫屬詞比事，乃爲通談，若乃經國文符，應資博古，撰德駁奏，宜窮往烈，至乎吟詠情性，亦何貴於用事？『思君如流水』，既是即目；『高臺多悲風』，亦惟所見，『清晨登隴首』，羌無故實，『明月照積雪』詎出經史，觀古今勝語，多非補假，皆由直尋。

可知鍾氏於詩歌之創作，主自然直尋，反對過分雕鑿與動輒用典。

鍾氏既準的乎自然，反對宮商聲病，遂力抨永明聲律之非，云：

> 昔曹劉殆文章之聖，陸謝爲體貳之才，銳精研思，千百年中，而不聞宮商之辨。四聲之論，或謂前達偶然不見，豈其然乎！嘗試言之：古曰詩頌皆被之金竹，故非調五音，無以諧會，若『置酒高堂上』，『明月照高樓』，爲韻之首，故三祖之詞，文或不工，而韻入歌唱，此重音韻之義也，與世之言宮商異矣。今既不被管絃，亦何取于聲律耶？

又云：

故使文多拘忌，傷其眞美，余謂文製，本須諷讀，不可蹇
礙，但令淸濁通流，口吻調利，斯爲足矣。至平上去入，
則余病未能，蜂腰鶴膝，閭里已具。

蓋人爲之聲律既行，則斲喪眞性，且使文多拘忌，實增繁累，故爲鍾
氏所訾議。

（二）三品評詩

鍾氏著《詩品》，蓋不滿於當世之創作與批評，其以創作者用事
用典，依傍經史，宮商聲病，有傷眞美。故云：

觀王公搢紳之士，每博論之餘，何嘗不以詩爲口實，隨其
嗜欲，商榷不同，淄澠竝泛，朱紫相奪，喧議競起，準的
無依。近彭城劉士章，俊賞之士，疾其淸亂，欲爲當世詩
品，口陳標榜，是以欲襃貶優劣，定其差等，以風規後世。

1. 品評體例

《詩品》品第詩人，雖未標明體例，而細繹全書，固隱然可見。

（1）論詩僅限五言　　《詩品》序云：「嶸今所錄，止乎五言。」
鍾氏拔於俗流，見解迥別，於個中義蘊，體悟最深，故能作四言詩、
五言詩之相較，云：「夫四言文約意廣，取效風騷，便可多得，每苦
文繁而意少，故世罕習焉。五言居文詞之要，是眾作之有滋味者也。
故云會於流俗，豈不以指事造形，窮情寫物，最爲詳切者耶！」以五
言詩較四言更適於藝術表現，乃揚棄四言，而專論五言詩。

（2）論人不錄存者　　《詩品》序云：「其人既往，其文克定，今
所寓言，不錄存者。」，蓋論人品藝，必俟蓋棺而後論定，不錄存者，
免爲俗儀所囿也。

（3）概以三品升降，《詩品》序云：「網羅今古，詞文殆集，輕
欲辨彰淸濁，掎摭病利，凡百二十人，預此宗者，便稱才子。至斯三
品升降，差非定制，方申變裁，請寄知者耳。」，鍾氏品第詩人，分
上、中、下三品，以時代言之，上起漢魏，下訖齊梁；以作者數言之，
凡百二十有二人，其綜覽詩什、銓定三品，實爲評詩專著之第一人焉。

2. 懸以準度

　　《詩品》之眞正意旨，乃表現於品第詩人之實際批評領域。分品第、顯優劣，即實際批評之法，而風格見解亦蘊乎其中，蓋鍾嶸淵識孤懷，獨照今古，辨彰清濁，無稍寬假，默懸準度，持之一貫，誠戛戛獨造矣。

　　（1）尚自然英旨　　詩之創作，感乎物色，發乎情性，激於事理，而形諸文字，是以鍾氏以詩乃性情搖蕩之自然生發，主「氣之動物，物之感人，故搖蕩性情，形諸舞詠。」之緣情感物說，以及「嘉興寄詩以親，離群託詩以怨」之羣怨說，緣此詩觀，鍾氏反對用事用典，依傍經史，而求其直尋，反永明之四聲製韻，以其有傷眞美。是以即才高如士衡者，鍾氏亦以其「尚規矩，貴綺錯」，而言其「有傷直致之奇」，又劉楨雖「雕潤恨少」鍾氏亦以「自陳思以下，楨稱獨步」，且稱美阮籍「無雕蟲之巧」，蓋彼等之詩，皆合於自然英旨，故置諸上品。

　　（2）風力丹彩兼重　　《詩品》序云：「幹之以風力，潤之以丹彩，使味之者無極，聞之者動心，是詩之至也。」，其兼重風力、丹采，懸鵠的於滋味之旨，亦已曉然矣。《詩品》序中既已論述漢魏以降詩風，且獨推曹植、陸機、謝靈運一系，[註20] 以陸、謝皆源於植，是其乃以曹植爲上品之標準，推崇備至，云：「其源出于國風，骨氣奇高，詞采華茂，情兼雅怨，體被文質，粲溢古今，卓爾不群。」，又如評張協云：「風流調達，實曠代之高手，詞采蔥菁，音韻鏗鏘，使人味之亹亹不倦。」皆意謂詩作中，須有作者風流調達之感情活力（即風力）蘊以主之，且「丹彩」炳蔚，文質相須，乃臻上科。

　　（3）重情深文怨，鍾氏既倡羣怨之說，復以「怨」爲品詩之重要準則。近人陳炳良氏嘗云：「上品十二人中，言怨者五（古詩、李陵、班姬、曹植、左思），愀愴、感慨者二（王粲、阮籍），合爲七人，

〔註20〕見《詩品》序云：「逮漢李陵，始著五言之目……斯皆五言之冠冕，文詞之命世也。」

占其半矣。」〔註21〕蓋怨深則感人亦深矣，怨者託物寄興，其言淒而婉，其詩悉以血淚凝成，有所寄託，滋味斯長耳，其尚怨乃重情之證，情思交鍊，文怨以濟，然後成宇宙之至文，嶸乃卓犖之士，故能奉此爲矩矱，以銓衡眾彥也。是以其評古詩云：「意悲而遠，驚心動魄，可謂幾乎一字千金。」，評李陵云：「文多悽愴，怨者之流。」評曹植「情兼雅怨」，評王粲「發愀愴之詞」，皆臻高格。其品詩雖重情怨，然必怨而不怒，樂而不淫，乃爲得中。故以嵇康「過爲峻切，訐直露才」，有「傷淵雅之致」，又鮑照「不避危側」，所以「頗傷清雅之調」，皆不合溫柔譎諭之敦厚之情。至此，其重情深文怨之旨，照然可明矣。

3. 特重氣骨

　　鍾嶸既反對時風之雕琢曼辭、重貌遺神，乃倡恢復建安風力，所謂「慷慨以任氣」者也。鍾氏稱此風力，曰「氣」、曰「骨」，其於三品評詩中，尤時時顯示其重氣骨、風力之觀念。如鍾嶸於《詩品》序云：

> 故知陳思爲建安之傑，公幹仲宣爲輔，陸機爲太康之英，安仁景陽爲輔；謝客爲元嘉之雄，顏延年爲輔，斯皆五言之冠冕，文詞之命世也。

其首推陳思王曹植爲建安之傑，然後再及兩晉，可知其重視建安風力之意矣。次論五言詩之創作準則云：

> 宏斯三義（賦、比、興），酌而用之，幹之以風力，潤之以丹采，使味之者無極，聞之者動心，是詩之至也。

鍾氏以風力爲五言詩之骨幹，並懸此準的，以評曹植，云：

> 其源出于國風，骨氣奇高，詞采華茂，情兼雅怨，體被文質。粲溢今古，卓爾不群。嗟乎！陳思之於文章也，譬人倫之有周孔，鱗羽之有龍鳳，音樂之有琴笙，女工之有黼黻；故孔氏之門如用詩，則公幹升堂，思王入室，景陽潘陸，自可坐於廊廡之間矣。

曹植以兼有風骨、辭采，被推崇爲詩人之極則，而其中又以骨氣居首。

〔註21〕見《大陸雜誌》第 39 卷第 6 期，〈鍾嶸詩品指要〉。

又評劉楨云：

> 其源出於古詩。仗氣愛奇，動多振絕，眞骨凌霜，高風跨
> 俗，但氣過其文，雕潤恨少，然自陳思以下，楨稱獨步。

其以劉楨僅雕潤恨少，文采不及曹植，而其眞骨、高風皆足與曹植比
肩。是曹植以下，劉楨允稱獨步。鍾氏評陸機「氣少於公幹」，評張
華「兒女情多，風雲氣少」；讚劉琨「自有清拔之氣」，鮑照「骨氣強
於謝混」，至於郭泰機等五人「文雖不多」，而「氣調警拔」，遂得置
中品，皆見其重骨氣之一斑矣。故鍾氏品詩，於時首重建安，以爲詩
之至極。其重視風力、氣骨之旨，可知矣。

（三）作家源流論

　　鍾氏品詩，非徒第作者之甲乙，且追溯師承與宗派，其云某源出
某，某憲章某，皆揣其聲辭，而判其作品風格之源流。是以章學誠嘗
云：「詩品之於論詩，《文心雕龍》之於論文，皆專門名家，勒爲成書
之初祖也，文心體大而慮周，詩品思深而意遠，蓋文心籠罩羣言，而
詩品深從六藝，溯流別也。」，〔註22〕論詩而知其流別，則可窺探其
所源之經典，而進觀雅俗正奇，識古人之大體矣。

　　鍾氏歸納五言詩之源流爲三，曰國風、曰小雅、曰《楚辭》。其
以一流詩人皆淵源有自，而歸根結柢，多出《詩經》、《楚辭》兩大系
統，又隱然說明，法乎古著，得乎其上；如曹植源出國風，阮籍源出
小雅，李陵源出《楚辭》；法乎上者，得乎其中，如顏延之頗似陸機，
曹丕祖襲李陵；法乎中者，斯得下矣，如王融憲章沈約是也。

　　《詩品》作家源流論，明揭古今詩人風格之因襲關係，由是可對
詩歌之發展，建立歷史之觀念，因不同時代詩人風格之牽繫，即能將
作家作品置於歷史之巨流中，加以評量，斯可確立流派，進而識其詩
派風格之嬗變矣。

　　鍾氏既以五言詩之創作風格，可推源於國風、小雅、《楚辭》三系，

〔註22〕見章學誠《文史通義·詩話篇》。

因之，此三類之作品，必彰顯三種特殊之藝術風格。大抵國風純以風力高舉，辭興婉愜，而少雕潤；《楚辭》或述悽怨之情，或描清麗之景，皆綺艷傷情；小雅，憂時愍亂，怨刺時政也。觀其以源於小雅者，惟阮籍一人，知鍾氏實將風格之根源，溯於國風與《楚辭》，且其予國風系統作家以較高之評價，蓋撢源國風，稟承溫柔敦厚之詩教，為詩之正統。又鍾氏處於唯美尚情之齊梁，亦不免習染時風，而肯定《楚辭》系統之流衍，記室推源索流，橫辨奇正，緬汲八世，獨抒孤旨，亦知人之論耳。

第二章　唐代詩評中風格論之發展

第一節　唐代詩學述要

　　有唐一代，詩體極盛，才士輩出，篇什繁複，蔚爲詩史之壯觀。明胡應麟《詩藪·外篇》，對唐代詩學之衍變，嘗綜而計之，歸爲三類：唐人自選詩，一也。唐人詩話，二也。唐人詩圖，三也。〔註1〕蓋其時詩作既多，摘英品藻，探玄索微，標理斥迷，而詩話出。或評騭，或品載，或考證，或紀軼事，或涉詼諧，其「曰品，曰式，曰條，曰格，曰範，曰評，初不以詩話名也。」，〔註2〕是以唐代盛行之詩格、詩句圖、本事詩等，皆屬詩話一類。詩篇既眾，則略蕪取菁，分體分類，品評之標準既定，欣賞之基礎乃奠，是詩選出。又詩必有法，法有可得而言者，論理論法，補偏救弊，以見利害所由。論者各抒己見，於是蔚爲風尚，而個別詩家之詩論出。要之，唐代詩學，由唐人詩話，而自選詩，而詩論，三者架構而成，後之學者，如能得此三者，當可升堂入室，奪唐詩之魂魄矣。

一、唐人詩話

　　詩話之名，肇端於宋歐陽修之《六一詩話》。其卷首自題云：「居

〔註 1〕見明胡應麟《詩藪外篇》卷3。
〔註 2〕見清沈濤《銑廬詩話》自序。

士退居汝陰，而集以資閑談也。」知其非意存評騭，故無嚴謹之撰述宗旨。所載以論詩為主，而兼及本事。多屬記事性，信手拈來，尤無意創格。後之作者，各肆其意趣，別開洞天，因陳增益，規模漸具。茲風既扇，條流彌繁，以至別成製作之一體，終為詩林之談藪。夫詩話之體製、實質，果以歐陽氏所撰者為嚆矢乎？殆未必然也。蓋李唐之世，若崔融《新定詩體》，王昌齡《詩格》，皎然《詩式》，齊己《風騷旨格》，徐寅《雅道機要》，司空圖《詩品》，孟棨《本事詩》，張為《詩人主客圖》等，雖不以詩話名，而皆存其實。此可於以下諸家之說，見詩話之要旨，而探其大略焉。如宋許顗云：「詩話者，辨句法，備古今，紀盛德，錄異事，正訛誤也。若含譏諷，著過惡，誚紕繆，皆所不取。」〔註3〕又清沈楙惪云：「詩話有兩種：一是論詩之法，引經據典，求是去非，開後學之法門，如一瓢詩話是也；一是述作詩之人，彼短此長，花紅玉白，為近來之談藪，如蓮坡詩話是也。」〔註4〕又清張可中云：「詩話有兩種：一為專紀他人之妙句，而加以評論，隨園是也；一為專論作詩之道及其品格，洪北江是也，二者各有所取。」，〔註5〕綜此數家之言，詩話者，或言詩之創作法則，懸以繩墨規矩，或摘句品賞，互為月旦之評，或錄詩與詩人之異聞佚事，舉凡論述、傳聞、鑒藻、品載、考辨、閒談等，幾無所不容。

準上所論，以觀唐代詩格，本事詩，詩句圖等，莫不與詩話之實質相合。茲分類闡釋於后：

一、詩格、詩式一類：書中或抒己見，或引人言，或取證詩例，以求是去非，取神得髓，開後人之創作法門。使知通塞之由，入手之方。明胡應麟即以為詩話起於李唐，云：「唐人詩話入宋可見者，李嗣真詩品一卷，王昌齡詩格，皎然詩式一卷，詩評一卷，王起詩格一

〔註3〕見宋許顗《彥周詩話》。
〔註4〕見清查為仁《蓮坡詩話》沈楙惪跋。
〔註5〕見清張可中《天籟閣詩話》。

卷，姚合詩例一卷，賈島詩格一卷，王叡詩格一卷，元兢詩格一卷，倪宥龜鑑一卷，徐蛻詩格一卷，騷雅式一卷，點化祕術一卷，詩林句範五卷，杜氏詩格一卷，徐氏律詩洪範一卷，徐衍風騷要式一卷，吟體類例一卷，歷代吟譜二十卷，金針詩格三卷，今惟金針皎然吟譜傳，餘絕不覯，自宋末已亡矣。近人見宋世詩評最盛，以爲唐無詩話者，非也。」，〔註6〕胡氏所引，以撰者生世言之，唯李嗣眞《詩品》，與元兢《詩格》屬初唐。王昌齡，皎然爲開元天寶以下人物。此外，書屬晚唐之作者尤眾，〔註7〕然唐代詩論巨擘司空圖《詩品》尚未論及，由其所言，可見唐代詩話之涯涘矣。

　　二、本事詩一類：其內容或備古今，或錄異事，或記友朋之見聞。或載詩與詩人之異聞佚事。是類可以孟棨之《本事詩》爲代表。孟棨自序云：「詩者，情動於中，而形於言，故怨思悲愁，常多感慨，抒懷佳作，諷刺雅言，著於羣書，雖盈櫥溢閣，其間觸事興詠，尤所鍾情，不有發揮，孰明厥義？因採爲本事詩。凡七題，猶四始也；情感，高逸，怨憤、徵異、徵咎、嘲戲各以其類聚之。亦有獨掇其要，不全篇者，咸爲小序以引之，貽諸好事。其有出諸異傳怪錄，疑非是實者，則略之。拙俗鄙俚，亦所不取。」，其以詩乃緣情之作，故所敍本事，大抵專以人事感應興發之詩爲主，而裁其大類，分爲七事，頗得風騷旨趣，唐代詩人軼聞，多賴以存。

　　三、詩句圖一類：或專紀他人妙句，供人吟詠效法，或考辨源流，明利弊之所由出。蓋詩句圖乃源於唐人摘選秀句之風，〔註8〕秀句之用，除把玩鑒賞外，尤可啓人靈感，當世談藝者樂此不疲，甚有詩人之傳於後，端恃名句之鴻福也。明胡應麟，嘗論唐人詩句圖云：「唐人好集詩句爲圖，今惟張爲主客，散見類書中，自餘悉不傳，漫記其

〔註6〕同註1。
〔註7〕王夢鷗先生，《初唐詩學著述考》，頁12。
〔註8〕初盛唐，曾有元兢撰《古今詩人秀句》二卷，僧元鑒與吳競合撰《續古今詩人秀句》二卷。

目，古今詩人秀句二十卷，元競編泉水秀句二千卷，黃滔編文場秀句一卷，王起編賈島句圖一卷，李洞編詩圖一卷，倪宥編竄和圖三卷，僧定雅編風雅拾翠圖一卷，惟鳳編。（此處當有脫文）宋則呂居仁有宗派圖，高似孫有選詩句圖尚存。」，〔註9〕此類作品，可以張為之詩人主客圖為代表，「所謂主者，白居易、孟雲卿、李益、鮑溶、孟郊、武元衡、皆有標目。餘有升堂、入室、及門之殊。皆所謂客也。宋人詩派之說，實本於此。求之前代，亦如梁參軍鍾嶸，分古今作者為三品，名曰詩品。上品十一人，中品三十九人，下品六十九人之例。然彼攟拾閎富，論者稱其精富無遺，茲則落落僅此數人，於唐代詩人中未及十分之三四，即所引諸人之詩，亦非其中之傑出者。或第就其耳目所以而次第之，故不繁稱博引也。」，〔註10〕該篇乃仿效鍾嶸，而下開宋人詩派圖之風，將有唐詩壇分為廣大教化，高古奧逸、清奇雅、清奇僻苦、博解宏拔、瑰奇美麗等六類。再將各類界分為五，一為主，如白居易為廣大教化主，孟雲卿為清奇雅正主。二為上入室，三為入室，四為升堂，五為及門。且各家皆摘引代表詩句以為印證，惜未示人以理論標準，於詩學之研究，甚少助益。

二、唐人自選詩

　　唐代吟業既盛，學文之士，互相酬唱，自有標榜、品賞之談，批評風氣之盛，可由時人贈答頌美之詩中見之：如李白〈頌張十一〉，云：「張翰黃花句，風流五百年，誰人今繼作？夫子世稱賢。」；〔註11〕高適〈頌陳十六〉，云：「永懷掩風騷，千載常矻矻，新理亦崔巍，佳句懸日月。」，〔註12〕杜甫詩中，為例更多，如其嘗稱李白「飛揚跋扈」，〔註13〕「飄然不羣」，〔註14〕「筆落驚風雨」〔註15〕稱元結「詞氣浩縱

〔註 9〕同註 1。
〔註 10〕見張為《詩人主客圖》李調元敍。
〔註 11〕見李白〈金陵送張十一再遊東吳〉。
〔註 12〕見高適〈同觀陳十六史興碑〉。
〔註 13〕見杜甫〈贈李白詩〉。

横」，〔註16〕稱高適「文章曹植波瀾濶」，〔註17〕皆擺落陳言，戛戛獨造，因吐辭有因，故不類泛泛之稱頌者。其後韓愈屬文，亦能獨造新格，如〈醉贈張秘書詩〉云：「君詩多態度，靄靄春空雲，東野動驚俗，天葩吐奇芳，張籍學古淡，軒鶴避雞羣。」又〈薦士詩〉云：「有窮者孟郊，受材實雄驁。冥觀洞古今，象外逐幽好。橫空盤硬語，妥貼力排奡。敷柔肆紆餘，奮猛卷海潦。榮華肖天秀，捷病逾響報」諸語，鈎深抉隱，設象取景，曲盡形似之妙。又如元稹〈於詠韓舍人新律詩因有戲贈詩〉中鋪陳尤加綿密。云：「喜聞韓古調，兼愛近詩篇。玉磬聲聲徹，金鈴箇箇圓。高疎明月下，細膩早春前。花態繁於綺，閨情軟似綿。輕新便妓唱，凝妙入僧禪。欲得人人伏，能教面面全。」，三句以後喻物狀景，兼述宇宙萬象一片柔情，其嬌姿媚態，靈活可人，其間或寫眞，或取譬，皆詞尚形式，可見當時詩人往來稱頌風氣之一斑。此種批評，原屬標榜，未謂客觀，然風氣所漸，詩選集出，乃建立客觀之批評理論。

　　蓋唐人篇什既繁，則菁蕪混雜，玉石相亂，故有欲去蕪存菁者，而詩選乃出。選集雖未必有撰者發爲正式理論，然於眾製紛紜中，必見其選擇之標準與態度。於當時之批評風氣，可謂具有代表性。故由唐人自選詩中，以窺唐人之詩學，可謂研究唐代詩論之正途。明胡應麟嘗論之云：「唐人自選一代，芮挺章有國秀集，元次山有篋中集，竇常有南薰集，殷璠有河嶽英靈集，高仲武有中興間氣集，李康成有玉臺後集，令孤楚有元和御覽，顧陶有唐詩類選，姚合有極玄集，韋莊有又玄集，無名氏有搜玉集，奇章集，今惟國秀、極玄、英靈、間氣行世。類選、御覽、又玄雜見類書，餘集宋末尚傳，近則未覯。」，〔註18〕此蓋唐人自選詩之大略也。

〔註14〕見杜甫〈春日憶李白詩〉。
〔註15〕見杜甫〈寄李十二白二十韻〉。
〔註16〕見杜甫〈同元使君春陵行〉。
〔註17〕見杜甫〈追酬故高蜀州人日見寄〉。
〔註18〕同註1。

三、個別詩家之詩論

　　自嚴滄浪以禪論詩，有初唐、盛唐、中唐、晚唐之分後，品藻唐詩者，莫不以初、盛、中、晚牢籠有唐一代。唐初，王楊盧駱並稱四傑，詞意婉麗，及沈佺期，宋之問，約句準篇，研練精切，拘限聲病，崇尙對偶，律詩乃興。大約言之，創作技巧上，猶紹六朝綺麗之風，而風骨內蘊，則與之迥異耳。蓋齊梁以降，艷薄斯極，其時論者，已有病之。唐初詩家，尤致不滿。故剝極而復，勢所必然。是以陳子昂起而振之，高揭復古之幟，倡建安風骨，平淡清雅之音。力排雕鏤凡近之習，抑沈宋之新聲，掩王盧之靡音，而風氣爲之一變矣。逮乎開元天寶，氣格聲律，極爲詳備。時而冠冕一世，雄視千古者，當推李白，杜甫二家。李白才氣豪邁，全以神運，自不屑束縛於格律對偶。其自言梁陳以來，艷薄斯極，乃倡復古之調，推崇儒雅清眞之作。時杜甫與白齊名，學力厚蓄，兼綜條貫。其不薄今人愛古人之態度，尤能轉益多師，會合眾長。上得風雅，下該沈宋，渾涵萬有，此杜之所以江河長流，萬古不廢者也。泊乎大歷貞元中，體局丕變，韓愈、孟郊、獨張一幟。韓愈盛推李杜，然二公才氣橫恣，各開生面，後起難繼，愈竭力創發，乃專於奇崛險奧處求之，故以險韻爲詩，力摹漢魏，樹立宗風。昌黎既好奇險，孟郊亦硬語盤空，詩雖不足抗衡李杜，然亦能獨領風騷於當代也。奇譎之失，流於怪僻，此元白所以較勝韓孟也。蓋「奇警者，第在字句間爭難鬥險，而意味或少；坦易者，多觸景生情，因事起意，眼前景，口頭語，自能沁人心脾，耐人咀嚼。」〔註19〕元白主詩尙自然，平易質樸，爲時而著，爲事而作，本於此，一變「嘲風月，弄花草」，而爲「補察時政」、「洩導人情」。迨開成以還，溫飛卿、李商隱之綺靡纖穠興起，尙格律，忽氣骨，唐詩至此，已如三秋霜葉，夕陽餘暉，美則美矣，然已有光無熱，增人惜逝之嘆而已。

〔註19〕見清趙翼《甌北詩話》。

第二節　詩話中之風格論

一、初盛唐詩話之風格論

　　詩貴吟詠，本宜諧律，然晉宋之前，聲病之說未明，偶麗之法欠工，其時僅韵而已，無所謂律也。及唐代律詩出，《滄浪詩話‧論詩體》云：「風雅頌既亡，一變而爲離騷，再變而爲西漢五言，三變而爲歌行雜體，四變而爲沈宋律詩。」蓋有唐古詩之作，但爲模仿，律體與絕句，乃屬新創；而律絕之興，又必然得力於格律之完備。

　　詩律備於初唐，淵源溯自六朝，時沈約、王融諸子，倡爲聲病之說，一時士流景慕，翕然宗之，由是聲調妍美，歷六朝以迄初唐，乃有律詩之目，至沈、宋其格大備。《新唐書‧宋之問傳》曰：「漢建安後迄江左，詩律屢變，至沈約庾信，以音韻相婉附，屬對精密。及宋之問，沈佺期又加靡麗，迴忌聲病，約句準篇，如錦繡成文，學者宗之，號爲沈宋。」，蓋音韻婉附，聲情諧合，順其聲，達其情，則如利舟適川，無往不濟；倘違聲求義，若緣木求魚，則南轅北轍矣。

　　至乎偶詞儷句，由來已久，魏承漢後，雖浸尚華靡，而淳樸餘風，隱約尚在，及「士衡、安仁一變，而排偶開矣，靈運，延年再變，而排偶盛矣，玄暉三變，而排偶愈工，淳樸愈散，漢道盡矣。」〔註20〕則對偶之說，權輿於晉、宋之際焉。及唐初，上官儀初標六對八對之目，〔註21〕繼而有元兢之六種對，崔融之三種對〔註22〕等義對之說。又元兢之調聲三術〔註23〕乃屬聲對，並載於《文鏡秘府論》。是時對偶之法，與聲律論相結合，有唐律體乃由粗疏而精密。蓋欲工律體，須曉對偶之理，或虛實相生，或剛柔聯璧，或陰陽迭見，或開闔反正，斡旋變化，神明莫測，最見創作之藝巧。是以武后柄政，以詩賦取士，

〔註20〕見明胡應麟《詩藪》。
〔註21〕見《詩人玉屑》引《詩苑類格》所載。
〔註22〕見《文鏡秘府論》，東卷，論對類。
〔註23〕見《文鏡秘府論》，天卷，論調聲。

必「識文律者，然後令試策。」，〔註24〕官祿之途既開，好尚之情彌篤。士大夫於詩律知識之渴求殷切，講求詩格之著述，遂應運而生，以至蔚爲有唐詩學之大觀。

詩格眾作中，「聲病之迴忌，大抵止於元競。而構辭之技巧，則自元氏以下，日見嚴密。自崔融更立十體之目，益啓後人對於修辭風格之注意。從王昌齡之十七勢，轉爲皎然之十九字，以至於司空圖之二十四品，可謂愈入愈玄，影響宋元明清之無數詩論。」〔註25〕由是觀之，唐初詩格除析論聲、對偶外，亦言及詩境所呈顯之各類風貌，與風格之分類。

崔融《新定詩體》，據王夢鷗先生所考，〔註26〕書爲南宋人輯錄，撰爲李嶠評詩格，流傳於今。崔氏所撰《新定詩體》，文中有十體之目。今據《文鏡秘府論》所載，〔註27〕闡述於后：

一、形似體：謂貌其形而得其似，可以妙求，難以蠡測者是。詩曰：風花無定影，露竹有餘清。又云：映浦樹疑浮，入雲峯似滅。

二、質氣體：謂有質骨而作志氣者是。詩云：霧烽暗無色，霜旗凍不翻，雪覆白登道，冰寒黃河源。

三、情理體：謂抒情以入理者是。詩云：遊禽暮知返，行人獨未歸。又云：四鄰不相識，自然成掩扉。

四、直置體：謂直書其事，置之於句者是。詩云：馬銜苜蓿葉，劍瑩鴨鵜膏。又曰：隱隱山分地，滄滄海接天。

五、雕藻體：謂以凡事理而雕藻之，成於妍麗，如絲彩之錯綜，金鐵之砥鍊者是。詩曰：岸綠開河柳，池紅照海榴。又曰：花志怯馳年，脂顏慘驚節。

〔註24〕見《唐會要》卷75。
〔註25〕王夢鷗先生，《初唐詩學著述考》，頁103。
〔註26〕同註25，頁86。
〔註27〕崔氏所撰，文已殘佚，今據《文鏡秘府論》所載。

六、映帶體：謂以事意相愜，複而用之者是。詩曰：露花疑濯錦，
　　　　泉月似沈珠。又曰：侵雲蹀征騎，帶月倚彫弓。又
　　　　曰：舒桃臨遠騎，垂柳映連營。

七、飛動體：謂詞若飛騰而動是。詩云：流波將月去，湖水帶星
　　　　來。又曰：月光隨浪動，山影逐波流。

八、婉轉體：謂屈曲其詞，婉轉成句是。詩曰：歌前日照梁，舞
　　　　處塵生機。又曰：泛色松煙舉，凝華菊露滋。

九、清切體：謂詞清而切者是。詩曰：寒葭凝露色，落葉動秋聲。
　　　　又曰：猿聲出峽斷，月彩落紅寒。

十、菁華體：謂得其精而忘其粗者是。詩曰：青田未矯幹，丹穴
　　　　欲乘鳳。又曰：曲沼疏秋盡，長林卷夏帷。又曰：
　　　　積翠微深潭，舒丹明淺瀨。

綜觀十目，知崔氏論詩之風格，亦涉及詩歌之修辭技巧，此種風
格類型並列，且確立名目，加以例釋者，有唐一代，唯崔融，皎然與
表聖耳。是崔氏十體之說，在唐代詩評風格論之發展中，實居於承先
啓後之地位矣。

唐初詩格除論詩律對偶外，亦講求詩之作法，如王昌齡《詩格》
之十七勢，開晚唐詩格以取勢比喻法，論修辭風格之端緒。〔註28〕其
十七勢爲，第一：直把入作勢。第二：都商量入作勢。第三：直樹一
句。第四：直樹兩句。第五：直樹三句。第六：比興入作勢。第七：
諷比勢。第八：下句拂上句勢。第九：感興勢。第十：含思落句勢。
第十一：相分相勢。第十二：一句中分勢。第十三：一句直比勢。第
十四：生殺迴薄勢。第十五：理入景勢。第十六：景入理勢。第十七：
心期落句勢。〔註29〕詳繹十七勢之內容，知其在解析詩之肇始、收結、
比興、句法、篇章、情景數端。詩之爲學，雖不離才性，然非讀書之

〔註28〕晚唐詩格中以取勢比喻法，論修辭風格者，如齊己之《風騷旨格》
　　　　有十勢，徐寅之《雅道機要》有八勢，文彧之《詩格》有十勢。
〔註29〕《文鏡秘府論》，地卷，論體勢之十七勢。

多，明理之至者，無能作。是以詩貴性情，亦須論法。蓋學力之功深，乃更見性情矣。法如規矩繩尺，工匠資以集事，然法不能憑虛而立，必以情性主之，以意運法，使人適愜其情性而用之。觀此，則王昌齡詩格之十七勢，抉發詩學之奧蘊，可謂慧眼獨具。其後皎然詩式、司空圖詩品，嚴羽滄浪詩話等，皆衍其遺緒以論詩法也。

初唐、盛唐〔註30〕詩格興盛，然多屬偶對格律與修辭風格，若以今人之識力觀之，或嫌其淺陋；然椎輪爲大輅之始，造端本不易工，是後不特唐人律詩率以此爲準繩，即後世之各類詩體，亦不出其矩矱之外，吾人不可以其粗疏而忽之也。

二、中唐詩話之風格論

詩格之興，固可視爲有唐律詩建立之階，然由詩表情性一端視之，則其桎梏詩情太甚，故一二卓才儻士，不爲時風所靡，排擯而出，矯正已黷之詩法，揭櫫詩以「興寄」爲主。陳子昂初肇其端，勢猶未雄；降及大曆貞元之世，皎然之《詩式》出，主「但見性情，不睹文字」，〔註31〕詩風爲之一變。原屬講求對偶格律，采麗工妍之詩格著述至此漸趨沈寂。

皎然《詩式》之作，首先確立詩歌之崇高地位，以爲「詩者眾妙之華實，六經之菁英，雖非聖功，妙均於聖。」緣此，特標舉詩之風格爲十九體。其中有屬於思想道德範疇者，如貞、忠、節、志、德、誠、悲、怨、意，所謂「六經之菁英」是也。亦有屬於藝術範疇者，如高、逸、氣、情、思、閑、達、力、靜、遠，所謂「眾妙之華實是也」。皎然以此十九體牢籠詩歌之各類風貌，故云：「風律外彰，體德內蘊，如車之有轂，眾輻歸焉。其一十九字，括文章德體風味盡矣。」

〔註30〕本節唐詩流變採四分法，初唐由高祖武德起，當西元 618 年至 712
　　　　年。盛唐由開元起，當西元 713 年至 765 年。中唐由大曆起，當西
　　　　元 765 年至 846 年。晚唐自大中起，當西元 847 年至 902 年。見唐
　　　　代詩學，正中書局本。
〔註31〕見皎然《詩式》卷1，文章宗旨條。

又全書卷一後半與卷二全部，皆列有詩例，並標其所屬詩體，故辨體論即其風格論，亦可謂詩式之重心也。

皎然除臚列十九體風格，為之釋義，示以詩例外，又論詩有七德云：「一識理，二高古，三典麗，四風流，五精神，六質幹，七體裁。」其中高古、典麗、風流、精神，皆屬風格之範疇，又如四不、二要、四離、六迷、六至等，於各類風格藝術問題，亦曾作精微之辨證。是以詩式之風格論，可謂機杼獨出，事理該備，其沾溉詞林，殊有足多。

三、晚唐詩話之風格論

中唐以下之詩學，既著重情志之發揮，是後凡足以扞格情志之聲病規律，遂時有修正。因此，晚唐詩格乃復大行。大抵初盛唐詩格，乃承六朝聲病之說，而偏於粗淺之格律、偶對；至晚唐其著重格律與比興，而進於精細。〔註32〕其時論詩雜著，或名詩格，或名密旨，或名言格，或名要式等，名稱甚是駁雜。

晚唐，僧齊己撰《風騷旨格》，首論六詩，次論詩有六義、十體、十勢、二十式、四十門、六斷、三格等。其中除六義與六詩承繼前人外，餘皆齊己獨創，故能風行一時。其中論詩之十體、十勢、與二十式雖論為詩之法，但已涉及風格意境矣。

十體之內容：一曰高古、二曰清奇、三曰遠近、四曰雙分、五曰背非、六曰無虛、七曰是非、八曰清潔、九曰覆糚、十曰闔門。十體首揭高古、清奇二體，頗類皎然十九體之首標高、逸，此或二者皆方外高僧使然也。

詩之二十式：一曰出入、二曰高逸、三曰出塵、四曰回避、五曰並行、六曰艱難、七曰達時、八曰度量、九曰失時、十曰靜興、十一曰知時、十二曰暗會、十三曰直擬、十四曰返本、十五曰功勳、十六曰拋擲、十七曰背非、十八曰進退、十九曰禮義、二十曰兀坐。齊己於此均未加釋義，僅繫以詩例，以標示風格之內涵。二十式者，二十

〔註32〕參見羅根澤，《晚唐五代批評史》，第二章〈詩格〉，頁17。

種不同之風格也，細繹詩例，其分品晃朗可明矣。〔註33〕

至於十勢，即：獅子返擲式，猛虎踞林勢，丹鳳銜珠勢，毒龍顧尾勢，孤鴈失羣勢，洪河側掌勢，龍鳳交吟勢，猛虎投澗勢，龍潛巨浸勢，鯨呑巨海勢，蓋至晚唐詩格多用取勢比喻之法，摘詩例以實之。徐寅雅道機要嘗云：「勢者，詩之力也。如物有勢，即無往不克，此道隱其間，作者朗然可見」。是取勢比喻法，一如風格之呈顯。齊己以外，徐寅《雅道機要》，文或《詩格》，亦沿用此法。〔註34〕

徐寅《雅道機要》論詩有八勢，其中洪河側掌、丹鳳銜珠、孤雁失羣、猛虎跳澗、龍鳳交吟、猛虎踞林六勢，全出《風騷旨格》；惟雲霧繞山、孤峯直起二勢，爲徐寅獨創。

文或《詩格》論詩有十勢：即一曰芙蓉映水勢，二曰龍潛巨浸勢，三曰龍行虎步勢，四曰獅擲勢，五曰寒松病枝勢，六曰風動勢，七曰驚鴻背飛勢，八曰離合勢，九曰孤鴻出塞勢，十曰虎縱出羣勢。大抵是因循《風騷旨格》，而略加增減而已。

晚唐詩格中，亦間或論及詩之風格，惟其時「以詩自名者，多好妄立格法，取前人詩句爲例，議論蜂出。」，〔註35〕故晚唐詩格，詩句圖，本事詩等作品，雖盛極一時，然於論詩之境界，風格方面，除司空圖詩品，能發前人所未見，言時人所未言以外，卻很少有上乘之作。表聖論詩之風格，全以神行，不露痕跡，眞可謂神龍，有羚羊掛角，無跡可尋之妙。其辭意超脫凡俗，返璞歸眞，盡得風流，多富言外之致。其意境涵闊，密契性靈，有悠然意遠之境。其志節高潔，胸懷淡泊，故所論皆不墮塵世，沖和玄遠，足以睥睨詩苑，開拓心胸，使人探向茫茫廣袤之時空，得叩文學至美之境界。可謂唐代時評中，

〔註33〕程兆熊先生，《中國詩學》，第十五講齊己之二十式。其以是二十式，即詩之二十種風格。

〔註34〕許世旭先生，《韓中詩話淵源考》，頁195，以齊己《風騷旨格》之十勢，徐寅《雅道機要》之八勢，文或《詩格》之十勢，均用取勢比喻之法，以示風格也。

〔註35〕見宋《蔡寬夫詩話》。

論風格之經典作品矣。

第三節　自選詩中之風格論

　　唐人詩選集，皆各有其選擇、品藻之標準，然以好尚不同，所懸準度，遂見仁智矣。而一家之選詩，正顯示一家之主張耳，其風格見解亦蘊乎其內。

一、殷璠之《河嶽英靈氣》

　　殷璠《河嶽英靈集》自敍謂起於甲寅（玄宗開元 2 年，714），終於癸巳（天寶 12 年，753），此四十年間，正值唐代全盛時期，亦即唐詩蓬勃發展之時，集中所載，凡二十四人，如王維、李白、高適、岑參、王昌齡、孟浩然等；詩共二百三十四首。璠之持論，見於自序。云：

> 夫文有神來、氣來、情來。有雅體、野體、鄙體、俗體。
> 編紀者能審鑒諸體，委詳所來，方可定其優劣，論其取捨。

殷璠論詩，首標明體。以能審諸體者，洞悉明徹，乃可與語短長。體即風格，雅體、野體當有可論者；鄙體、俗體必無可取。其又云：

> 理則不足，言常有餘，都無興象，但貴輕艷，雖滿篋笥，
> 將何用之。

殷氏以詩有興象者乃佳，故其評騭詩人，意之所在，亦皆於興會託寓。如評常建詩云：

> 建詩似初發通莊，卻尋野徑，百里之外，方歸大道。所以
> 其旨遠，其興僻，佳句輒來，唯論意表。〔註36〕

評陶翰云：

> 歷代詞人，詩筆雙美者鮮矣，今陶生實謂兼之。既多興象，
> 復備風骨。〔註37〕

〔註36〕《河嶽英靈集》卷上，評常建。
〔註37〕《河嶽英靈集》卷上，評陶翰。

評孟浩然云：

> 浩然詩，文彩芊茸，經緯綿密，半遵雅調，全削凡體，至
> 如眾人遙對酒，孤嶼共題詩，無論興象，復兼故實。〔註38〕

所謂「興象」之說，乃指即景生情，緣情布景，能融會物我，寄物象於興會之中。境界取其渾成，鍊辭取其含蓄，而成醇厚自然之風格，此蓋強調含蓄之美也。因詩有興象，則有寄託、有內容、比物寓情，託興喻意，言有盡而意無窮，待推揣者自去捃捨，滋味全在，含蘊無限，令人一唱三嘆也。又集論云：

> 璠今所集，頗異諸家，既閑新聲，復曉古體，文質半取，
> 風騷兩挾，言氣骨，則建安爲傳，論宮商，則太康不逮，
> 將來秀士，無致深憾。

可知殷氏雖主新聲古體兼取，文質備取，實則志在風雅，遠紹建安，頗重氣骨，是以其譽力讚玄宗，云：

> 主上惡華好朴，去偽從眞，使海內詞場，翕然尊古。南風
> 周雅，稱闡今日。

殷璠力倡風雅之志，於斯概見。

二、芮挺章之《國秀集》

芮挺章於天寶3年（744）所選《國秀集》，凡三卷，錄九十人，詩二百二十首。其自序云：

> 昔陸平原之論文曰：詩緣而綺靡，是彩色相宣，烟霞交映，
> 風流婉麗之謂也。仲尼定禮樂，正雅頌，采古詩三千餘什，
> 得三百五篇，皆舞而蹈之，弦而歌之，亦取其順澤者也。

其選詩之標準，乃取乎緣情綺靡，與順乎王澤雅潤者。其選詩之動機，則緣於「風雅之後，數千載間，詞人才子，禮樂大壞，諷者溺於所譽，志者乖其所之，務以聲折爲宏壯，勢奔爲清逸。」故「雖發詞遣句，未協風騷。」是以芮氏譴謫蕪穢，登納菁英，都爲此集。則芮挺章之提倡風雅，諧協風騷之意，亦可見矣。

〔註38〕《河嶽英靈集》卷中，評孟浩然。

三、高仲武之《中興間氣集》

高仲武之《中興間氣集》，錄作家凡二十六人，詩一百三十二首。自云起於至德元首，終于大曆暮年。其自序云：

> 且夫微言雖絕，大制猶存。詳其否臧，當可擬議。古之作者，因事造端，敷弘體要，立義以全其制，因文以寄其心。著王政之興衰，表國風之善否，豈其苟悅權右，取媚薄俗哉！今之所收，殆革前弊，但使體狀風雅，理致清新，觀者易心，聽者竦耳，則朝野通取，格律兼收，自鄶以下，非所敢隸焉。

其提倡風雅之意，尤為顯豁，觀其「體狀風雅，理致清新」之語，知其所重矣。而其選詩之動機，則欲承昭明之意，又鑑於後繼者之選擇不公，乃有志撰述焉。如云：「暨乎梁昭明，載述已往，撰集者數家，推其風流，正聲最備，其餘者錄，或未至焉。何者？英華失于浮游，玉臺陷于淫靡，珠英但紀朝士，丹陽止錄吳人。此繇曲學專門，何瑕兼包眾善，使夫大雅君子，所以對卷而長嘆也。」高氏乃輒罄謏聞，博訪詞林，採察謠俗，以成此書，並以「合於典謨，則列於風雅」自許。其推闡風雅之意，甚明也。

四、元結之《篋中集》

元結於肅宗乾元 3 年（760）所選《篋中集》，錄沈千運等七人，共二十四首，其論詩主雅正之體，序云：

> 近世作者，更相沿襲，拘限聲病，喜尚形式。且以流易為詞，不知喪於雅正然哉。彼則指詠時物，會諧絲竹，與歌兒舞女，生污惑之聲於私室可矣，若令方直之士，大雅君子，聽而誦之，則未見其可矣。

又於劉侍御月夜讌令序云：

> 於戲！文章道喪，蓋亦久矣。時之作者，煩雜過多，歌兒舞女，且相喜愛，系之風雅，誰道是耶？諸公嘗欲變時俗之淫靡，為後生之規範，今夕豈不能達情性，成一時之美乎？

元結譏貶當世作者，皆不足以系風雅，且集序中亦有「風雅不興，幾及千歲」之嘆。可知其志在以風雅詩代替當時「拘限聲病，喜尚形似」之淫靡詩風。

五、韋莊之《又玄集》

韋莊選詩人一百五十人，名詩三百首，勒成《又玄集》三卷，其自序云：

> 謝元暉文集盈編，止誦『澄江』之句；曹子建詩名冠古，惟吟『清夜』之篇。是知美稼千箱，兩歧蓋少。繁絲九變，大漢殊稀。入華林而珠樹非多，閱眾籍而紫簫唯一。所以擷芳林下，拾翠巖邊，沙之汰之，始辨避寒之寶；載雕載琢，方成瑚璉之珍。故知頷下採珠，雖求十斛，管中窺豹，但取一斑。自國朝大手名人，以至今之作者，或百篇之內，時紀一章；或全集之中，微微數首；但掇其清詞麗句，錄在西齋，莫窮其巨派洪瀾，任歸東海。總共記得者，才子一百五十人，誦得者，名詩三百首。

韋氏以詩人雖多，作品雖眾，而所入選者，皆清詞麗句。觀其所選，盛唐之後諸名家，多入網羅，僧道婦女，亦未之遺。杜甫詩作，首入唐人選集中，更見其搜聞之廣，鑑識之公矣。

六、韋縠之《才調集》

韋縠《才調集》纂詩千首，每百首成卷，分之為十，素稱唐人自選詩集中之最為周全者。其自序云：

> 余少博群言，常所得志，雖秋螢之照不遠，而雕蟲之見自佳。古人云：自聽之謂聰，內視之謂明也。又安可受諸於鹵，取譏於書廚者哉。暇日因閱李杜集，元白詩，其間天海混茫，風流挺特，遂採摭奧妙，並諸賢達章句，不可備錄，各有編次。或閒窗展卷，或月榭行吟，韻高而桂魄爭光，詞麗而春色鬭美，但貴自樂所好，豈敢垂諸後昆。

是知韋縠乃以「韻高」、「詞麗」為評選標準，故四庫云韋氏乃以「穠

麗秀發爲宗，救當時粗俚之習。」蓋《才調集》成於唐末，溫李甚崇尚柔情纏綿、洪鍾遠響之豔體，故韋氏不免習染時風，自崇韻高詞麗之作也。

第四節 個別詩家之風格論

唐初詩壇，王楊盧駱仍襲前代。追逐綺縟，纂組藻采，上官儀之宮廷婉媚，與沈宋之靡麗新聲，亦未脫江左餘風。及陳子昂出，斥其采麗競繁，毫無興寄，始倡風雅，返詩風於質朴，天下之文，乃翕然一變。

一、陳子昂

陳子昂既鄙六朝綺靡之習，而推崇漢魏之骨峻竦，思深力遒，復古之功大矣。其以「興寄」爲詩之眞生命。如〈與東方左虬修竹篇〉序云：

> 文章道弊五百年矣，漢魏風骨，晉宋莫傳，然而文獻有可徵者。僕嘗暇時觀齊梁間詩，采麗競繁，而興寄都絕，每以永歎。竊思古人，常恐逶迤頹靡，風雅不作，以耿耿也。

是知陳子昂所耿耿於懷者，乃是風雅之不作，故標榜「骨端氣翔，音情頓挫，光英朗練，有金石聲」〔註39〕之篇。主恢復風雅，與漢魏風骨，且倡「以義補國」〔註40〕之比興詩。其所作〈感遇詩〉三十八首，亦能一變徐庾餘風，倡爲平淡清雅之音，故其友盧藏用作《陳子昂文集》序譽之云：「道喪五百歲而得陳君。」又：「崛起江漢，虎視函夏，卓立千古，橫制頹波，天下翕然，質文一變。」功在詩學，信不可沒。

二、李 白

李白承子昂之後，倡以同調，尚風雅、清眞，其〈古風〉之首章云：

〔註39〕見陳子昂〈與東方左虬修竹篇序〉。
〔註40〕見陳子昂〈嘉馬參軍相遇醉歌序〉。

> 大雅久不作，吾衰竟誰陳，王風委蔓草，戰國多荊榛。龍
> 虎相啖食，兵戈逮狂秦。正聲何微茫，哀怨起騷人。揚馬
> 激頹波，開流蕩無垠。廢興雖萬變，憲章亦已淪。自從建
> 安來，綺麗不足珍。聖代復元古，垂衣貴清眞。羣才屬休
> 明，乘運共躍鱗。文質相炳煥，眾星羅秋旻。我志在刪述
> 垂映千春。希聖如有立，絕筆於獲麟。

又第三十五章云：

> 醜女來效顰，還家驚四鄰，壽陵失初步，笑殺邯鄲人。一
> 曲斐然子，雕蟲喪天眞。棘刺造沐猴，三年費精神。功成
> 無所用，楚楚且華身。大雅思文王，頌聲久崩淪，安得郢
> 中質。一揮成風斤。

其提倡復古，力追建安，崇尚自然，破棄格律之意可見。且李白以恢
復詩之元古清眞自任。所謂「蓬萊文章建安骨，中間小謝又清發。」，
〔註41〕「諾謂楚人重，詩傳謝朓清。」，〔註42〕「解道澄江靜如練，
令人長憶謝玄暉。」〔註43〕知李白雖薄建安以來「綺靡不足珍」，然
於清新、清麗之風格，則甚爲稱許也。

三、杜 甫

杜甫論詩異於李白，特著重於沿襲齊梁詩風中藝術之美，而廢棄
拘忌競采蠹文之處，即兼采陳昂、李白之復古，以合漢魏晉宋之長，
故能集其大成。此理可於〈戲爲六絕句〉中得到確證。如云：

> 庾信文章老更成，凌雲健筆意縱橫。今人嗤點流傳賦，不
> 覺前賢畏後生。楊王盧駱當時體，輕薄爲文哂未休，爾曹
> 身與名俱滅，不廢江流萬古流。

正見其不薄六朝，亦不卑視初唐，又云：「未及前賢更勿疑，遞相祖述
復先誰，別裁僞體親風雅，轉益多師是汝師。」又〈偶題詩〉云：「前
輩飛騰入，餘波綺麗爲。俊賢兼舊制，歷代各清規。」可知杜甫重視

〔註41〕見李白〈宣州謝朓樓餞別校書叔雲〉。
〔註42〕見李白〈送儲邕之武昌〉。
〔註43〕見李白〈金陵城西樓月下吟〉。

風雅，然又以前輩作風趨於綺麗，乃遞相祖述，實流風所趨，未可輕薄。後世承流接響，自能轉益多師。故「清詞麗句必爲鄰」，〔註44〕「綺麗玄暉擁」，〔註45〕蓋好古者遺近，務華者去實，各執一端，兩無是處。杜氏於此乃指示詩道正鵠，所謂能見其大，能見其全者也。又杜甫論詩，亦頗重骨氣，其稱庾信爲「凌雲健筆意縱橫」，〔註46〕稱賈氏爲「雄筆映千古」，〔註47〕稱元結爲「詞氣浩縱橫」，〔註48〕又於〈醉歌行贈從姪勤〉云：「詞源倒流三峽水，筆陣獨揮千人軍。」故能上承齊梁，而不落於齊梁，必綺而有質，艷而有骨，清而不薄，新而不奇者方宗之。即以藻麗爲其形式，以意興爲其內容也。嗚呼！杜甫之所以能凌越當代，衣被後學者，不謂無因矣。

四、韓　愈

　　李杜而後，降及貞元元和間，有韓昌黎出。因李杜既已窮極變化於前，自亦難開蹊徑，其間惟少陵奇險處，尤有可得而言者。故昌黎遂由此闢山開道，加以才華橫溢，觸處生春，故能於李杜之外，別樹一幟。其於初盛唐諸家，獨推陳子昂、李白、杜甫，同時者，孟郊一人耳。其〈薦士〉云：

> 國朝盛文章，子昂始高蹈。勃興得李杜，萬類困陵暴，後來相繼生，亦各臻閫隩。有窮者孟郊，受材實雄驚。冥觀洞古今，象外逐幽好。橫空盤硬語，妥帖力排奡。敷柔肆紆餘，奮猛卷海潦。榮華肖天秀，捷疾逾響報。

又〈調張籍〉云：

> 李杜文章在，光焰萬丈長。不知群兒愚，那用故謗傷，蚍蜉撼大樹，可笑不自量。伊我生其後，舉頸遙相望。

則其傾倒李杜尤至矣。而其〈贈東野〉詩云：「昔年曾讀李白、杜甫

〔註44〕見杜甫〈戲爲六絕句〉。
〔註45〕見杜甫〈八哀詩之八〉。
〔註46〕同註44。
〔註47〕見杜甫〈送唐誡因寄禮部賈侍郎〉。
〔註48〕見杜甫〈同元使君舂陵行〉。

詩，長恨二人不相從。吾與東野生並世，如何復躡二子蹤。我願化爲雲，東野化爲龍。」是又隱然以李杜自相期許，且心折東野，亦云極矣。其以孟東野之詩「橫空盤硬語，妥帖力排奡」，所以深嘉屢歎。蓋「孟郊詩寒澀窮僻，琢削不假，眞苦吟而成，觀其句法格力，可見矣。」〔註49〕而昌黎本好奇崛，東野亦硬語盤空，以是後人並稱韓孟。又於〈醉贈張秘書〉詩云：「險語破鬼膽，高詞媲皇墳。至寶不雕琢，神功謝鋤耘。」故昌黎於詩，固喜怪奇之論也。

五、白居易

　　唐詩至元和，詩格大變，時昌黎以奇崛之體，自張其軍，而奇崛易流於澀僻。如盧同、賈島之作，或至不可卒讀。元白於是時不相師襲，特開一派。大抵元白之論，皆謂詩須有爲而作。白居易論詩之爲用，在於「補察時政」、「懲勸善惡」、「洩導人情」。〔註50〕反對雕章鏤句，淫辭麗藻，其〈策林六十八〉議文章云：

> 古之爲文者，上以紐王教，繫國風；下以存炯戒，通諷諭。故懲勸善惡之柄，執於文士褒貶之際焉。補察得失之端，操於詩人美刺之間焉。今褒貶之文無覆實，則懲勸之道缺矣；美刺之詩不稽政，則補察之義廢矣。雖雕章鏤句，將焉用之。臣又聞稂莠秕稗生於穀，反害穀者也。淫辭麗藻生於文，反傷文者也。

白居易乃主平易尚實，化質樸平易之語，而爲神奇，正見其本領所在矣。故〈策林六十八〉又云：

> 伏惟陛下詔主之司，諭養文之旨，俾辭賦合炯戒諷諭者，雖質雖野，採而獎之；碑誄有虛美愧辭者，雖華雖麗，禁而絕之。若然，則爲文者必當尚質抑淫，著誠去僞，小疵小弊，蕩然無遺矣。

此其尚質著誠之旨，又〈與元九書〉云：

〔註49〕見宋魏《泰臨漢隱居詩話》。
〔註50〕見白居易〈與元九書〉，又〈策林六十八〉。

聖人感人心，而天下和平。感人心者，莫先乎情，莫始乎
言，莫切乎聲，莫深乎義。詩者，根情、苗言、華實、實
義。上自賢聖，下至愚騃，微及豚魚，幽及鬼神，羣分而
氣同，形異而情一。未有聲入而不應，情交而不感者。聖
人知其然，因其言，經之以六藝，緣其聲，緯之以五音，
音有韻，義有類，韻協則言順，言順則聲易入，類舉則情
見，情見則感易交。

是白居易主詩之易讀易解也。且其以詩之爲詩，非止本於性情，表以
語言，佐以聲調，尤須實之以義，而實義之法，則在「上以補察時政，
下以洩導人情」，〈與元九書〉續云：

故聞元首明、股肱良之歌，則知虞道昌矣。聞五子洛汭之
歌，則知夏政荒矣。言者無罪，聞者作戒，言者聞者，莫
不兩盡其心焉。洎周衰秦興，採詩官廢，上不以詩補察時
政，下不以歌洩導人情，乃至於諂成之風動，救失之道，
于時六藝始刓矣。

夫白氏詩歌既在爲事而作，爲生民而寫，故其主風雅，[註51]欲恢復
古代采詩之制度。[註52]廣大教化，用語平易，道得人心中事，深入
淺出，正是高格。

六、李商隱

詩至晚唐，風容色澤，偏於纖穠綺靡，無復渾涵氣象，已見衰世
之徵。論者以唐人學杜甫而得其藩籬者，惟李義山一人而已。[註53]
其才氣縱橫，故能別立門戶，自成一家。論詩主於緣情，反對載道，
於〈上崔華州書〉云：

愚生二十五年矣，五年讀經書，七年弄筆硯。始聞故老言：
『學道必求古，爲文必有師法』，常悒悒不快。退自思曰：
夫所謂道，豈古所謂周公孔子者獨能邪。蓋愚與周孔同身

[註51] 見〈與元九書〉。
[註52] 見白居易〈策林六十九采詩〉，又新樂府之五十采詩官。
[註53] 見宋《蔡寬夫詩話》引王安石語；又葉夢得《石林詩話》。

之耳！以是有行道不繫今古，直揮筆為文，不愛攘取經史，
諱忌時世，百經萬書，異品殊流，又豈能意分出其下哉？

又於《容州經略使元結文集》後序云：

論者徒曰，次山不師孔氏為非，鳴呼！孔氏於道德仁義外
有何物？百千萬年聖賢相隨于塗中耳！次山之書曰：三皇
用眞而恥聖，五帝用聖而恥明，三王用明而恥察，嗟嗟此
書，可以無盡，孔氏固聖矣，次山安在其必師之邪？

其以道非周孔所獨能，而反對為文必載周孔之道。更謂直揮筆為文，
不愛攘取經史，則其違棄文以載道之意，灼然可見。其以文學宜道情
志，《樊南甲集》序云：

樊南生十六，能著才論、聖論，以古文出諸公間。後聯為
鄆相國、華太守所憐，居門下時，敕定奏記，始通今體。
後又兩為秘省房中官，恣展古集，往往咽噱于任、范、徐、
庾之間。有請作文，或時得好對切事，聲勢物景，哀上浮
壯，能感動人。

李義山既反對古文之載道，乃創為四六文。駢四儷六，辭多麗語，究
形式之華藻，內容則以情為主。文且如是，詩更可知。〈獻侍郎鉅鹿
公啓〉云：

屬詞之工，言志為最。自魯毛兆軌，蘇李揚聲，代有遺音，
時無絕響。雖古今異制，而律呂同歸。

又〈獻相國京兆公啓〉云：

人稟五行之氣，秀備七情之動，必有詠嘆，以通性靈。

正見其論詩以「性靈」為主之旨。李商隱既以「枕石漱流，則尙於枯
槁寂寥之句；攀麟附翼，則先於驕奢豔佚之篇。」〔註54〕功名利祿固
為士子奔競之鵠的，則屬乎「攀麟附翼」者〔註55〕之李商隱，自必倡
導且創作「驕奢豔佚之篇」也。

〔註54〕見李商隱之〈獻侍郎鉅鹿公啓〉。
〔註55〕李商隱先為鄆相國華太守所憐，後兩為秘書省房中官，正是攀麟附
　　　　翼者。

第三章　皎然《詩式》之風格論

　　《詩式》，顧名思義，似爲揭櫫作詩之法則與規範之作，皎然薈萃前修，機杼別立，於詩歌之宗旨、取境、立意、品藻、用事、風格、聲律等，一一爲之昌明，其持論恒以詩爲證，並錄西漢之降，以至有唐之名篇麗句，輒欲商校，以正其源，﹝註1﹞是大有功於詩道也。本章分四節，由皎然之詩觀，而決定風格之因素，而風格之種類、意義及其對風格之理想。特在此發凡，以下分別言之。

第一節　皎然之詩觀

一、復古通變

　　文學潮流之衍變，輒有復古趨新之分，說者各執一辭，皎然處大曆貞元之世，當格律之說猶存餘音之際，彼乃主張作者須知復古通變之道，亦可謂豪傑之士矣，如云：

> 反古曰復，不滯曰變，若惟復不變，則陷於相似之格，其狀如駑驥同廄，非造父不能辨，能知復變之手，亦詩人之造父也。﹝註2﹞

﹝註1﹞見五卷本詩式序，《十萬卷樓叢書》之五卷本詩式，爲今之孤本。本論文凡引詩式者，大抵以該本爲主，間輔以何文煥《歷代詩話》本詩式。

﹝註2﹞《詩式》卷5，復古通變體。

其又示人以強效復古之病，云：「復忌太過，詩人呼爲膏肓之疾。」，乏天機者，強欲效之，則反令思擾神沮，猶如「不工劍術，而欲彈干將大阿之鋏，必有傷乎之患。」，蓋詩之成篇，故需取資典實，捃摭事類，然必融己情性，出以神理，方爲上乘。因而皎然更倡通變之說，云：

> 夫變若造微，不忌太過，苟不失正，亦何咎哉。如陳子昂復多而變少，沈宋復少而變多。〔註3〕

皎然以詩之創造，貴能通變，復古而不泥於古，以傳統爲本，自翻新意爲尙。其所以主張如此者，實以當時詩壇復變太過，遂起而折衷調和之。

二、崇尙自然

　　皎然論論之成篇，主「入於苦思，出以自然」，《詩式》卷一取境云：「不要苦思，苦思則喪自然之資，此亦不然，夫不入虎穴，焉得虎子，取境之時，須至難至險，始見奇句。」，其所謂「苦思」，非斤斤於雕琢辭藻，及指詩人創作態度謹嚴，沈浸含咀，醞釀深到，乃成佳篇，然又須出以自然，無斧鑿之痕，其云：「成篇之後，觀其氣貌，有似等閒不思而得，此高手也。」使人於其篇章之自然質樸中見出眞味，似無意乎尋求，而不期然相遇，實則皆由慘淡經營，殫思竭慮所致也。

　　由是觀之，皎然主文成於自然，故其以用事，用典皆有傷眞美，直抒胸臆，性情流露，乃爲上品，因之於《詩式》卷一詩有五格中，以「不用事爲第一，且以謝靈運爲詩「眞於情性，尙於作用，不顧詞彩，而風流自然」爲高。崇尙自然，則必反對聲律、對偶，故竭力抨擊沈約四聲八病之說，責以「酷裁八病，碎用四聲，故風雅殆盡，後之才子天機不高，爲沈生弊法所媚，懵然隨流，溺而不返。」。又主張對偶須合自然之旨，如大匠斲輪，略無斧鑿痕跡，《詩式》卷一對句不對句，云：「夫對者，如天尊地卑，君臣父子，蓋天地自然之數，若斤斧跡存，不

〔註 3〕同註2。

合自然，則非作者之意。」，是以皎然實以自然爲創作之基本原則也。

三、文質並重

詩者情志所托，故當以意主之，以辭達意，然意與辭，亦即質與文，二者互爲體用，使文不滅質，博不溺心，然後雕琢其章，始謂彬彬君子。皎然《詩式》所論，雖注意內容，然亦重視形式，其詩有七德，首標識理，次爲高古、典麗、風流、精神、質幹、體裁、七德並觀，正見其文質兼重之意。詩歌之作，固以立意爲宗，若乃潤之以丹彩，則其味彌深，其美愈顯。故皎然云：「無鹽闕容而有德，曷若文王太姒，有容而有德乎？」又：「至麗而自然。」又：「雖欲廢詞尚意，而典麗不得遺。」是知文質並重，爲其詩論之大本也。

第二節　決定風格之因素

詩之爲學，性情而已，大凡眞情之作，必出於至性之人。蓋詩人感物，聯類不窮，其生命原與作品綰合爲一，故其寫景狀情，莫非情性之返照，性情相殊，則景雖似而實舛，故情動辭發，創作以成。

皎然主文貴獨創，不以寫古爲能，立意於眾人之先，放詞於群才之表，故其《詩式》卷五立意總評云：「詩人意立變化，無有倚傍，得之者懸解其間。」又皎然依文學作品之藝術風貌，區分詩品爲十九，蓋詩者感物而發，作者情性不同，其形成之藝術風格亦各異，《詩式》卷一辨體一十九字云：

> 夫詩人之銳思初發，取境偏高，則一首舉體便高；取境偏逸，則一首舉體便逸；才性等字亦然，體有所長，故各歸功一字。偏高偏逸之例，直于詩體篇目風貌，不妨一字以下，風律外彰，體德內蘊，如車之有轂，眾輻歸焉。其一十九字，括文章德體風味盡矣，如易之有象辭焉。今但注於前卷中，後卷不復備舉。其比興等六義，本乎情思，亦蘊乎十九字中，無復別出矣。

皎然本「風律外彰，體德內蘊」，爲分體之標準，即依道德、感情、內容、韻味，以區分藝術風格，《詩式》卷一重意詩例云：「但見情性，不覩文字，蓋詣道之極也。」，又文章宗旨謂靈運所作詩，發皆造極，究其根源乃在「眞於情性，尙於作用，不顧詞彩，而風流自然。」，又細繹辨體一十九字之詩例，尤見詩歌風格之形成，源於作者情性之激越與心靈之創發矣。

　　皎然《詩式》中，多處可見其於風格之精細審辨，如詩有四不云：「氣高而不怒，怒則失於風流；力勁而不露，露則傷於斤斧；情多而不暗，暗則傷於拙鈍；才贍而不疏。疏則損於筋脈。」；又詩有二要云：「要力全而不苦澀，要氣足而不怒張。」又詩有二廢云：「雖欲廢巧尙直，而思致不得置，雖欲廢言尙意，而典麗不得遺。」又詩有四離：「雖期道情而離深僻，雖用經史而離書生，雖尙高逸而離迂遠，雖欲飛動而離輕浮。」又詩有六迷云：「以虛誕而爲高古，以緩漫而爲沖澹，以錯用意而爲獨善，以詭怪而爲新奇，以爛熟而爲穩約，以氣少力弱而爲容易。」，由以上觀之，皎然《詩式》於詩之風格、意境，作極精細之辨證工夫，將露，疏、苦澀、怒張、深僻、迂遠、輕浮、虛誕、緩漫、詭怪、力弱等，擯斥於理想藝術風貌之外，其所念茲在茲者，乃眞于情性，方爲詩道之極。故詩貴情性，實爲皎然於詩歌創作，所懸之最高藝術標準。

第三節　風格之種類及其意義

一、風格之種類

　　皎然分詩風格爲一十九類，各以一字定其體，即高、逸、貞、忠、節、志、氣、情、思、德、誡、閑、達、悲、怨、意、力、靜、遠，其中除「忠」體外，皆一一標舉詩例，皎然自謂：「其一十九字，括文章德體風味盡矣。」茲將各體，舉其詩例權徵，以明個別之內涵風貌。高：「風韻切暢曰高。」按：其詩例幾全爲古風，而無近體絕律。托

詞溫厚，寓意深遠，反覆優游，雍容不迫，饒出世之韻致。或俯
覽萬物，抗懷千古，或長空廣漠，泉石煙霞，皆不可明白說盡，
含蓄無限，蘊古樸之趣，其格自高。詩如：

晉左太沖詠史：「被褐出閶闔，高步追許由，振衣千仞岡，濯足
萬里流。」

陶潛飲酒：「山氣日夕佳，飛鳥相與還，此中有真意，欲辨已忘
言。」

逸：「體格開放曰逸。」按：其詩例皆郭璞之遊仙詩。詩有「逸」格，
正因詩人胸襟廓然，超俗絕塵，故落筆點墨，逸出塵表，深入化
機，獨具曠懷，別有風致，飄渺凌虛，殆難執著矣。《詩式》卷
一明勢云：「高手述作，如登荊巫，覿三湘鄙郢山水之盛，縈迴
盤礴，千變萬態，或極天高恃，崒焉不群，氣騰勢飛，合沓相屬，
或修江耿耿，萬里無波，淡出高深，重複之狀，古今逸格，皆造
其極矣。」，逸體特質，於此可見。詩如：

郭景純游仙：「吞舟湧海底，高浪駕蓬來，神仙排雲出，但見金
銀臺。」

郭景純游仙：「左挹浮邱袂，右拍洪崖肩。」又：「姮娥揚妙音，
洪崖頷其頤。」

貞：「放詞正直曰貞。」按：貞體顯依道德標準而立。以下忠體、節
體、志體，皆可如是觀。唯忠體獨無詩例也。蓋吾國文學向重德
性，是以先哲之教，觀乎天，則于其運轉不窮，見自強不息之德；
觀乎地，見博厚載物之德；觀乎澤，思水潤萬物之德；觀乎火，
思光明普照之德。至乎有生之物，云牛有負重之德，羊有善美之
德，犬有忠誠之德，松柏有後凋之德，梅竹有清貞之德，蘭桂有
芳潔之德，人為萬物之靈，秉此仁心，以觀萬物，見物各有其靈，
皆賦以德，此固吾國人文精神之所在也。皎然《詩式》亦論詩德，
蓋文學之藝術風貌，除作者之真情外，其稟賦之德性，亦當為決
定風格之要素。是以每觀其詩，而想見其人德也。詩如：

謝靈運述祖德：「達人貴自我，高情屬天雲。兼抱濟物性，而不

嬰垢氛。」

曹子建贈丁儀王粲：「山岑高無極，涇渭揚濁清。」

忠：「臨危不變曰忠。」

節：「持操不改曰節。」詩如：

鮑明遠出自薊北門：「馬毛縮如蝟，角弓不可張。時危見臣節，世亂識忠良。投軀報明主，身死為國殤。」

江文通古別離：「願一見顏色，不異橘樹枝。兔絲及水萍，所寄終不移。」

志：「立志不改曰志。」詩如：

劉孝綽詠竹：「無人重高節，徒自抱貞心。誰當製長笛，當為吐龍吟。」

吳均贈別新林：「僕本幽并兒，抱劍事邊陲。風亂青絲絡，露染黃金羈。」又：「氣為故交盡，心為新交開。但令方寸是，何須銅雀臺。」

氣：「風情耿耿曰氣。」按：氣體詩例有燕太子送荊軻，蓋荊軻入秦，易水風起，白虹貫日，俠骨豪情，千載讀之，餘情彌篤。夫詩以氣勝，則生懍懍之心。機無滯礙，韻自生動。自孟子開以氣論辭之先，遂有仲任養氣之篇，〔註4〕魏文主氣之論，〔註5〕彥和亦主為文當注意養氣，且以剛柔說氣，後世取法者甚眾。皎然以風情耿耿釋氣，或偏於氣之陽剛之美，正與思體之氣多含蓄，偏陰柔之美互對。詩如：

燕太子送荊軻：「風蕭蕭兮易水寒，壯士一去兮不復還。」

吳均胡無人行：「劍頭利如鋩，常持照眼光。男兒不惜死，破膽且君嘗。」又入關詠：「羽檄起邊庭，烽火亂如螢。是時張博望，夜赴交河城。馬頭邀落日，劍尾掣流星。」

情：「緣景不盡曰情。」按：境由情生，情因景得，詩人凝神觀物，物我契合，立萬象於胸懷，傳情致於毫端，雖僅出數語，而寓情

〔註4〕見王充《論衡·自紀篇》。

〔註5〕見曹丕〈典論論文〉，〈與吳質書〉。

不盡。觀皎然情體詩例，皆能以情附景，以景啓情，遂能以有限之景，啓深長之情。詩如：

> 蔡伯喈詩：「青青河畔草，綿綿思遠道。」又：「客從遠方來，遺我雙鯉魚，呼兒烹鯉魚，中有尺素書。」
>
> 阮嗣宗詠懷：「灼灼西頹日，餘光照我衣，回風吹四壁，寒鳥相因依。」

思：「氣多含蓄曰思。」按：所舉詩例，多爲婉轉低廻，相思情懷之作。蓋古來死別吞聲，生離惻惻，詩人善感，情思連綿，如江潮澎湃，然每於內省之際，遂斂濃郁之情，出以含蓄之詞。如詩：

> 江文通擬班婕妤詠團扇：「紈扇如圓月，出自機中素。畫作秦王女，乘鸞向煙霧。彩色世所重，雖新不代故。切愁涼風至，吹我玉階樹。君子思未畢，零落在中路。」
>
> 張茂先情詩：「佳人處遐遠，蘭室無容光。」

德：「詞溫而正曰德。」按：觀此體詩例，或描述溫煦之景，或抒寫仁厚之情，或頌贊帝王之德，皆出以溫柔敦厚之意，溫柔則宅心和平，善於體恤；敦厚則胸襟寬闊，涵念他人。皆雅正平和，富有雍容氣象。詩如：

> 傅長虞贈何邵王濟：「日月光太清，列宿耀紫微。赫赫大晉朝，明明闢皇闈。」
>
> 陳徐陵登古城南應令：「聖政調三象，神州貢五都。山川浮紫塞，城闕應皇圖。業定商周鼎，功包天地爐。寧唯戰涿鹿，詎肯斷飛狐。」

誠：「檢束防閑曰誠。」按：誠體之詩，意在警世，示以修齊之道。蓋修身如治玉，必謹守法度，勤加斲削，璞石脫去，美玉煥然。皎然標濟世振衰之體，正見其於文學藝術，崇尙實用之意，詩如：

> 古詩：「人生寄一世，奄忽若飆塵。何不策高足，先據要路津。」
>
> 謝靈運石壁精舍還湖中作：「慮淡物自輕，意愜理無違。寄言攝生客，試用此道推。」

閑：「情性疏野曰閑。」按：閑者，自然閒適，逍遙不羈，率眞疏野，

純任情性，隨其性之所安，取以天真，但求放浪形骸，不受拘束，疏野之象自現。夫初民謠詠，自成天籟，質樸絕偽，未染機巧。是以《休齋詩話》嘗云：「人之為詩，要有野意，蓋詩非文不腴，非質不枯，能始腴而終枯，無中邊之殊，意味自長。」，〔註6〕其論深契閑體窾要。詩如：

王仲宣七哀：「朝發鄴都橋，暮濟白馬津。逍遙河隄上，左右望我軍。」

宋之問晦日幸昆明池應制：「舟陵石鯨度，槎拂斗牛回。象溟看落景，燒劫辨沈灰。不愁明月盡，自有夜珠來。」

達：「心迹曠誕曰達。」按：夫人生百年，轉瞬間事，歡樂苦短，憂患時多，惟曠能容，惟達能通。是以詩人長携樽酒，遨遊山水，且行且歌，以此自適。得失榮枯，毫無繫累，曠達空靈，形迹何拘。此即達體所表現之人生觀也。詩如：

古詩：「生年不滿百，常懷千歲憂，晝短苦夜長，何不秉燭遊。」

陶潛挽歌：「向來相送人，各已還其家。親戚或餘悲，他人亦已歌。」又作鎮軍參軍徑曲阿：「望雲慚高鳥，臨水愧游魚。真想初在襟，誰謂形迹拘。」

悲：「傷甚曰悲。」按：悲體多述宦途失意，生離死故之悲。詩人心靈精微銳敏，於此萬象更迭，飄忽倥傯之生命中，穆然深思，必有悱惻感悲之懷者；乃遣辭染翰，申諸毫端，以示人世之缺憾。詩如：

曹子建三良詩：「功名不可為，忠義我所安。秦穆先下世，三臣皆自殘。」

沈佺期從幸故青門應制：「漢皇建都邑，渭水對青門。朝市俱東逝，墳陵共北原。荒涼蕭相宅，蕪沒邵平園。」

怨：「詞調悽切曰怨。」按：怨體多述纏綿鬱積之情。蓋詩人以性情之真，跌宕於人間之飛沈寒暖，發而為文，遂成哀歎悽婉之詞。蓋生命之網絡，人事之抑鬱，恆使生命不能暢遂拓衍，怨浪愁侵，

〔註6〕《詩人玉屑》引《休齋詩話》語。

亂山凝恨，喟息愈益加深矣。詩如：

蔡伯喈詩：「枯桑知天風，海水知天寒，入門各自媚，誰肯相爲言。」

嵇叔夜幽憤：「煌煌靈芝，一年三秀。予獨何爲，有志不就。」

意：「立言曰意。」按：意體所列詩例，多與《詩式》卷五立意總評中，所標舉之詩例同。是知皎然立言即立意。其云：「詩人意立，變化無有倚傍，得之者懸解其間。」，立言者非斤斤於華藻麗辭，而以創意爲上。蓋造意之妙，與造物相表裡，中藏乾坤，尺幅千里，以展呈心靈之深遠內涵。是以意在筆先，乃成千古佳論。詩如：

阮嗣宗詠懷：「三楚多秀士，朝雲進荒淫。朱華振芬芳，高蔡相追尋。一爲黃雀哀，涕下誰能禁。」

陶潛讀山海經：「孟夏草木長，遶屋樹扶疎。眾鳥欣有託，吾亦愛吾廬。歡然酌春酒，摘我園中蔬。微雨從東來，好風與之俱。」

力：「體裁勁健曰力。」按：力體詩例僅舉一首，此體特質，當可於勁健二字，見其端倪。夫詩以氣韻清高深眇，格力雅健雄豪者爲絕勝，力體之詩，氣象剛健雄渾，內蘊眞精，外鑠強力，蓄養太素，守之以中，非特文字之雄豪偉壯而已也。詩如：

孟浩然彭蠡湖中盧山：「中流見匡阜，勢壓九州雄。黭黮疑黛色，崢嶸當曙空。爐峰日初上，瀑布噴成虹。」

靜：「非如松風不動，林狖未鳴，乃謂意中之靜。」按：意中之靜，非指現象之靜止，乃指虛靜無欲之精境界，是精神狀態表現於文學藝術，則頗類佛家禪悟之思。詩人憑其深靜之胸襟，於凝神獨照之際，瞭然宇宙深沈之哲理，如於拈花微笑間，即契悟奧妙之禪境，細心捫搉，自能默契此中造詣也。詩如：

宋之問入崖口寄李適：「路極奇謂盡，勢廻趣轉綿。人遠草木秀，山深雲景鮮。時扳乳竇憩，屢薄天窗眠。夜絃響松月，朝櫬弄苔泉。」

孟浩然登鹿門山懷古：「隱跡今尚存，高風邈已遠。白雲何時去，丹桂空偃蹇。」

遠：「非如渺渺望水，杳杳看山，乃謂意中之遠。」按：意中之遠，
非指外境之遠，乃指悠遠飄渺之精神境界。遠則景物深邃，幽情
遠思，如睹異境，詩人乃得遊心虛曠，不爲世俗所囿。蓋縈廻不
盡，掩映廻環，煙雲綿邈，皆所以表現虛實相涵，往來悠遠之藝
術境界。詩如：

謝朓別范零陵：「洞庭張樂地，瀟湘帝子游。雲去蒼梧野，水還
江漢流。」

王維送晁監還日本：「向國唯看日，歸帆但信風。鰲身映天黑，
魚眼射波紅。」

二、辨體十九字之意義

（一）重視詩德

　　皎然揭櫫詩歌之崇高地位，云：「夫詩者，眾妙之華實，六經之
菁英，雖非聖功，妙均于聖。」又：「向使此道尊之於儒，則冠六經
之首；貴之於道，則居眾妙之門；崇之於釋，則徹空王之奧。」在
此原則上，其又倡辨體論與詩德論，以見詩道之所以可尊。辨體一
十九字中，貞體、忠體、節體、志體、誠體，顯然依道德標準而說，
故皎然以「風律外彰，體德內蘊，如車之有轂，眾輻歸焉，其一十
九字，括文章德體風味盡矣。」，又所謂詩有七德，其中高古、典麗、
風流、精神，亦皆屬風格之範疇。至此，皎然論風格之重視道德，
昭然可見矣。

　　人品與文品之關係，自古即甚重視，尤以詩歌之風格表現，除作
者先天之情性資稟外，後天所陶染之品格德性，亦當爲其重要因素。
是以「聖人因智以造藝，因藝以立事。藝者，德之枝葉。德者，人之
根幹也。二者不偏行，不獨立。」，〔註7〕信乎！道德與文章之不可相
離也。是以鍾嶸評陶潛詩云：「文體省靜，殆無長語，篤意眞古，辭興
婉愜，每觀其文，想其人德。」因之，皎然重視詩德，亦不謂無本也。

〔註7〕見徐幹《中論·藝紀篇》。

（二）品評得失

　　綜觀《詩式》辨體一十九字之釋義及詩例，其中情、思、意、志各體詩例較多，而逸、閒、力各體詩例較少，唯忠體獨無詩例，其一十九體，或依道德，或依感情，或依內容，或依韻味，皆直就詩作之本質作用分類，方法具體公允，異乎鍾嶸以三品定詩人之高下也。

　　《詩式》於一十九體之下，皆注有簡短釋義，如「風韻切暢曰高」、「體格閒放曰逸」等等，又另實以詩例，以為各體註腳。較之司空圖詩品，創造二十四品之具體詩境，以呈現各種不同風格者，則嫌過於抽象。但椎輪誠大輅之始，皎然作始之功，亦不可沒。

（三）承先啟後

　　皎然，唐代高僧，秉其禪道之思，掭筆操觚以論詩體，匠心獨照，自鑄偉詞，於來學之嘉惠，誠不謂鮮。夫詩以言情性，渾然天成，不可力強而致，若欲窺其神氣風貌，實非易事，而《文心雕龍》之數窮八體，已啟其端緒，司空表聖之二十四品，又繼相步武，皎然《詩式》可稱其間過渡之津梁矣。

　　皎然以德體體風味為內涵，標舉一十九體，牢籠詩之所有風貌，且各示以詩例，使讀者優游涵咏，深得其中妙境，誠詩壇之鴻寶，人間之鉅觀。有唐詩論雖多，而皎然《詩式》，可謂規模獨具，振鑠千古矣。

第四節　皎然之風格理想

　　皎然於詩之風格，最崇「高」、「逸」二體，蓋其乃方外僧人，性耽禪閱，《詩式》中序云：

> 貞元初，余與二三子居東溪草堂，每相謂曰：世事喧喧，非禪者之意，假使有宣尼之博識，胥臣之多聞，終朝矜道侈義，適足以擾我真性，豈若孤松片雲，禪座相對，無言而道合，至靜而性同哉。吾將深入杼峰，與松雲為侶，所著詩式諸文筆，併寢而不紀。

可知其以禪者之意，託懷幽玄，用之於詩，崇尚「高」、「逸」也必矣。其不惟以「高」、「逸」列十九體之首，又明勢條云：

> 高手述作，如登荊巫，覿三湘鄢郢山川之盛，縈廻盤礴，
> 千變萬態，或極天高峙，崒焉不羣，氣騰勢飛，合沓相屬，
> 或修江耿耿，萬里無波，淡出高深，重複之狀，古今逸格，
> 皆造其極矣。

明標造境之極致，必臻「高」、「逸」，方爲上格。皎然身爲釋子，故其論詩輒有禪味，《詩式》卷一文章宗旨條云：「康樂公早歲能文，性穎神徹，及通內典，心地更精，故所作詩，發皆造極，得非空王之道邪？」更明揭詩作之造極，緣於精通釋典，得於空王之助。則其所以倡「高」、「逸」之旨者，當可明矣。

皎然受禪學影響，特重象外心證，[註8] 故於語言文字，能超越其形式障礙，直尋言外之意。蓋詩人吟咏諷誦之際，默契天眞，冥悟萬物之理，力奪造化之工，寄意於翰墨之外，而讀者須不執著於文字，方可得其深趣。此即皎然於重意詩例中所云：「兩重意已上，皆文外之旨，若遇高手如康樂公覽而察之，但見性情，不覩文字，蓋詣道之極也。」又如評池塘生春草，明月照積雪云：「池塘生春草，情在言外，明月照積雪，旨冥句中。」評鮑明遠西城廨中望月詩云：「意在言外」，是皆不落言筌之意也。[註9]

皎然言比興，亦引象外之意以釋之，如云：「取象曰比，取義曰興，義即象下之意，凡禽魚草木人物名數，萬象之中義類同者，盡入比興。」又：「比興等六義，本乎情思，亦蘊乎十九字中。」又：「緣景不盡曰情。」，可知，皎然實結合情、景以云比興，則比興乃屬意境之範疇。其以有比興，即有象外之意，文外之旨，言外之情，以此別於唯取象爲譬，不能融情於景之修辭比擬，則皎然之言比興，乃情

〔註8〕其時南禪宗，以頓悟爲本，不立文字，重象外心證。
〔註9〕《詩式》固多以禪論詩之旨，然吾人亦未可據言其論說皆源禪學，蓋思想之形成，必圓融多方，況皎然亦兼攻儒術者哉！

景交融，物我合一，詩人凝神觀物，而生繾綣之情，亦詩歌所以興寄深微，使人流連唱歎也。

第四章　司空圖《詩品》之風格論

　　唐代詩評以司空表聖之《詩品》爲巨擘，觀其所作，抉盡秘妙，分綱別條，該備無遺，誠詞林之玉尺，藝苑之金鍼也。其各品皆以二字標題，以十二韻語之四言詩，描摹詩境，使各品抽象難明之風格，具體意象化。通首皆擷其意，攝其神，含蓄蘊藉，妙造自然，不涉理路，不落言筌，至精至美之旨歸，盡在不言中傳出，以導讀者，入其境而神往矣。

　　二十四品之作，雖非堂皇鉅構，然表聖於國亂家危，志業不遂之際，獨自潛心著作，遨遊幻境，更依佛道二家之禪悟玄機，出以空靈之想像，成此精湛賅洽，妙契玄微之言，其用心良苦，啓後世品詩之源，可謂功在文苑矣。

第一節　《詩品》之中心思想

　　《論語・里仁篇》嘗載孔子之言曰：「吾道一以貫之。」，而表聖《詩品》之作，亦可一以貫之也，欲索其道，宜曉其思想淵源。表聖早歲深嗜禪佛、老莊之道。其〈書屏記〉嘗云：「丙辰春正月陝軍復入，則前後所藏及佛道圖記共七千四百卷，與是屏，皆爲灰燼，痛哉！」，〔註1〕觀其詩文如攜仙錄九首、觀音贊、香嚴長老贊，及《全唐詩》中

〔註 1〕見《司空表聖文集》卷9。

載其與釋子贈答之作，知其深契禪道。細繹詩品各篇之意象創造與遣詞用語，或用禪典而合於老莊之思，或用老莊語而復見禪趣之妙，則表聖承老莊〔註2〕及禪宗思想，〔註3〕無可疑議也。故其寄情山水，涵咏禪道，良有以也。

　　文原於道，闡述最精闢動人者，莫過於劉彥和《文心雕龍》，文心首篇曰原道，彥和以人文原於天地自然，自然爲文學之淵藪，故云：「道沿聖以垂文，聖因文以明道。」，此影響後代文學至爲深遠，亦表聖論詩風格之得力處。觀表聖《詩品》之遣詞，可以知其用心。如雄渾云：「返虛入渾，積健爲雄。」又：「超以象外，得其環中。」沖淡云：「素處以默，妙機其微，飲之太和，獨鶴與飛。」高古云：「虛佇神素，脫然畦封，黃唐在獨，落落元宗。」洗鍊云：「空潭瀉春，古鏡照神，體素儲潔，乘月返眞。」勁健云：「行神如空，行氣如虹。」又：「天地與立，神化攸同。」自然云：「俱道適往，著手成春。」含蓄云：「是有眞宰，與之沈浮。」豪放云：「由道返氣，處得以狂。」委曲云：「道不自器，與之圓方。」實境云：「忽逢幽人，如見道心。」形容云：「絕佇靈素，少廻清眞。」又：「俱似大道，妙契同塵。」超詣云：「少有道氣，終與俗違。」流動云：「超超神明，返返冥無。」，其言「道」、言「虛」、言「氣」、言「眞」、言「素」、言「神」、言「機」，深漬於老莊與禪道者蓋如是。由此觀之，表聖之詩論，實以道爲中心，認定詩即詩人於自然之道之體悟。風格之理想境界，乃詩心與道心之契合，如是始能覓得水影，寫出陽春，捕捉風雲花草之神貌。故云：「俱道適往，著手成春。」

〔註2〕如雄渾之「超以象外，得其環中」，源於《莊子‧齊物論》之「樞始得其環中，以應無窮」，疎野之「若其天放」，源於《莊子‧馬蹄篇》之「一而不黨，命曰天放」，自然之「悠悠天鈞」，源於《莊子‧齊物論》之「而休乎天鈞」等。

〔註3〕高古云：「太華夜碧，人聞清鐘」。實境云：「忽逢幽人，如見道心」，形容云「俱似大道，妙契同塵」，洗鍊云：「流水今日，明月前身」等，皆充滿禪趣之語。

　　《詩品》呈現之基本思想，既是超然世外，遊心於道，終與道契。故各品無論陰柔或陽剛，皆表現超世玄虛之思，其具陽剛之氣者，求能「天地與立」、「萬象在旁」；具陰柔之氣者，求能「如將白雲」、「清風與歸」，而終極理想皆在「汎彼浩刦」、「窅然空蹤」也。

第二節　決定風格之因素

一、作者情性

　　文學者，所以展現作者之人格情性，與生命情態，其能亙萬古而常新者，以其內能達作者之情思，外能得讀者之慧解。表聖之二十四《詩品》，即以風格之形成，與作者之個性，氣質息息相關。此亦劉彥和所謂「情性所鑠，陶染所凝」也。

　　詩人之性情不同，詩篇之境界各異，是以詩人能達「反虛入渾，積健爲雄」之旨，乃可以詣雄渾。得「素處以默，妙機其微」之妙，方足以言沖淡。能「虛佇神素，脫然畦封」，庶可至高古。懷「飲眞茹強，蓄素守中」，則可造勁健。會「濃盡必枯，淡者屢深」，始可進於綺麗。至「不著一字，盡得風流。」，即可望其含蓄。及「由道返氣，處得以狂」，方可達於豪放。有「生氣遠出」、「妙造自然」，則庶幾精神。識「神出古異，淡不可收」，才可與論清奇。「似往已廻，如幽匪藏」乃眞知委曲。「妙契同塵，離形得似」，方盡形容之妙。「少有道氣，終與俗違」，則有超詣之境。「超超神明，返返冥無」，庶可達於流動。蓋詩人之生活情性如斯，其詩品亦復如是，必有其情性與造道，方可冀求其詩境與風格。

二、語言特色

　　文學之極詣，必其內容與形式兼備，內容者文學之靈魂，然亦須靠貼切之辭句以體現之。無其內容，則辭無所資；無其詞藻，則意無從出，故能使內在之意境宣達，無稍貶損與梗滯，而使外在之辭句貼

切,無稍枘鑿與牽強,便是工穩。若僅有內容之實,而無形式之美,則不過義華聲悴而已。故表聖論風格之形式,既重視作者情性之內在因素,亦著重語言特色之外在形式。其論洗鍊云:「如鑛出金,如鉛出銀,超心鍊冶,絕愛緇磷,空潭瀉春,古鏡照神。」,謂詩人於遣詞造字之時,宜去蕪存菁,汰舊出新,得新穎簡鍊之風格。綺麗云:「濃盡必枯,淡者屢深。」,謂詩之創作,須濃淡交錯,始得綺麗之旨。含蓄云:「不著一字,盡得風流。」又:「淺深聚散,萬取一收。」,謂詩人必須情在詞外,方能有含蓄之表現。縝密云:「是有眞迹,如不可知,意象欲生,造化已奇。」,極言構思運筆之細緻、嚴密,期使意象一出,即得造化之妙。又:「語不欲犯,思不欲癡。」,謂運思須活潑暢達。委曲云:「力之於時,聲之於羌,似往已廻,如幽匪藏。」,蓋求詩意溫婉委曲,廻盪不絕、幽深不隱。形容云:「妙契同塵,離形得似。」,謂寫情狀物之際,亟求把握事物之神髓,勿徒於形貌逐之。

　　舉上所述,皆表聖云詩人鍛鍊風格時,宜嚴於取材,應以適當之修辭,精確之文字,順暢之語言,以表達其眞實豐贍之感情。是其以風格之形成,繫乎作者情性與語言特色也。

第三節　風格之種類及其意義

　　《詩品》一書,乃表聖論詩精義所在。蘇東坡嘗稱其詩文高雅,有承平之遺風。論其《詩品》云:「自列其詩之有得於文字之表者二十四韻,恨當時不識其妙。」,〔註4〕此二十四品,析釋詩之意境風格,「其命意也,月窟游心,其修詞也,冰甌滌字。得其意象,可以窺天地,可與論古今;掇其詞筆,可以潤枯腸,可以醫俗氣。圖畫象象,靡所不該,人鑒文衡,罔有不具,豈論詩而已哉!」〔註5〕表聖之悠遠獨步,可謂精絕。今試析各品要義,復綜論其大體,此即由一本化

〔註4〕見《東坡題跋》卷2。
〔註5〕清孫聯奎《詩品臆說》自序。

為萬殊，復由萬殊總歸為一本之意也。

一、風格之種類

（一）雄　渾

> 大用外腓，真體內充。返虛入渾。積健為雄。
> 具備萬物，橫絕太空。荒荒油雲，寥寥長風。
> 超以象外，得其環中。持之匪強，來之無窮。

雄渾者，英華內斂，真趣外顯，其體則精，其用則宏。復返虛空，纔得入於渾然之境，積氣強健，方能達於雄豪之力。備乎萬理，斯發於外，充塞天地，自成一家，莫與抗衡。擬之於物，曰油雲，曰長風，其狀蒼茫，其貌空闊，渾兀一氣，鼓盪無邊，得雄渾之形似。超乎迹象之外，掌握道之中樞，適得環中之妙。持之而往，不見勉強，引之使來，胎於自然，變化無迹，浩然無量，此種氣象，即為雄渾。

（二）沖　淡

> 素處以默，妙機其微。飲之太和，獨鶴與飛。
> 猶之惠風，荏苒在衣。閱音修篁，美曰載歸。
> 遇之匪深，即之愈稀。脫有形似，握手已違。

沖淡者，不居澹素，以默為守，涵養既深，天機自得，鶴本逸物，況又獨飛，惠風澹蕩，襟袖飄揚，長竹之下，明玕微動，神與之契，不禁發為載與俱歸之願。然此皆不期然相遇而得，若有意即之，則莫可窺尋，沖淡之神，本超乎形迹，恍惚微妙，莫可言傳。縱或有相似之形迹，偶一接觸，亦已非所求矣。

（三）纖　穠

> 采采流水，蓬蓬遠春。窈窕深谷，時見美人。
> 碧桃滿樹，風日水濱。柳陰路曲，流鶯比鄰。
> 乘之愈往，識之愈真。如將不盡，與古為新。

纖穠者，如晴川之錦波，纖秀細明。如遠春之意趣，綠條紅葩，韶華滿目，無遠弗至，於幽杳之境，覿深谷美人綽約之姿，和風暖日之水

濱，襯以滿樹之碧桃。柳蔭低垂，曲徑通幽之隅，但見流鶯穿梭其間，百囀成韻，輭語纏綿，鶯影翻飛，彼落此起，乘此境而愈往，索求個中妙趣，乃更有纖穠眞骨，必非俗艷，此種風華，可終萬古而常新也。

（四）沈　著

> 綠杉野屋，落日氣清。脫巾獨步，時聞鳥聲。
> 鴻雁不來，之子遠行。所思不遠，若爲平生。
> 海風碧雲，夜渚月明。如有佳語，大河前橫。

沈著者，野屋綠竹，掩映幽寂，夕照落日，野曠氣清。斯人逍遙，獨步思慮，時聞鳥聲，靜與神會，遠隔塵氣，沈著可知。鴻雁不來，雲山寥落蒼茫，平生知己遠行，久無音訊，情懷幽邈。憶昔晤敍情境，千里恍若咫尺，獨念之深切，正沈著之意，海風碧雲，廣大浩瀚，夜渚月明，幽靜明徹。前橫大河，浩浩東流，發出壯麗悅耳之聲，彷彿空中傳來佳語。明徹中見幽寂，超脫中見眞率，始爲眞沈著也。

（五）高　古

> 畸人乘眞，手把芙蓉。沈彼浩劫，窅然空蹤。
> 月出東斗，好風相從。太華夜碧，人聞清鐘。
> 虛佇神素，脫然畦封。黃唐在獨，落落元宗。

高古者，畸人乘蓮，歷劫而去，僅留空蹤。月出東斗之上，好風與之相隨。月夜清鐘，萬念胥澄，令人靜絕塵氛，神遊太古，超然塵世之外，盡脫羈絆。獨發思古幽情，領契玄妙之趣。惟此乃可抗懷千古，抱玄以終，此眞高古也。

（六）典　雅

> 玉壺買春，賞雨茆屋。坐中佳士，左右修竹。
> 白雲初晴，幽鳥相逐。眠琴綠陰，上有飛瀑。
> 落花無言，人淡如菊。書之歲華，其曰可讀。

典雅者，載酒遊春，春光悉爲我得，於茅屋內，靜賞春雨輕灑，幽趣自怡，談笑有鴻儒，左右有修竹，自典重清雅矣。白雲初晴，幽鳥相逐，一片天機，閒雅至極。橫琴綠陰之下，却不撫玩，轉聽飛瀑之聲，

無絲竹之亂耳，惟山水之妙音矣。落花無言，幽寂可想，人淡如菊，
蕭疏可知，顯見閒雅淡泊之狀。詩境至此，庶幾韻味無窮也。

（七）洗　鍊

如鑛出金，如鉛出銀。超心鍊冶，絕愛緇磷。
空潭瀉春，古鏡照神。體素儲潔，乘月返眞。
載瞻星辰，載歌幽人。流水今日，明月前身。

洗鍊者，鑛中淘金，鉛中冶銀，必洗鍊功到，方可使之精純，緇磷雖
本非美質，勤加洗滌，亦誠有令人寶愛者，空潭明淨，淘瀉春光，清
徹及底，古鏡精瑩，照映神態，纖屑畢現，皆洗鍊之功。須體悟素質，
保其純美，好趁月明，返其本眞。目瞻星辰之清光，口誦隱士之逸行，
今日流水之清淨，明月之透瑩，皆賴洗鍊功夫也。

（八）勁　健

行神如空，行氣如虹。巫峽千尋，走雲連風。
飲眞茹強，蓄素守中。喻彼行健，是謂存雄。
天地與立，神化攸同。期之以實，御之以終。

行神則勁氣直達，絕無阻礙，行氣則剛健浩瀚，蒼莽橫亘，乃顯勁健
之風。巫峽壁立，陰雲奔湧，巨風長颺，威不可當。所飲者眞，所茹
者強，眞力彌漫，勁氣充周矣。蓄之於素，存之於中，潛氣內充，行
健存雄，乃可與天地並立，終古不敝。期之以實，非虛矯之氣，固得
其勁。御之以終，無間斷之時，因得其健。

（九）綺　麗

神存富貴，始輕黃金。濃盡必枯，淡者屢深。
霧餘水畔，紅杏在林。月明華屋，畫橋碧陰。
金尊酒滿，伴客彈琴。取之自足，良殫美襟。

綺麗者，神存富貴，非堆金砌玉，乃爲眞富貴。濃中有淡，味之無窮，
乃爲眞綺麗。如水畔之餘霜，氣流掩映；枝頭之紅杏，燦爛滿目。皓
月照於華屋，丹青刻鏤愈顯，陰碧覆著畫橋，采色鮮妍愈形。金罇滿
酒，與客彈琴，莫非綺麗。取之於內，良足以盡一己之美襟，而舒暢

胸懷矣。

（十）自　然

> 俯拾即是，不取諸鄰。俱道適往，著手成春。
>
> 如逢花開，如瞻歲新。眞與不奪，強得易貧。
>
> 幽山空人，過雨采蘋。薄言情悟，悠悠天鈞。

自然者，圓滿自足，不假外求，隨手拈來，自然成春。生機盎然，天趣橫溢。如天道運行，逢春花開，冬盡歲新，隨機應物，毫不牽強。眞予我者，人莫能奪，強取得者，終必再失，其貧如初。幽人深居空山，隨興所至，過水沼，採蘋草，純任自然之狀。詩人了悟自然之妙，發而爲詩，可與天時自然齊等矣。

（十一）含　蓄

> 不著一字，盡得風流。語不涉己，若不堪憂。
>
> 是有眞宰，與之沈浮。如淥滿酒，花時反秋。
>
> 悠悠空塵，忽忽海漚。淺深聚散，萬取一收。

含蓄者，不著一字於紙面，盡得言外之風流，韻味斯無窮矣。如詩語不露患難迹象，似與己不相涉，而讀者契其眞意，乃有不勝憂愁之感，此因其中有眞宰存焉，沈浮於字裡行間，隱然若現。如醲滿酒，則滲漉不盡。如花開逢秋，則將開還閉。如浮塵然，飛揚空際，飄忽無定。如浮漚然，氣積大海，久暫無常。而悠悠空塵，忽忽海漚，淺深聚散，情味無窮，取於萬有，收諸一端，莫非含蓄之象。

（十二）豪　放

> 觀花匪禁，吞吐大荒。由道返氣，處得以狂。
>
> 天風浪浪，海山蒼蒼。眞力彌滿，萬象在旁。
>
> 前招三辰，後引鳳凰。曉策六鼇，濯足扶桑。

豪放者，觀花匪禁，無論風暴雨狂，崖壁險峻，亦必前往觀賞。吞吐山川，氣蓋天地，曾不滯留，自見其豪放。氣根於道，以自然爲本，則無拘無累，自在自得。如天風之激蕩，遠颺不已，如青翠之巨山，兀然傲立於萬頃波濤之上，因其眞力充滿於內，故足以驅策萬物，令

其羅列在旁。前可摘星辰於霄漢之，後可引鳳凰於叢林之中。非六鼇不足鞭策，非扶桑不屑濯足，豈非豪放之至乎？

（十三）精　神

欲返不盡，相期與來。明漪絕底，奇花初胎。
青春鸚鵡，楊柳樓臺。碧山人來，清酒深杯。
生氣遠出，不著死灰。妙造自然，伊誰與裁。

精藏於內，返而求之，蘊藏無窮。神得所養，心與相期，援引即來。如水波錦紋澄明極底，奇花異葩含苞欲放，皆生機盎然，明澈似水，飽滿如花。春光明媚，生機無限，又時見鸚鵡枝頭，忽作巧語。樓臺楊柳，娉婷婀娜，悠然款擺。碧山人來，精神相契，清酒深杯，意興遄飛。生氣充沛，精飛神馳，不著死灰。詩人妙心獨運，無矯揉之迹，順乎自然妙道，不必勉強裁剪，自然生機橫溢，精神乃出。

（十四）縝　密

是有眞迹，如不可知。意象欲生，造化已奇。
水流花開，清露未晞。要路愈遠，幽行爲遲。
語不欲犯，思不欲癡。猶春於綠，明月雪時。

縝密者，縝細周密，天衣無縫，似有眞迹可尋，然無刻鏤之迹，又似不可得知。而意象之生發，如造化般神奇微妙。縝密之象，如水之流，渾然一片，無罅隙之可窺。如花之開，渾然一團，又萼蕊花瓣，層次井然。如清露未晞，山河大地，無處非露，又點點滴滴，晶瑩如珠。欲上要路，其路甚遠，等無可躡。欲作幽行，行路遲遲，境匪易臻。均縝密故也。不可因理密，而陷於繁瑣。不可因思精，而反成痴滯。必如春回大地，雖草木萬殊，而渾然同綠，又如明月瀉照，雪花輕飄，月色雪光，交融一片，縝密無迹。

（十五）疎　野

惟性所宅，眞取不羈。控物自富，與率爲期。
築室松下，脫帽看詩。但知旦暮，不辨何時。
倘然適意，豈必有爲。若其天放，如是得之。

疎野者，隨性之安，取以天眞。控有萬物，自足於己，率性所適，疏
野爲伍。於青松之下，築屋以居。脫帽賞詩，但知日暮，不辨何時。
惟適己意，豈必刻意有爲。但放浪形骸，任其自然，疎野之境乃臻。

（十六）清　奇

娟娟羣松，下有漪流。晴雲滿竹，隔溪漁舟。

可人如玉，步屧尋幽。載瞻載止，空碧悠悠。

神出古異，淡不可收。如月之曙，如氣之秋。

清奇者，如娟娟羣松，一水輕繞，漣漪似錦。又如雪停天晴，霽雪滿
州，雪光交映，一片天朗氣清之狀，隔溪遙望，雪光中數點漁舟，居
然可見。清奇可人，著以山屧，尋幽探勝，或瞻或止，晴空一碧，悠
悠不盡，閑靜清遠。精神超乎塵俗，出於古異，澹遠不可收斂，有如
將曙之月，臨秋之氣，清奇無限。

（十七）委　曲

登彼太行，翠繞羊腸。杳靄流玉，悠悠花香。

力之於時，聲之於羌。似往已迴，如幽匪藏。

水理漩洑，鵬風翺翔，道不自器，與之圓方。

委曲者，如攀登太行，山路婉娗，曲折環邅。如幽渺之雲氣，飄浮於
峯頂。如玉色流映，環邅曲折。如花氣襲人，無隙不入，又悠然遠飄。
力之於其用時，輕重低昂，莫不因其時之宜然。羌笛之聲，隨意用之，
莫不婉轉如意。詩意似已昭然呈露，卻又忽然盤旋，幽暗難明。水勢
之廻旋起伏，鵬翼之搏舉扶搖，皆見委曲之狀。道之本質，融通萬物，
未能以方圓之形器拘之。委曲之境，亦必出於自然，隨機應化，不拘
一隅。且詩之能尺幅千里者，妙在峯廻路轉，別有洞天，妙境無窮。

（十八）實　境

取語甚直，計思匪深。忽逢幽人，如見道心。

清澗之曲，碧松之陰。一客荷樵，一客聽琴。

情性所至，妙不自尋。遇之自天，泠然希音。

實境者，立言貴乎直尋，毫不紆曲。運思顯明清楚，毫不深藏。如忽

逢幽人，如見彼道心，非強求可得，皆順乎天機。清溪曲澗，碧松長
陰，一客荷樵，一客聽琴。惟情性所至，乃能獨造妙境，毋須自尋。
偶遇天籟，即如泠然之希音，似可遇而不可遇，似可求而不可求。皆
見實境乃自虛約以充實，且妙手偶得之，更有無窮韻味。

（十九）悲　慨

> 大風捲水，林木爲摧。適苦欲死，招憩不來。
> 百歲如流，富貴冷灰。大道日往，若爲雄才。
> 壯士拂劍，浩然彌哀。蕭蕭落葉，漏雨蒼苔。

悲慨者，如大風之捲水騰空，摧折林林。正當極苦欲死，足慰其懷者，
又請之不來。歲時如流，一往不返，滿眼富貴，轉眼成空。大道日喪，
誰爲雄才，可以澄清斯道，力挽狂瀾。偶有壯士，仗劍而起，然揮刃
之間，竟毫無助益，唯徒呼負負，回天無力之慨。無邊落葉蕭蕭下，
簷前蒼苔長長雨，蕭瑟寂寥，此情此景，豈不慨當以慷，長歌當哭哉。

（二十）形　容

> 絕佇靈素，少迴清眞。如覓水影，如寫陽春。
> 風雲變態，花草精神。海之波瀾，山之嶙峋。
> 俱似大道，妙契同塵。離形得似，庶幾斯人。

形容者，凝神觀照，斯得清眞，始能狀難寫之景，如在目前。若覓流
水之影，如寫陽春之氣，皆不著迹象，並臻神妙。風雲之變幻，蒼茫
不拘，花草之精神，生機盎然，大海之波瀾壯闊，須以意會。高山之
嶙峋險峻，端賴心領，皆難用形求，當以神度。神之所在，妙契大道，
得造化之工。形容之切，貴在離形，若得其神似。

（二十一）超　詣

> 匪神之靈，匪機之微。如將白雲，清風與歸。
> 遠引若至，臨之已非。少有道氣，終與俗違。
> 亂山喬木，碧苔芳暉。誦之思之，其聲愈希。

超詣者，心神靈敏，天機微妙，如持白雲清風，與之俱歸，正仙眞之
流也。超詣之境，遠遠招引，似已及之，近而臨之，卻又全非。唯無

限超塵，方不墮俗情。能始終不渝，持守靈神微機，乃可永處超詣。喻之以物，如亂山巉巖，喬木森森，直干青雲。又如碧苔之一片清藍，芳暉之一團秀媚，交相映襯，漸臻化境。口誦心維，冥契自然造道之希微，其妙何可企及乎。

（二十二）飄　逸

落落欲往，矯矯不羣。緱山之鶴，華頂之雲。

高人惠中，令色絪縕。御風蓬葉，汎彼無垠。

如不可執，如將有聞。識者已領，期之愈分。

飄逸者，落落孤行，獨絕流俗。矯矯特立，不與眾羣。如緱山之鶴，飄然物外，逸姿橫生。華頂之雲，捲舒自若，蕭灑閒遠。畫中高人，容顏祥和，若有一縷元氣，摩盪其間，顯飄然塵外之情。如蓬葉御風而行，縹緲無際，其勢凌空，殆難執著。深造自得，如道之將有聞也。識其境者，若有意求之，則又愈覺其離，而不可即，飄逸之狀，實難以迹求也。

（二十三）曠　達

生者百歲，相去幾何。歡樂苦短，憂愁實多。

何如尊酒，日往煙蘿。花覆茅簷，疎雨相過。

倒酒既盡，杖藜行歌。孰不有古，南山峩峩。

人生苦短，韶華易逝，由生而死，其間相去，曾無幾何，一瞬即至，轉眼成空。其中歡樂苦短，憂愁實多，何不長携樽酒，遨遊烟蘿山水以自適，於雜花滿覆之茅簷下，風雨故人，相過夜話，此中唯化機之感，無塵緣之牽。酒盡行歌，其樂無比。人生自古誰無死，而南山聳然高峻，萬古長存，唯有自然之生命，永恒不盡，人能悟此，可謂眞曠達矣。

（二十四）流　動

若納水輨，如轉丸珠。夫豈可道，假體如愚。

荒荒坤軸，悠悠天樞。載要其端，載同其符。

超超神明，返返冥無。來往千載，是之謂乎。

流動者，如水輨汲水而出，源源不絕。如丸珠轉動，靈活無碍。其神其妙，非可言傳，假以形體，正足識其俗愚，如坤軸之荒荒無涯，天樞之悠悠不盡，斯乃天地賴以運轉之本，識其妙用，即爲流動，尋其根本，斯爲樞軸，超遙莫測，詩之流動，神明乃其妙用，冥無是其根本，返之又返，用心已極。流動既不可迹求，唯一任自然，如坤軸天樞之循環往復，千載不盡，差近似矣。

二、《詩品》二十四品之意義

（一）不主一格

　　《四庫全書總目提要・詩文評類》云：「（司空圖）《詩品》各以韻語十二句體貌之，所列諸體畢備，不主一格，王士禎但取其『采采流水，蓬蓬遠春』二語，又取其『不著一字，盡得風流』二語，以爲詩家極則，其實非圖意也。」，可知《詩品》構思鑄語，設境甚奇，足以範圍諸家，非可求諸一人，且各品無高下軒輊之分。蓋人之情性陶染，未能毫釐無爽，常觀其自養若何，而風格遂千變萬化，不可規矩，如眾芳之苑，紅紫繽紛；羣玉之山，瓊琚錯落。自是《詩品》頗有可觀也。趙執信《談龍錄》嘗云：「觀其所著二十四品，設格甚寬，後人得以各從其所近，非次第一『不著一字，盡得風流』爲極則也。」

（二）養氣論

　　夫古人因有志而後賦詩，蘊乎內，肆於外，襟懷開豁，志氣充沛，伸楮落墨，因其氣也，是故無其氣者，無其勢，無其勢者，無其文。是以劉彥和亦以爲文應注意養氣。〔註6〕

　　詩人養氣，各有主焉，閟乎內，腓於外，《孟子》言「氣」，〔註7〕《莊子》云「神」〔註8〕此「氣」與「神」本與文學批評無關，但後人論文每言及精微處，多以「神」、「氣」出之，道家論「神」，必內志不

〔註6〕見《文心雕龍・養氣篇》。
〔註7〕見《孟子・公孫丑》。
〔註8〕見《莊子・養生篇》。

紛，鐲盡外欲，乃得虛其心，以觀自然，儒家論「氣」，必配義與道，得浩然之氣，故其虛實之別，即「神」、「氣」之分。

表聖《詩品》亦重養氣，其雄渾云：「真體內充」，內充即養氣也。詩品中陽剛、陰柔諸品皆重養氣。陽剛諸品之養氣，本於儒家「積健」、「茹強」之功夫，如雄渾云：「大用外腓，真體內充，反虛入渾，積健為雄」，勁健云：「飲真茹強」，表聖以詩人「積健」、「茹強」，修養至極，即能「真體內充」、「真力瀰滿」，終能「行氣如虹」。詩人得此浩然之氣，發而為詩，乃有雄渾之「具備萬物，橫絕太空」，豪放之「真力瀰滿，萬象在旁」，悲慨之「大風捲水，林木為摧」等氣勢。

陰柔諸品之養氣，本於佛道「蓄素」、「處默」之工夫，如沖淡云：「素處以默，妙機其微」，高古云：「虛佇神素，脫然畦封」，洗鍊云：「體素儲潔，乘月返真」，勁健云：「蓄素守中」。表聖以詩人「蓄素」、「處默」，便得「妙機其微」、「脫然畦封」、「天地與立，神化攸同」，終能「行神如空」。詩人澡雪精神，顯露本真，即能見道，與道同體，乃詣創作之極，故云「俱似大道，妙契同塵」也。

無論依「積健」、「茹強」之功，以求「行氣如虹」，或依「蓄素」、「處默」之功，以求「行神如空」，其共同之旨歸，皆求與道合一，前者使詩人得浩然之氣，具飽滿充沛之精神，發而為一至大至剛之氣魄，終與天地並立，而出以雄偉之作；後者使詩人澡雪精神，顯出本性之清澄、晶瑩面，如此心靈便得自由無礙之創造力，此二者於二十四品之詩境，皆可得到明顯之印證。

（三）形神兼備

《莊子‧德充符》嘗以真人乃德全之人，非形全之人，且吾國之文化精神，未嘗離現象以言本體，故雖重視傳神，亦肯定形似與作品之關係。必深入於物之形，方能得物之神，由神以涵形，超形以得神，然後形神相融，主客始能合一。

　　表聖以詩人之創作心靈，乃具體表達於對道之體悟，落實於作品，則爲重視傳神思想。細繹《詩品》各品，雖重「神」之擷取，但亦不怠忽形象之構成。蓋詩之風格，必須透過形象以體現之；無形象則無所寄其神。是故鑽研《詩品》固不可拘泥形象，玩味渣滓；亦不能但求神氣，颺而不還。明乎此，則表聖《詩品》，以具體化之意象爲用，而以形上道體爲宗者可知矣。

　　《詩品》既重視描繪事物之形，亦重視描繪事物之神，如綺麗：「神存富貴，始輕黃金」，形容：「風雲變態，花草精神，海之波瀾，山之嶙峋」，縝密：「意象欲生，造化已奇」，凡此皆明指詩之意象，須形神兼備，栩栩如生之證也。

（四）思與境偕

　　詩者吟咏情性，其內涵不外情景二事，情乃詩人心中所蘊蓄者，景乃詩人所描繪者。胸中縱有千種風情，如一味述情寄慨，則感虛玄空泛；景物儘管五光十色，直是摹景寫物，亦覺板滯坐實。神於詩者，必情景契合，物我交感，相互激盪，往返廻流，情因景而曼衍悠揚，景因情而氣韻生動。蓋詩人常以時空景物，爲澆胸中壘塊之機緣。意有所會，感有所通，景中可以含情，情中可以寓景。若乃託物起興，摹景寫心，更覺詞旨渾茂，妙境無窮。

　　表聖論詩倡「思與境偕」，其〈與王駕評詩書〉云：「今王生者，寓居其間，沈漬益久，五言所得，長於思與境偕，乃詩家之所尚者。」，「思」謂詩人之情趣意識，「境」謂外在之自然景物。思與境偕，即詩人創作之時，情景二者，驀然相應，心物交感，蓋情景循環相生，妙合無垠，詩境即變化無窮矣。細繹《詩品》各篇，辭旨渾括，詩境圓到，詩人精神既凝佇於客觀景物之中，把握對象之天機妙理則詩人之神，亦與景物之神，不謀而合。興會交感乃獲天機。如此物即有神，詩境及蓬勃生動，故因詩境之神，得見詩人之神。由不同之鑄境，得見詩人之構思。情景妙合，則風格自高。是以表聖以思與境偕，爲詩家所尚。

（五）批評文字

《四庫提要》嘗云：「（司空圖《詩品》）各以韻語十二句體貌之」，即指事類形，取譬於物，託興無窮。詩者言志，歌者永言，皆出乎情性，《詩品》藉譬喻之詞，以狀無窮之妙。蓋無擬喻，無以盡其深意也，《詩品》不僅析釋風格之異，且摹造各品之境，是以宜比乎物，尤須取其象。明乎此，則表聖以具體化之意象，喻詩之風格境界之用心，可謂深遠矣。

夫以具體化之意象，論詩風格之方法，六朝鍾嶸常運用之，其評范雲、邱遲詩云：「范詩如流風廻雲，丘詩如落花依草。」評謝靈運、顏延之詩云：「謝詩如芙蓉出水，顏詩如錯采鏤金」等，皆以具體化之意象，臨摹詩人詩風之異。至唐代，此種論詩方法，更為普徧，且兼及論文，如《舊唐書‧文苑傳楊烱傳》載張說評論當世文人作品云：「楊盈川文思如懸河注水，酌之不竭。」又：「李嶠、崔融、薛稷、宋之問之文，如良金美玉，無施不可。富嘉謨之文，如孤峯絕岸，壁立萬仞，濃雲鬱興，震雷俱發，誠可畏也，若施於廊廟則駭矣。閻朝隱之文，如麗服靚粧，燕歌趙舞，觀者忘疲。」又：「韓休之文，乃大羹旨酒，有典則，而薄於滋味。許景先之文，如豐肌膩理，雖穠華可愛，而微少風骨。張九齡之文，如輕縑素練，實濟時用，而微窘邊幅。王翰之文，如瓊杯玉斝，雖爛然可珍，而反有玷缺。」，此則全屬比擬之辭。

洎乎昌黎，亦用此法評論當世詩人，如〈醉贈張秘書〉詩云：「君詩多態度，靄靄春空雲；東野動驚俗，天葩吐奇芳；張籍學古淡，軒鶴避雞羣。」，後皇甫湜，亦師韓氏之意，而踵事增華，如〈諭業篇〉云：「燕公之文如梗木柟枝，締構大廈，上棟下宇，孕育氣象，可以爕陰陽，閱寒暑，坐天子而朝羣后。許公之文如應鐘鼞鼓，笙簧錞磬，崇牙樹羽，改以宮縣，可以奉神明，享宗廟，李北海之文如赤羽玄甲，延亙平野，如雲如風，有貙有虎，闐然鼓之，吁可畏也。」〔註9〕

―――――――――――――

〔註 9〕見《皇甫持正文集》卷 1。

　　及晚唐杜牧，亦以此法，評李賀之詩云：「雲煙綿聯，不足爲其態也；水之迢迢，不足爲其情也；春之盎盎，不足爲其和也；秋之明潔，不足爲其格也；風檣陣馬，不足爲其勇也；瓦棺篆鼎，不足爲其古也；時花美女，不足爲其色也。」，〔註10〕凡此皆足以說明具體化之意象用於品鑒之風盛，而意象語詞之功，至表聖尤集其大成。蓋其《詩品》二十四則，皆以數句具體化之意象，以說明詩之抽象風格也。如雄渾云：「具備萬物，橫絕太空，荒荒油雲，寥寥長風。」，纖穠云：「采采流水，蓬蓬遠春，窈窕深谷，時見美人。」，沈著云：「海風碧雲，夜渚月明。」高古云：「月出東斗，好風相從。」，豪放云：「天風浪浪，海山蒼蒼。」，悲慨云：「蕭蕭落葉，漏雨蒼苔」等等，今試舉精神品，詳析論之云：「欲返不盡，相期與來。明漪絕底，奇花初胎。青春鸚鵡，楊柳池臺。碧山人來，清酒深杯。生氣遠出，不著死灰，妙造自然，伊誰與裁？」析繹此類具體化語詞，或以人物爲喻，如碧山人來，或以動物爲喻，如青春鸚鵡，或以植物爲喻，如楊柳池臺，或以景物爲喻，如明漪絕底，或以器物爲喻，如清酒深杯，皆錯綜辭采，典麗成文。蓋詩境本已抽象，非言語文字所易傳達者，乃借具體事物之意象，以表徵之，不謂無由。

第四節　司空圖之風格理想

一、恬淡空靈

　　貴淡不貴濃，貴遠不貴近，自古詩人胸襟若是，詩亦若是。蓋淡者可深、可遠、可永、可久。《莊子・天道篇》云：「夫虛靜恬淡，寂寞無爲者，天地之平，而道德之至，故帝王聖人休焉。」揚雄〈客難〉云：「大味必淡，大音必希。」，自是而後，詩人有亟求古淡蕭遠之境者，如晉之淵明，唐之王、孟、韋柳矣。

〔註10〕見《樊川文集》卷1。

　　表聖極力肯定淡之藝術境界。其崇尚淡之意境，乃源於莊學，與禪宗思想。蓋老莊以「虛」、「靜」「明」之心，觀照宇宙萬象，天地必顯一片清明澄徹。又禪者皆於平淡處，悟妙諦之旨也。夫淡者使有限通於無限，且順乎萬物自然之性，不加以人工之矯飾，是以表聖力求平淡之境，如《詩品》沖淡云：「素處以默，妙機其微。」又：「遇之匪深，即之愈稀，脫有形似，握手已違。」綺麗云：「濃盡必枯，淡者屢深」。典雅云：「落花無言，人淡如菊」。清奇云：「神出古異，淡不可收，如月之曙，如氣之秋」。超詣云：「如將白雲，清風與歸，遠引若至，臨之已非。」，又：「誦之思之，其聲愈希」。又證之〈與李生論詩書〉云：「王右丞，韋蘇州，澄澹精緻，格在其中，豈妨於道學哉」。〈與王駕評詩書〉云：「右丞、蘇州，趣味澄夐，若清沇之貫達。」表聖推崇王右丞、韋蘇州，尤見其對恬淡意境之卓識也。

二、象外之象

　　文人用心常存乎筆墨之外，生命躍動亦恒蘊於形相之外，故亙古相續，八方滙聚之精神巨流，尤爲宇宙更眞實之表徵，而無形相處，正透露其最深微之內涵意義，有虛白處，自能有其疏朗空靈之意境風格。生命、宇宙如是，文學詩歌亦然。詩歌乃欲以有限之語言文字，表達作者飄忽縱恣之生命風情，與延綿不絕之精神意念，此若欲以斗蠡之盡盛汪洋，故必於其無筆墨處，會其言外之意，絃外之音。

　　表聖論詩欲求事物之神，於上節已述之矣，則其景象，必存於實景之外。即指實景、實象雖爲詩人所用，然詩人之眞正用心，固於此景象之外，另得景象，亦意在言外也。如《詩品》雄渾云：「超以象外，得其環中」。沖淡云：「脫有形似，握手已違」。洗鍊云：「流水今日，明月前身」。含蓄云：「不著一字，盡得風流」，縝密云：「意象欲生，造化已奇」。形容云：「風雲變態，花草精神」。凡此皆求象外象，景外景之意。且二十四詩品，皆以意象語詞，摹寫詩境，其目的固不於其景其象也。是以表聖於〈與極浦書〉嘗云：「戴容州云：『詩家之

景，如藍田日暖，良玉生煙，可望而不可置於眉睫之前也。』，象外之象，景外之景，豈容易可談哉！」

三、味外之旨

以「味」爲喻而論詩，鍾嶸《詩品》實肇其端，鍾記室主詩以情志爲實，而求其「文已盡而意有餘」，是知必有足以回味者，方有可餘之意。然此說闡發最透闢者，乃見於表聖之詩論矣。

表聖倡「韻外之致」、「味外之旨」，最可與「象外之象」、「景外之景」相比擬，其說以辨味爲始，云：

> 文之難，而詩之難尤難，古今之喻多矣，愚以爲辨於味，而後可以言詩也。江嶺之南，凡足資於適口者，若醯非不酸也，止於酸而已，若鹺非不鹹也，止於鹹而已，中華之人所以充飢而遽輟者，知其鹹酸之外，醇美有所乏耳，彼江嶺之人，習之而不辨也，宜哉。〔註11〕

其意以辨於味，而後始可言詩，以辨味爲譬，求味外之味也。故取江嶺之南，足資適口之醯與鹺爲喻，蓋當時江嶺之南，文化未甚發達，故以止於酸鹹之物爲足資適，中華之人，見多識廣，雖以醯鹺充飢，猶能忍而輟食者，緣於鹹酸之外，醇美有所乏耳。

表聖既求鹹酸之外，宜多醇美，則進倡「韻外之致」、「味外之旨」、其說云：「近而不浮，遠而不盡，然後可以言韻外之致耳。」，〔註12〕又：「足下之詩，時輩固有難色，倘復以全美爲上，即知味外之旨矣。」，〔註13〕表聖之論詩，雖富玄虛之妙，然亦示人臻之之道。韻外之致，則云近而不浮，遠而不盡。味外之旨，則以全美爲上。細繹之，近而不浮，則詩境栩栩如生，呈現於讀者目前，如是而可得生動之氣韻。遠而不盡，則詩境可觸發讀者之想像。興象超遠，饒耐人致思之餘情，斯得韻外之致矣。至乎味外之旨，則期其「全美」，蓋詩以境之周涵

〔註11〕見《司空表聖文集》卷2，〈與李生論詩書〉。
〔註12〕同註11。
〔註13〕同註11。

圓括爲極，以意之澄澹清美爲至，如是詩作自身，即得充實之美，詩得全美，則味外之旨必可呈現。

　　表聖《詩品》雖泛論各種風格，然均透露其亟求韻外韻，味外味之主旨，如雄渾云：「超以象外，得其環中」。沖淡云：「遇之匪深，即之愈稀」。纖穠云：「乘之愈往，識之愈眞」。沈著：「所思不遠，若爲平生」。高古云：「虛佇神素，脫然畦封」。含蓄云：「不著一字，盡得風流」。精神云：「造妙自然，伊誰與裁」。縝密：「是有眞迹，如不可知」。清奇云：「神出古異，淡不可收」。委曲云：「似往已廻，如幽匪藏」。實境云：「遇之自天，泠然希音」，形容云：「俱似大道，妙契同塵。」超詣云：「遠引若至，臨之已非」。流動云：「超超神明，返返冥無」。皆求語言文字之外之風格也。蓋詩乃作者表達心靈意象之作，讀者可由文字以領會詩人之倏忽意象，體味其幽渺情懷，常於嫣然會心處，卓見其雋永之思，而不在乎言說。

　　綜上所述，表聖之風格理想，乃恬淡空靈之境，蓋自來評詩者，於平淡之境界，皆以先經雕文鏤采，而後返樸歸眞。使斧鑿之痕，化爲無跡，故皆以平淡高於絢麗。其又尚「象外之象，景外之景」與「韻外之致」、「味外之旨」，貴文字以外之風格意境。詩有言外意，含蘊無窮，使人讀之，自含深微之情韻。後世多崇表聖此說，流風所披，舉世景從。

第五章　唐代禪學與詩風格論

第一節　唐代禪史述要

　　佛教自漢世傳入，[註1] 歷魏晉南北朝，與日俱盛，經典之翻譯，宗派之傳演，至李唐達於最高峯。禪宗於其時如日行中天，幾奪教下各宗之席。其以達摩爲入華初祖。達摩傳慧可，慧可嘗斷其左臂以求法。彗可傳璨，璨傳道信，道信傳弘忍。弘忍姓周氏，黃梅人，初弘忍與道信並住東山寺，故謂其法爲東山法門。[註2] 蓋菩提達摩宏禪於北朝，經慧可，僧璨之傳，而至唐初，禪宗傳及四祖道信，五祖弘忍，門庭始大，[註3] 遂成一代顯學。

　　弘忍門下，有慧能、神秀，後分南北二派，南能北秀，成抗衡峙立之勢。南主頓，北主漸，各標旨趣，其後北派衰息，慧能乃成禪宗

〔註 1〕　佛教輸入，其見於正史而可徵者，爲東漢明帝永平八年，楚王劉英
　　　　之祀浮屠。見後漢書楚王英傳。逮永平十年始得佛經，是爲佛教正
　　　　式東傳之始，是又見魏書釋老志。

〔註 2〕　見《舊唐書・神秀傳》。

〔註 3〕　四祖道信爲承先啓後之重要人物，據印順法師考述，其使達摩一宗，
　　　　由北而南，得到更有利之發展環境，且使戒與禪合一；楞伽與般若
　　　　合一；念佛與成佛合一；樹立達摩一宗，由承傳而逐漸轉變之基。
　　　　五祖弘忍之偉大貢獻，則係教外別傳，不立文字，頓入法界，以心
　　　　傳心，宗風之明確形成。

正統。自此宗風大暢，流行天下。慧能弟子中，神會著顯宗記，主頓悟，以直了見性，大揚六祖頓教之旨。然溯源禪宗分派正脈，則大抵皆出於慧能弟子，青原行思與南嶽懷讓二支。

懷讓弟子有馬祖道一，道一弟子有懷海，懷海弟子有靈祐，居溈山，靈祐弟子慧寂，居大仰山，遂開「溈仰宗」。靈祐同門有希運，亦承懷海之教，於黃檗山傳法，有弟子義玄，以宣化於河北鎮州臨濟院，自成一大宗派，即「臨濟宗」。

行思弟子有希遷，希遷門下有道悟與惟儼等，道悟一支，經數代而有文偃，文偃住韶州雲門山，乃開「雲門宗」。又惟儼一支，經數代而傳至洞山良价，其弟子本寂於撫州曹山傳法，故立「曹洞宗」又文偃同門有師備，師備傳桂琛，桂琛傳文益，文益居金陵清涼寺，示寂之後，諡號法眼，以此稱所建之宗爲「法眼宗」。

是以彗能之後，禪分五支，所謂「禪宗五家」是也，茲繪五家法系圖於后：

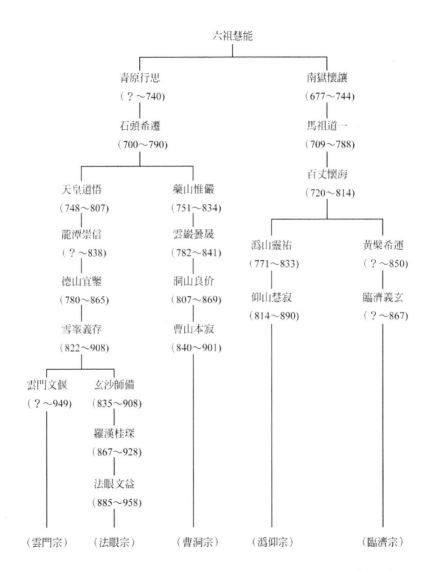

六祖慧能

青原行思
（？～740）

南嶽懷讓
（677～744）

石頭希遷
（700～790）

馬祖道一
（709～788）

天皇道悟
（748～807）

藥山惟儼
（751～834）

百丈懷海
（720～814）

龍潭崇信
（？～838）

雲巖曇晟
（782～841）

溈山靈祐
（771～833）

黃檗希運
（？～850）

德山宣鑒
（780～865）

洞山良价
（807～869）

仰山慧寂
（814～890）

臨濟義玄
（？～867）

雪峯義存
（822～908）

曹山本寂
（840～901）

雲門文偃
（？～949）

玄沙師備
（835～908）

羅漢桂琛
（867～928）

法眼文益
（885～958）

（雲門宗）　　（法眼宗）　　　（曹洞宗）　　　（溈仰宗）　　　　（臨濟宗）

　　　禪宗至此，大德輩出，枝條堅固，五家宗派興盛，玄風播於宇內，天下寺廟，幾皆禪林，〔註4〕五宗之學，不立文字，直指人心。彼此論道，逸趣盎然，義蘊無窮，有唐禪宗之盛，超軼前代，風靡一世也。

〔註4〕唐武宗會昌法難，佛教各派，以經像燒亡，焚宇殘破而式微，唯禪宗不依他力，超越戒律形式，遂得保存，故其後幾有取代諸宗之勢。天下寺廟，遂皆禪林。

第二節　禪學與詩學之合流

一、禪與詩之異

　　禪之與詩，有同有異，自其異者言之，一屬宗教，一屬文學，禪只可自知，不可示人，其所參求者，在自悟自證，而詩家所吟詠者，在自感感人。二者自有根本之差異焉。又禪宗不立文字，以爲纏涉脣吻，便落意思，法執理障，是以不據教典，摒斥文字，直指人心，以了悟自性爲主。〔註5〕若詩自是文字之妙，非言何以寓其意，鏡花水月，固可見而不可觸及，然必先有此鏡，而後花可映面，必先有此水，而後月可印潭，去理路言筌，神韻必無由寄焉。故詩必託諸文字，禪則可舍筏廢法，此詩禪之異也。

二、禪與詩之同

（一）主妙悟

　　禪之與詩，自其同者言之，二者皆拈妙悟，夫妙悟非他，即儒家所謂左右逢源也，禪家所謂頭頭是道也。詩不到此，雖博極群書，終非自得之境，其能有句皆活乎，其能無機不靈乎。〔註6〕禪之宗義，以「頓悟」爲本，摒棄儀式，見性成佛，一念相應，便成正覺。〔註7〕夫詩人覓句亦如釋子參禪，不可鑿空強作，必待境而生，乃爲深至。蓋禪機與靈感之來，默契於道，默契於心，初不自知，亦難言說，偶然得之，如有神助，此時得豁然頓通之樂，而忘盡日不得之苦，知其至之倏忽，而不知其來之積漸也。夫俯拾即是，不取諸鄰之妙悟，猶等閒而來，不思而至，不假梯接。猶藍田生良玉，自有雲煙氤氳。清姚鼐嘗云：「詩文與禪家相似，須由悟入，非語言所能傳，然既悟後，

〔註5〕　《養吾齋》卷10，《如禪集》序。
〔註6〕　見王應奎《柳南續筆三》。
〔註7〕　正覺是佛經中常言之般若，般若乃指出世之智慧，見道之智慧，其超越時空，且能斷煩惱，了脫生死。見能學法師著，淺易佛教論文集，頁134。

則返觀昔人所論文章之事，極其明了也。欲悟亦無他法，孰讀精思而已。」，〔註8〕禪與詩，皆重妙悟，然此悟實乃潛修之效，不經一番寒徹骨，那得梅花撲鼻香是也。

（二）尚傳神

禪宗以心傳心，不立文字，指月錄載佛陀傳衣鉢事云：「相傳世尊一日在靈山會上，拈花示眾，是時，眾皆默然，唯迦葉尊者，破顏微笑。世尊曰：『吾有正法眼藏，涅槃妙心，實相無相，微妙法門，不立文字，教外別傳，付囑摩訶迦葉。』」，〔註9〕禪宗主見性成佛，故以「悟」為主，倡言語道斷，不可言說。世尊以不說為說，尊者以不聽而聽，無限深湛之旨，盡於默然中矣。含不盡之意，見於言外者，與詩家「不著一字，盡得風流。」，何嘗無相類處，古今能詩之士，莫不求於筆墨之外傳神，暢所欲言，優游深造，以神喻，而不以言喻。昔劉彥和於《文心雕龍·隱秀篇》云：「隱也者，文外之重旨者也。」，其後鍾嶸亦倡「文已盡而意有餘。」，有唐釋皎然標榜「文外之旨」，與司空圖求「韻外之致」，「味外之旨」，皆庶幾能於無字句處，會其神契其韻矣。

（三）重直觀

禪宗既主虛靜，標以心證心；則山河大地，宇宙萬法，皆於人本性之中，是以一切經典，不過如標月之指，而至真理之月，則非文字可得而顯，唯頓悟本性者，乃可成佛。故其不注重哲學上宇宙本體與現象之探論，惟於認識方法上，運用直覺、直觀、內省等法，以求契悟宇宙之真理，因之，與詩同具直觀〔註10〕之性質。蓋詩臻化境，醞釀既已成熟，感興之來，絡繹奔會，提起銳筆，一呵而就，左右逢源，

〔註8〕見姚鼐〈答徐季雅尺牘〉。
〔註9〕見《指月錄》卷1。
〔註10〕謝幼偉先生，於〈直覺與中國哲學〉一文中，嘗謂直覺之特徵，乃指人類一特殊之見，能見人之所不能見；不可以文字語言或符號直接表徵者；不由思惟或經驗而來，其為直入事物內部，且與事物為一之觀物方法。

物我兩忘，是時唯於直覺中，見一獨立自足之意象境界，無分析，無比較，無旁涉，凡足以應我須，牽我情者，莫非我有，情來神會，機栝躍如，無往而不自得。是以直觀乃指詩人觀物之時，專注於物本身之形象，而不思及其實質、成因、效用、價值等意義，物、我間之區別，乃逐漸泯除，情因此得注於景，兩相密附，渾合無迹矣。

（四）崇自然

　　禪家馬祖道一嘗論平常心是道，云：「若欲直會其道，平常心是道，何謂平常心？無造作，無是非，無取捨，無斷常，無凡無聖。」，〔註11〕是以尋常是禪，生活是禪，平平穩穩是禪，又慧海禪師嘗云：「青春翠竹，總是法身，鬱鬱黃花，無非般若。」〔註12〕六祖慧能亦論尋常自然是道云：「心平何勞持戒，行直何用修禪？恩則孝養父母，義則上下相憐，讓則尊卑和睦，忍則眾惡無喧，若能鑽木出火，淤泥定生紅蓮，苦口的是良藥，逆耳必是忠言。改過必生智慧，護短心內非賢。日用常行饒益，成道非由施錢，菩提只向心覓，何勞向外求玄，聽說依此修行，天堂只在目前。」，〔註13〕看似平易，實造道深刻，治外不如治心，不易之理也。此貴平常自然之旨，與詩道亦通。蓋詩之成篇，多緣尋常自然，宇宙萬物，一片靈機，詩人隨手拈來，眼前景物，隨處可成化境，渾然天成，不勞把捉，洋洋寫胸中之所有，沛然由肺肝流出，此非源於自然乎！

三、禪學與詩學之融合

　　夫禪之通於詩者，亦多端矣。至於李唐，二者已顯見融合之勢。或以詩寓禪，或以禪入詩，或以禪論詩，是則詩之於禪，誠可謂投水乳於一盂，奏金石於一室者也。其首為禪家引詩寓禪，如神秀之：「身是菩提樹，心如明鏡臺，時時勤拂拭，莫使惹塵埃。」，與六祖慧能

〔註11〕見馬祖道一《禪師語錄》。
〔註12〕見《傳燈錄》慧海禪師語錄。
〔註13〕見慧能〈無相頌〉。

之：「菩提本非樹，明鏡亦非臺，本來無一物，何處惹塵埃。」二偈詩，千古傳誦，蘊意無限。蓋禪人參禪悟道，洞見自性，豁然開悟，此自性妙體，苟落言筌，則嫌其觸，云：「道著則觸」，亦懼其背，云：「背觸皆非」，故說不得也。乃有以詩開悟者，冀避免經思辨歷程，而直契其禪悟之境。

　　次有詩人援禪入詩者，有唐文士，性躭禪道，習引禪理、禪趣入詩。詩得禪助，海濶天空，鳶飛魚躍，開拓前所未有之意境、內容，故云：「詩爲禪家添花錦，禪是詩家切玉刀。」，〔註14〕時王摩詰詩，尤富禪趣，如「行到水窮處，坐看雲起時」〔註15〕又：「人閑桂花落，夜靜春山空」，〔註16〕又：「悠然遠山暮，獨向白雲歸」，〔註17〕其遺落莽莽世塵之情障，返歸自然心靈之清唱，神遊萬物之玄圃，靜觀天地之靈秀，深蘊禪家理趣，令人披覽不倦。

　　有唐一代，詩禪極盛，禪理詩論，漸相融合，遂有引禪以論詩者，此皎然之《詩式》，可云其濫觴矣。《詩式·論文章宗旨》云：「康樂公早歲能文，性穎神徹，及通內典，心地更精，故所作詩發皆造極，得非空王之道助邪？」；〈論取境〉則謂：「不思而得」、「宛若神助」；論文外之旨，以「但見情性，不睹文字」爲詣道之極。是以皎然可謂中國文評中以禪論詩之達摩矣。又徐寅《雅道機要》云：「夫詩者儒中之禪也。一言契道，萬古咸知。」，亦以禪論詩矣。若夫表聖二十四《詩品》，沖淡云：「素處以默，妙機其微。」，高古云：「黃唐在獨，落落元宗。」，洗鍊云：「體素儲潔，乘月返眞。」超詣云：「少有道氣，終與俗違。」又論詩須具韻外之致，味外之旨，皆借禪理以喻詩理，合以上數則，或以詩寓禪，或以禪入詩，或以禪論詩，顯見李唐之時，禪學與詩學相關之切，融合之密矣。

〔註14〕見金元好問，〈答俊書記學詩〉。
〔註15〕見王維，〈終南別業〉。
〔註16〕見王維，〈鳥鳴磵〉。
〔註17〕見王維，〈歸輞川作〉。

第三節　禪學與詩風格論

一、貴文外之旨

　　「言不盡意」之觀念，實早見於《周易·繫辭傳》。〈繫辭傳〉云：
「子曰：書不盡言，言不盡意。」，《孟子》亦言「不以辭害意」，《老
子道德經》首章即言「道可道，非常道，名可名，非常名。」，《莊子·
秋天篇》云：「夫精粗者，期於有形者也。無形者，數之所不能分也。
不可圍者，數之所不能窮也，可以言論者，物之粗也。可以意致者，
物之精也，言之所不能論，意之所不能察致者，不期精粗焉。」，此
皆先秦古籍論及言意之辨者。夫語言爲文學表現之媒介，作者假文字
爲津梁，以跨踰自身之局限，借文字爲天梯，以干青雲，傍素波，使
呈現於讀者目前，盡是一片涵渾澄澈，空靈無滯之境。是故《莊子》
以語言之形式粗糙而有限，意致之所趨則無窮無涯，乃破除語言之藩
籬，主得意忘言，云：「筌者所以在魚，得魚而忘筌；蹄者所以在兔，
得兔而忘蹄；言者所以在意，得意而忘言。」〔註18〕

　　漢世經學依於文句，故朴實說理，而不免拘泥。章句訓詁煩瑣，
陰陽象數盛行，得意忘言說，遂落入下乘。頗遭通才達識鄙薄。洎乎
魏晉，言意之辨首因品鑒才性而起，蓋人物之理，妙而難明，若以形
貌取人，必失於皮相，惟透過形相，而得其神理，「視之而會於無形，
聽之而聞於無音」，準此以評量人物，始百無一失。故《抱朴子·清鑒
篇》云：

　　　　區別臧否，瞻形得神，存乎其人，不可力爲。自非明並日
　　　月，聽聞無音者，願加清澄，以漸進用，不可頓任。

此即言識人之難。「存乎其人，不可力爲」，即謂人之才性與生命風姿，
永不能爲言說所盡，此則含有言不盡意之意。且「魏晉名士之人生觀，
既在得意忘形骸。或雖在朝市，而不經世務，或遁迹山林，遠離塵世。
或放弛以爲達，或佯狂以自適。然既旨在得意，自指心神之超然無累。

〔註18〕見《莊子·外物篇》。

如心神遠舉，則亦不必故意忽忘形骸。讀書須視玄理之所在，不必拘於文句。行事當求風神之蕭朗，不必泥於形迹。」，〔註19〕是以阮籍貴「得意，忽忘形骸」，〔註20〕而何劭云：「奚用遺形骸，忘筌在得魚」，均得意忘言之旨。

　　魏晉言不盡意之觀念，致用於文學，必重神氣、重空靈、重餘韻與言外曲致。陸機〈文賦〉云：「恆患意不稱物，文不逮意。」；劉勰《文心雕龍·隱秀篇》云：「隱也者，文外之重旨者也。」又：「隱之為體，義生文外。」，〈神思篇〉云：「思表纖旨，文外曲致。」，〈物色篇〉云：「物色盡而情有餘者，曉會通也。」；鍾嶸《詩品》亦云：「文已盡而意有餘」、「言在耳目之內，情寄八荒之表。」，皆重視言外之意。文學之可貴，即在含味於無窮，每於悵惘不甘，悠邈含情處，傳其神理；以其情遙，故聲有餘響，幽雋超詣，透出言外不盡之意。其後佛教東傳，佛家談空說有，無執無著，離言說相，文字相，不蔽於成見，別有會心處，直契精微，捨筏登岸，尚文外之旨也。

　　唐代禪風鼎盛，以頓悟為宗，於經教言說，皆重當機之自由運用，機鋒迅捷，不待安排。或瞬目揚眉，或棒喝以示宗旨，或默然以符心要。故禪宗施教，於言語之外，又有嘘聲繪相，棒喝交馳，可代語言之用，學者會得宗旨，又歸於寂然，是為以心傳心，不落言筌。如靈山會上，佛陀默然拈花，迦葉會心一笑，遂有不假文字，直指本心之旨。此言外之意，弦外之音之觀念，至有唐詩評，乃以「神」、或「興」「興象」、或「味」、或「象外」「言外」論之。〔註21〕

　　先述「神」，杜甫論詩，頗重神化之境，其〈獨酌成詩〉云：「醉裡從為客，詩成覺有神。」又〈寄薛三郎中詩〉云：「乃知蓋代手，才力老益神。」又〈寄張十二山人彪詩〉云：「詩興無不神。」又〈八

〔註19〕湯用彤先生，《魏晉玄學論稿·言意之辨》。
〔註20〕見《晉書·阮籍傳》。
〔註21〕道家之藝術精神，早於唐代已深透禪骨，此後道禪共同支配中國之文學藝術及其批評。見王煜先生《老莊思想論集·老莊的言意觀對僧肇與禪宗的影響》一文。

哀詩〉云：「篇什若有神。」，皆以詩章篇什之外，別有洞天，讀者據此精神，運其會心，自能窺天地之全機，得言外之密意。

次言「興」與「興象」，唐代以興象表言外之意之觀念，最著名者為殷璠之《河嶽英靈集》。其序云：「理則不足，言常有餘，都無興象；但貴輕艷，雖滿篋笥，將何用之？」，其評陶翰詩云：「既多興象，復備風骨。」，評孟浩然詩云：「浩然詩文，無論興象，兼復故實。」，評賀蘭進明云：「又行路難五首，並多新興。」，殷氏既以「都無興象」乃緣於「言雖有餘，理（意）卻不足。」，可知興象乃指意在言外，寄興無限，饒有餘味，令人尋繹不倦。皎然《詩式》亦有相類之論，如云：「情多興遠」，「夫詩之創心，以情為地，以興為經」。

再論「味」，有唐文人雅士輒以「味」喻言外或象外之意。皎然詩議云：「頃作古詩者，……競壯其詞，俾令虛大。或有所立，已在古人之後，意熟語舊，淡而無味。」又：「才多識微者，句佳而味少。」又劉肅《大唐新語・文章第十七引張說之評》云：「韓休之文，有如太羹玄酒，雖雅有典則，而薄於滋味。」皆以語辭文句雖佳，然乏言外之深意矣，則為味少或薄於滋味矣。韓愈更進將「文中之味」與「酒中之味」等量齊觀，其於〈醉贈張秘書詩〉云：「所以欲得酒，為文俟其醺，酒味既冷冽，酒氣又氤氳，性情漸浩浩，諧笑方云云，此誠得酒意，餘外徒繽紛，長安眾富兒，盤饌羅羶葷，不解文字飲，惟能醉紅裙。」其所謂為文俟其醺之文字飲，正指陶然忘機、入乎無言之域，神游象外，臻於超乎筆墨蹊徑之忘我境界。又司空表聖於詩味之說，所論甚詳，其二十四《詩品》及〈與李生論詩書〉，均以詩味為中心，以詩格之高者，其美必在酸鹹之外，故特標舉「韻外之致」與「味外之旨」，以為詩之詣極也。

末論「象外」與「言外」，唐人以象外、言外論詩者眾。如于邵於〈華陽屬和集序〉云：「六義詩人之蘊，雅貫三極，而正存象外。」，又韓愈〈薦士詩〉云：「冥觀洞古今，象外逐幽好。」，又李德裕〈文章論〉云：「文旨既妙，豈以音韻為病哉？此可以言規矩之內，不可

以言文章外意。」，釋皎然《詩式》亦云：「若遇高手，如康樂公覽而察之，但見情性，不睹文字，蓋詩道之極也。」，皎然重文外之旨，聲有餘響，音在弦外，自有繞梁之致，耐人尋味之韻矣。又司空表聖論詩，於韻味之外，亦主景象，其〈與極浦書〉云：「戴容州云：『詩家之景，如藍田日暖，良玉生煙，可望而不可置於眉睫之前也。』象外之象，景外之景，豈容易可譚哉！」是以表聖二十四《詩品》，企求文字聲韻以外之風格也。影響後世詩人至深且鉅，宋嚴滄浪進而發爲「羚羊挂角，無跡可尋」之論，蓋其意不在乎言說，故得以如空中之音，相中之色，水中之月，鏡中之影也，遂衍爲後世神韻一派矣。

二、尚高逸恬淡

　　傳統儒家之文學觀，以尚用爲主，文學之表達，重在教化之宣揚，故尊聖而宗經。《論語・述而篇》：「子以四教：文、行、忠、信。」又〈學而篇〉云：「子曰：弟子入則孝，出則弟，謹而信，汎愛眾而親仁，行有餘力，則以學文。」，又荀子之論，亦無二致，其〈大略篇〉云：「人之於文學也，猶玉之於琢磨也。詩曰：『如切如磋，如琢如磨。』謂學問也，卞和之璧，井里之厥也，玉人琢之爲天下寶。子貢季路故鄙人也，被文學，服禮義，爲天下列士。」其所云文學，乃概括一切道術而言，凡百詞藝，莫不視爲學術之附庸，政治之利器，而著以倫理道德之色彩。

　　儒家美之觀念，源自古代詩、禮、樂之教，且以人格美爲中心，「人文化成之終極理想，乃在於完美人格之養成，故民既庶矣，必富之；既富矣，必教之。而教化之綱領，即在人文之薰陶。人文範圍極廣，而以詩、禮、樂爲大端。」，〔註22〕《易・坤卦文言傳》云：「君子黃中通理，正位居體，美在其中，而暢於四支，發於事業，美之至也。」，又《荀子・勸學篇》云：「君子之學也，以美其身。」

〔註22〕見郭鶴鳴君，《王船山詩論探微》，第二章孔子之開創一節，《師大國研所集刊》第23號。

如此性情涵養得正，人格陶鑄有成，則可舉以致用，皆可見儒家著重內在心靈、德性之培養，有諸內、形諸外，以形成全幅之人格美。

孔子既以人文教化爲其行道之終極理想，〔註23〕故欲推己及人，以中和爲體，以仁義爲性，德配天地，妙贊化育，將一己小我之智能才性，與生生不已之宇宙生命，相攝交融，協然互盪，盎然並進，與天地參矣。此深遠敦厚之仁心昭昭朗朗，彌綸天地，是以言詩言樂，必爲雅正之體。子曰：「詩三百，一言以蔽之，曰：思無邪。」《論語・爲政篇》，無邪者，斯爲正矣。又曰：「惡鄭聲之亂雅樂也。」〈陽貨篇〉，可知孔子扶雅正，放鄭淫，雅鄭之名既立，界限釐然，吾國最早之風格理想斯確立矣。流風餘韻，亙千百年，與日月以俱懸，共江河而不廢也。〔註24〕是以時至有唐，復古之說極盛，詩人論說者，多倡風雅之調。如唐人自選詩中殷璠之《河嶽英靈集》，芮挺章之《國秀集》，高仲武之《中興間氣集》，與元結之《篋中集》，皆提倡風雅，又個別詩家陳子昂、李白、白居易等，亦主說理以可實踐者爲眞，言情以可風世者爲美，或倡爲平淡清雅之音，或重託意言志之比興詩，其習染儒說，持燦然仁心，積健醞釀，穆穆雍雍，追慕風雅，以爲至美之志，的然若現。是以典雅固爲吾國傳統文學上之理想風格矣。〔註25〕

佛教自漢世東傳，西域高僧肩摩踵接，連袂來華，翻譯經典，弘揚佛法，中土名士亦遠赴佛國，求道取經，佛教於以大興。迨達摩東至，契理契機，於言筌以外，傳授心法，直指見性。運水擔柴，莫非

〔註23〕《論語・述而篇》云：「子所雅言，詩書執禮，皆雅言也。」又〈泰伯篇〉子曰：「興於詩、立於禮、成於樂。」人文教化即以詩、禮、樂爲大端。

〔註24〕王夢鷗先生，《六藝技巧論》，〈中國藝術風格試論〉一文，以雅爲吾國文學藝術中具體統一之正統風格，且爲最高之批評尺度。

〔註25〕詳見註24，又儒家之文學觀，乃以物感情動之際，猶須檃括斂束，不使感情蕩逸而一歸於正，詩文遂可施之於教化。風格理想乃以典雅爲尚。

神通，嬉笑怒罵，全成妙道。自是而後，中國文學藝術中凡自然空靈，天機一片之意境，析繹其意趣理致，幾全與禪宗之內蘊精神，相互發明關聯。〔註26〕

　　時至李唐，禪風鼎盛，詩禪合流，禪家超詣之靈趣，神秘之氣韻，高逸之風貌，既契於老莊無爲之哲學，又合於詩之性情，遂於原始佛教、儒家、道教之外，〔註27〕別開生面，獨樹宗風，影響及於哲學、文學等，尤以詩歌爲最。且禪宗於精神世界中所領悟之智慧境界，如高、逸、淡等教風，影響唐人詩話中之風格論，至深且鉅。如皎然《詩式》之主高逸，司空圖《詩品》之尚恬淡，皆與禪境相契。蓋高逸之格，必詩家澹泊寧靜，超塵拔俗，眞性圓融，人品清和，靜觀了其源流，言默不失玄微，智慧頓開，般若現前，有聲皆是佛聲，有色皆是佛色，虛懷清朗，消息沖和，勾深致遠，氣韻生動，乃臻高逸之格。若夫恬淡者，情涵濡而意遠，心深邃而貌澹，無一字而著色相，無一字而有雕琢之痕，斧鑿之跡。意境淵然而深，眞璞平淡，於詩爲陶，於時爲秋，「絕去形容，獨標眞素，此詩家最上一乘。」，〔註28〕質而實綺，癯而實腴，眞力積久，正見其清靜澄澹之心。是皆與參禪者須在平淡處，悟妙諦之旨，冥合無間。

　　由以上之析論，可知唐代詩評風格論，既習染儒說，主雅正之體，亦受禪學之影響，而尙高逸恬淡。

〔註26〕詳見錢穆先生，《中國文化史導論》文藝美術與個性伸展一章。
〔註27〕唐代三教並行，高祖、太宗、高宗、玄宗、德宗、憲宗、文宗、宣宗、懿宗朝，皆曾舉行三教講論，聚集儒家與佛教、道教諸名流大德於一堂，公開講述論難，講論內容往往以三教調和或會三歸一爲主旨。見羅香林先生，《唐代文化史·唐代三教講論考》。
〔註28〕見李雍《詩鏡總論》。

第六章　結　論

　　有唐詩學，獨步千古，英彥輩出，吟詠滋繁，眾體悉備，諸法畢該，波瀾壯闊，蔚爲奇觀。猶泰山喬嶽，巍峩矗立，可陵鑠前代，興後人不勝仰止之嘆也。詩風既盛，詩學理論之作，自亦隨之俱興。其時詩評中風格理論之闡微，可由唐人詩話、自選詩與個別詩家三端，窺其堂奧。然終唐一世，誠有意發爲理論，足以光美一代，垂範來葉者，必推皎然《詩式》之辨體一十九字，與司空圖二十四《詩品》，其步趨魏晉之轍，下開兩宋以還之詩學，實可謂前有所承、中有所創，而後有所啓矣。

一、前人理論之繼承

（一）作者情性

　　「文以氣爲主」，曹丕以作者才性關乎文學創作至鉅，緣人各有不同之才性爲其樞機，未能毫釐無爽，分寸齊同，發爲文辭，風格遂光怪陸離，繁複多姿矣。是以其論孔融，則云體氣高妙：論徐幹，則云時有齊氣；論劉楨，則云有逸氣，可知曹丕乃以作者才性明揭文章風格之根源。

　　劉彥和《文心雕龍・體性篇》云：「夫情動而言行，理發而文見，蓋沿隱以至顯，因內而符外者也。然才有庸儁，氣有剛柔，學有淺深，

習有雅鄭，並情性所鑠，陶染所凝，是以筆區雲譎，文苑波詭者矣。故辭理庸儁，莫能翻其才，風趣剛柔，寧或改其氣，事義淺深，未聞乖其學，體式雅鄭，鮮有反其習，各師成心，其異如面。」謂文學風格由情性為其本也。故又云：「吐納英華，莫非情性。」，詩文以道性情，性情面目，人人各異，風格自相殊耳。是故彥和以文章風格乃繫於作者之情性耳。

泊乎有唐，皎然《詩式》亦本「風律外彰，體德內蘊」，為風格分類之標準。又云：「但見情性，不覩文字，蓋詣道之極也。」又：「眞於情性，尙於作用，不顧詞彩，而風流自然。」，蓋詩為心聲，胸中有丘壑，有性情，發諸筆端，卓然自立，必不俯隨人，自然獨特之風格也。

司空表聖《詩品》二十四，即以風格之形成，與作者之個性，氣質息息相關。綜觀二十四《詩品》，正見詩之風格，源於作者之生活情調與意境，詩人之情性如斯，詩之風格亦如是。夫詩內出性靈，筆墨雖出於手，實根於心，筆動機隨，脫腕而出，若乃鄙吝滿懷，安得超逸之致，矜情未釋，何來沖穆之神，必有其情，始克有其文。

詩之風格與人之情性關係既如此密切，則評詩須兼及其人，乃能得其眞。由是風格論乃導向以作者為主之文學批評觀點，[註1] 即由人之情性、稟賦，以論作品之風格。由人以論文，亦成吾國傳統批評理論之特質。明方孝孺〈張彥輝文集序〉云：

> 昔稱文章與政相通，舉其緊而言耳，要而求之，實與其人類。戰國以下，自其著者言之：莊周為人有壺視天地，囊括萬物之態，故其文宏博而放肆，飄飄然若雲遊龍騫不可守。荀卿恭敬好禮，故其文敦厚而嚴正，如大儒老師，衣冠偉然，揖讓進退，具有法度。韓非、李斯峭刻酷虐，故其文繳繞深切，排搏糾纏，比辭聯類，如法吏議獄，務盡其意，使人無所措手。…………繇此觀之，自古至今，文之不同，類乎人者，豈不然乎？[註2]

〔註 1〕風格論之批評理論基礎，乃以風格之形成，源於作者之情性。
〔註 2〕見《遜志齋集》卷 12。

又錢鍾書《談藝錄》亦云：「余嘗作文，論中國文評特色，謂其能近取諸身，以文擬人。以文擬人，斯形神一貫，文質相宣矣。」〔註3〕

（二）批評文字

魏晉人物品鑒，純由欣賞人物閒遠脫俗之風格美著眼，略於評論其道德工夫，或政治才華，皆以具體化之意象，摹寫人物之神采風韻，依個人內在情性，所表現之人格美品評之。〔註4〕此種語言表達方式隨之轉用於文學，且鍾嶸於《詩品》中有成功之運用。此種以具體化之意象，比喻抽象風格之法，遂成中國文學批評傳統中堪資注意之特質。且標示出傳統文學批評語詞本身之藝術性與獨創性。〔註5〕

鍾嶸《詩品》評潘岳詩云：「翰林（李充翰林論）嘆其翩翩然，如翔禽之有羽毛，衣服之有綃縠。」又引謝混之言云：「潘詩爛若舒錦，無處不佳，陸文如披沙簡金，往往見寶。」又評謝靈運詩云：「譬猶青松之拔灌木，白玉之映塵沙，未足貶其高潔也。」又評范雲與丘遲詩云：「范詩清便宛轉，如流風廻雲；丘詩點綴映媚，似落花依草。」又評顏延之與謝靈運之詩，引湯惠休之言云：「謝詩如芙蓉出水，顏如錯采鏤金。」是種意象式之風格比喻法，以觸發讀者之直覺感受為主，汰蕪見菁，亦足導讀者，使之別有會心矣。

至於李唐，此種論詩方法，更加普徧，且兼及論文，〔註6〕遂蔚為鑑賞批評之法。及晚唐表聖《詩品》尤集其大成，以十二韻語之四言詩，與具體化之意象，摹寫抽象之詩歌風貌。而此種意象式之譬喻，雖由直感直觀，對詩歌風貌作整體之鑑賞，然亦密詠恬吟，博觀取約，洞鑑深微，實含作者獨具匠心之主觀美感經驗，故能言所不能言者，

〔註3〕見錢鍾書《談藝錄》，頁48。
〔註4〕見本論文第一節人物品鑒之啟示中有詳論及之。
〔註5〕葉嘉瑩先生，〈鍾嶸詩品評詩之理論及其實踐〉一文中，嘗論是種風格語詞之品評方式，於鍾嶸詩品中明顯運用之後，此類以具體化之意象，以喻示抽象風格之法，遂成中國文學批評傳統中，一種頗可注意之特質。
〔註6〕詳見於本論文第四章第三節批評文字。

會契其精微處，使人於含咀之餘，得其妙境。吾人於後世詩話中，實可常見此具體化之意象論詩之迹，此乃表聖《詩品》體式影響後世之功。其沾溉詩苑，垂裕來葉，殊有足多。使批評活動成爲具有創意之美感活動。

二、有唐一代之創獲

李唐之世，禪風寖盛，時詩學與禪學，顯見融合之勢，或以詩寓禪，或以禪入詩，或以禪論詩，如榆樾之交陰，水乳之互融也。禪家標示教外別傳，不立文字，語言道斷，直指本心，徹見眞性，人人識得本性，無往不利，信手拈來，頭頭是道，其超詣之靈趣，靜穆之觀照，影響唐代詩評風格論至深。是以皎然《詩式》尙高逸之體、文外之旨，司空圖《詩品》倡恬淡之格、韻外之致。夫詩到平淡處，必心深貌澹，疏宕空明、沖和自然，無痕有味。惟其高，故能得象外之神，惟其逸，故能得弦外之音。詩中之意，貴於無字句處，託興之妙，索於牝牡驪黃之外，神餘言外，涵蘊深永，使味之者無極，盡得廻環不絕之妙。如是與禪門所謂「微妙法門，不立文字」，〔註7〕恰爲同一機杼矣。

吾國嚮時，儒家於文學，一貫持載道、尙用之說，以文學爲施教之具，須超越美而止乎善，唯性情涵養得正，人格陶鑄有成，乃可舉以致用。孔子學兼六藝，而特重詩禮樂，詩足以興，禮足以立，樂足以成，以中和爲體，以仁義爲性，合此中和仁義之體性，宣諸文學作品，斯爲雅正之風格矣。是以典雅固爲吾國文學上之風格理想矣。時至李唐，禪學風熾，詩學受其影響，不復以典雅爲其唯一推崇之體，而有尙高逸、恬淡之論出，是故有唐詩評風格論，於吾國風格論之發展中，實居關鍵之地位，既陶染傳統儒說，重典雅之體，〔註8〕復受禪學影響，而尙高逸恬淡。不啻爲吾國風格論開一新紀元也。至於兩宋，詩論詩話，飈舉雲興，蘇軾挹其流而暢其旨；韓駒、吳可、龔相、

〔註7〕見於《傳燈錄》。
〔註8〕唐人自選詩與個別詩家之風格論中，多重典雅之體。

葉夢得煽其焰而揚其波，嚴羽纘其緒而綜其成，以禪論詩之風，乃儼然衣鉢相傳，爲詩國之精藍寶刹而別有洞天者焉。〔註9〕

三、後世詩論之啓發

唐詩在中國詩史上，吐放萬丈輝光，振鑠千古，爭光日月，其時詩評中之風格理論，於後世亦有深遠之影響矣。尤以司空圖《詩品》倡韻外之致，味外之旨，將詩之理想風格立於語言文字之外，影響嚴滄浪、王漁洋、袁子才、王靜安等一脈相傳，以神韻爲重之詩觀，蔚爲中國詩論之一大主流。

滄浪論詩，首拈妙悟，〔註10〕以爲說詩之法門，妙悟之後，得活法活句，以達其所謂之興趣，與詩之極詣「入神」。其以詩乃吟詠情性，又謂詩有別材、別趣，非關書、非關理，不涉理路，不落言筌，冀得詩味之悠遠無盡，餘情盪漾也。是以其興趣之意，謂如羚羊掛角，無跡可求，故其妙處，透徹玲瓏，不可湊泊，如空中之音，相中之色，水中之月，鏡中之象，言有盡而意無窮也。嚴滄浪除標舉妙悟、興趣、入神外，復將作品風格析爲九品，云：「詩之品有九：曰高、曰古、曰深、曰遠、曰長、曰雄渾、曰飄逸、曰悲壯、曰淒婉。」又分爲二大類，云：「其大概有二，曰優游不迫，曰沈著痛快。」是九品二類，可謂遙承皎然、齊己、司空圖等諸家之風格分類，而予以簡化歸類也。

自嚴滄浪標舉「妙悟」說以降，論詩者大致其道，每愛拈出二字，

〔註9〕　東坡之以禪喻詩者，如〈跋李端叔詩〉卷云：「暫借好詩清永夜，每逢佳處輒參禪。」等；韓駒之〈贈趙伯魚詩〉云：「學詩當如初學禪，未悟且遍參諸方，一朝悟罷正法眼，信手拈出皆成章。」而吳可與龔相二人，則以「學詩渾似學參禪」相唱和。葉夢得之《石林詩話》載有其以禪論詩之論，嚴羽則見諸《滄浪詩話》。

〔註10〕　嚴滄浪於詩話中開宗明義，拈出「妙悟」一詞，其云：「禪家者流，乘有大小……大抵禪道惟在妙悟，詩道亦在妙悟，且孟襄陽學力下韓退之遠甚，而其詩獨出退之上者，一味妙悟而已。惟悟乃爲當行，乃爲本色。」

以為評論之準度，有清一代，此風大熾，如王漁洋之「神韻」說、沈歸愚之「格調」說，袁子才之「性靈」說，翁覃溪之「肌理」說，乃至民初王靜安之「境界」說，其敷陳義旨，壁壘森矗，別立門戶，均儼然成一家之言。

漁洋受滄浪影響至深，其書中數度襲用滄浪之語，﹝註11﹞正見其服膺之誠。又其於司空表聖之論，亦時見贊歎之辭，﹝註12﹞似此之論，皆見其契悟之深矣。是以表聖影響滄浪，而滄浪導引漁洋，實為一脈相承，以神韻為尚也。漁洋論詩以「神韻」為詩之最高境界，妙在神會，不著色相，沖澹空靈，故其所選唐賢三昧集，即以王維、孟浩然為主，其序云：「大要得其神而遺其形，留其韻而忘其迹，非聲色臭味之可尋，語言文字之可求也。」，其求之於象外之意，亦可知矣。楊繩武作〈王漁洋神道碑銘〉嘗云：「公之詩籠蓋百家，囊括千載，自漢六朝，以迄唐宋元明，無不有以咀其精華，探其堂奧，而尤浸淫於陶、孟、王、韋諸公，獨得其象外之旨，意外之神，不雕飾而工，不錘鑄而鍊，極沈鬱排奡之氣，而深造自然，盡鏤刻絢爛之奇，而不由人力。當推本司空表聖『味在酸鹹之外，及嚴滄浪『以禪喻詩』之旨而益申其說。蓋自來論詩者，或尚風格，或矜才調，或崇法律，而公則獨標神韻。神韻得而風格才調法律，三者悉舉諸此矣。」，﹝註13﹞由是可見，漁洋之神韻說殆有其承先啟後之獨到處也。

其後，有袁子才之主性靈說。《隨園詩話》卷七云：「詩難其真也，

﹝註11﹞ 漁洋襲用滄浪語，如分甘餘話中，舉太白「牛渚西江夜」、襄陽「掛席幾千里」詩，以為「詩至此，色相俱空，正如羚羊掛角，無迹可求，畫家所謂逸品是也。」又蠶尾續文云：「嚴滄浪以禪喻詩，余深契其說，而五言尤為近之，如王裴輞川絕句，字字入禪。……妙諦微言，與世尊拈花，迦葉微笑，等無差別，通其解者，可語上乘。」

﹝註12﹞ 漁洋於表聖之論，時見贊歎之辭，如香祖筆記云：「表聖論詩有二十四品，予最喜『不著一字，盡得風流』八字，又云：『采采流水，蓬蓬遠春』二語，形容詩境亦絕妙，正與戴容州『藍田日暖，良玉生煙』八字同旨。」

﹝註13﹞ 《鳳翙堂板魚洋山人精華》附錄〈神道碑〉，頁4。

自性情而後眞。」，又卷五云：「詩情愈痴愈妙。」又卷十云：「人必先有芬芳悱惻之懷，而後有沈鬱頓挫之作。」又〈答李少鶴尺牘〉亦云：「體格是後空架子，可仿而能，神韻是先天性情，不可強而至。」，是以隨園之說，以詩由情生，必有性靈，乃有眞詩。故其又引楊誠齋之語云：「楊誠齋曰：『格調是空架子，有腔口易描，風趣專寫性靈，非天才莫辨』，余深愛其言，須知有性情，便有格律，格律不在性情外。」，要之，其論詩以性靈二字爲宗旨，詩能沁人心脾，任性情之流露，自由敍述，不嘗古人糟粕，以清新機巧行之，乃爲眞詩，且其深受司空表聖《詩品》之影響，續《詩品》之作，可見大概矣。蓋隨園甚愛《詩品》，而惜其祇標妙境，未寫苦心，乃爲若干首續之。其時人陸士龍嘗云：「簡齋續詩品，雖隨手之妙，良難以詞喻，要所能言者，盡于是耳。」，其三十二詩品，皆爲論詩之法，其語誠多精到處，發前人所未發，直可補表聖所未及，使學者有規矩可循。開品詩未有之先河，足爲隨園之特識也。

至乎近世，王靜安《人間詞話》，取「境界」爲批評之準則，其卷上云：「滄浪所謂興趣，阮亭所謂神韻，猶不過道其面目，不若鄙人拈出境界二字，爲探其本也。」卷下又云：「言氣質，言神韻，不如言境界，有境界本也；氣質，神韻末也。有境界，而二者隨之矣。」是以有境界者，自成高格，自有名句。其又析分境界之「隔」與「不隔」，「造境」與「寫境」，「有我之境」與「無我之境」，「大境」與「小境」，其持論詳贍細密、條串理貫，首尾圓合矣。綜上所述，則靜安先生之「境界」，與嚴滄浪之「興趣」，王漁洋之「神韻」，相差無幾，其立論用語雖異，大體無所抵觸，探其指歸，則一致也，蓋不過爲詩之一種境界，一種風格矣。王師更生嘗云：「夫各家論詩，莫不標舉風格，執簡馭繁，惟彥和得其『情性』，滄浪得其『妙悟』，阮亭重『神韻』，隨園主『性靈』，而海寧王國維先生獨擅『境界』之奧府，如此

風格既定，驪珠在握，自能含和吐明，譏彈百代。」，〔註14〕斯爲鞭
辟入裏之見，至此，唐代詩評風格論啓迪後世詩論之功甚偉，此一脈
相傳之說，亦足爲中國詩論之主流矣。

〔註14〕見王師更生，〈詩品總論〉，《師大詩學集刊》。

主要參考書目

（一）詩文集類

1. 《文選》，蕭統編，藝文印書館。
2. 《全唐文》，清仁宗敕編，文友書店景清刊本。
3. 《李太白全集》，李白，商務四部叢刊。
4. 《杜詩鏡銓》，楊倫輯，華正書局。
5. 《韓昌黎全集》，韓愈，新興書局。
6. 《白氏長慶集》，白居易，商務四部叢刊。
7. 《李義山詩集》，李商隱，商務四部叢刊。
8. 《司空表聖文集》，司空圖，商務四部叢刊。
9. 《司空表聖詩集》，司空圖，商務四部叢刊。
10. 《河嶽英靈集》，殷璠，商務四部叢刊。
11. 《國秀集》，芮挺章，商務四部叢刊。
12. 《中興間氣集》，高仲武，商務四部叢刊。
13. 《唐人選唐詩集》，元結等，河洛圖書出版社。

（二）詩文評類

1. 《文心雕龍》，范文瀾注，明倫出版社。
2. 《詩品》注，陳延傑注，開明書店。
3. 《詩式》，皎然，十萬卷樓叢書本。
4. 《詩式》，皎然，藝文歷代詩話本。

5. 《二十四詩品》，司空圖，藝文歷代詩話本。

6. 《詩品集解‧續詩品注》，郭紹虞編著，清流出版社。

7. 《本事詩》，孟棨，藝文續歷代詩話本。

8. 《張為詩人主客圖》，張為，藝文續歷代詩話本。

9. 《風騷旨格》，齊己，藝文續歷代詩話本。

10. 《文鏡秘府論》，遍照金剛，蘭臺書局。

11. 《詩人玉屑》，魏慶之，世界書局。

12. 《滄浪詩話校釋》，郭紹虞校釋，河洛圖書出版社。

13. 《詩藪》，胡應麟，廣雅書局。

14. 《漁洋詩話》，王士禎，藝文清詩話本。

15. 《隨園詩話》，袁枚，廣文書局。

16. 《續詩品》，袁枚，藝文清詩話本。

17. 《人間詞話》，王國維，宏業書局。

18. 《詩學指南》，顧龍振，廣文書局。

19. 《歷代詩話》，何文煥編，藝文印書館。

20. 《續歷代詩話》，丁仲祜編，藝文印書館。

21. 《清詩話》，丁仲祜編，明倫出版社。

22. 《百種詩話類編》，臺靜農編，藝文印書館。

23. 《談藝錄》，錢鍾書，明倫出版社。

（三）其他類

1. 《詩經》，藝文十三經注疏本。

2. 《舊唐書》，劉昫，藝文二十五史本。

3. 《新唐書》，宋祁、歐陽修，藝文二十五史本。

4. 《景德傳燈錄》，釋道原，真善美出版社。

5. 《五燈會元》，釋普濟，廣文書局。

6. 《高僧傳》，釋道宣，臺灣印經處。

7. 《宋高僧傳》，釋贊寧，臺灣印經處。

8. 《人物志》，劉劭，商務四部叢刊。

9. 《世說新語》，劉義慶，樂天出版社。

10. 《魏晉玄學論稿（內收「讀《人物志》」、「言意之辨」二篇）》，湯用彤，廬山出版社。

11. 《中古文學史論（內收「文論的發展」、「文體辨析與總集的成立」二篇)》，王瑤，長安出版社。

12. 《文心雕龍（初版)》，王師更生，文史哲出版社。

13. 《文心雕龍研究（重修增訂)》，王師更生，文史哲出版社。

14. 《文心雕龍導讀》，王師更生，華正書局。

15. 《文心雕龍札記》，黃侃，文史哲出版社。

16. 《文心雕龍校釋》，劉永濟，正中書局。

17. 《六朝文論》，廖蔚卿，聯經出版社。

18. 《文論講疏》，許文雨，正中書局。

19. 《隋唐文學批評史》，羅根澤，商務印書館。

20. 《晚唐五代文學批評史》，羅根澤，商務印書館。

21. 《唐詩說》，夏敬觀，河洛圖書出版社。

22. 《近體詩發凡》張夢機，中華書局。

23. 《唐代文化史》，羅香林，商務印書館。

24. 《初唐詩學著述考》，王夢鷗，商務印書館。

25. 《禪學與唐宋詩學》，杜松柏，黎明文化圖書公司。

26. 《中國禪宗史》，印順，慧日講堂。

27. 《禪海蠡測》，南懷瑾，自由出版社。

28. 《藝海微瀾》，巴壺天，廣文書局。

29. 《中國詩的神韻、格調及性靈說》，郭紹虞，河洛圖書出版社。

30. 《清代詩學初探（內收「神韻說及同時的詩論」、「性靈說」、「王靜安境界說的分析」三篇)》，吳宏一，牧童出版社。

31. 《中國詩學（設計篇、鑑賞篇、思想篇)》黃永武，巨流圖書公司。

32. 《中國詩學（內收「中國的傳統詩觀」一篇)》，劉若愚，幼獅文化事業公司。

33. 《中國詩學》，程兆熊，東方人文學會叢書。

34. 《中國詩學縱橫談（內收「詩話、詞話和印象式批評」一篇)》，黃維樑，洪範書局。

35. 《中國人的文學觀念（內收「美學理論」一篇)》，劉若愚，成文出版社。

36. 《中國人的生命觀（內收「藝術理想」一篇)》，方東美，幼獅文化事業公司。

37. 《中國文學論集（內收「《文心雕龍》的文體論」、「中國文學中的氣

的問題」二篇》，徐復觀，學生書局。

38. 《中國藝術精神（內收「釋氣韻生動」一篇）》，徐復觀，學生書局。

39. 《中國人文精神之發展（內收「中國藝術精神」、「中國文學精神」二篇）》，唐君毅，學生書局。

40. 《中國的智慧（內收「美與藝術問題」一篇）》，韋政通，牧童出版社。

41. 《中國文學批評論集（內收「中國文學批評的方法論」一篇）》，張健，天華出版事業公司。

42. 《中國文學批評史大綱》，朱東潤，開明書局。

43. 《中國文學批評通論》，傅庚生，盤庚出版社。

44. 《中國韻文通論》，陳鐘凡，中華書局。

45. 《中國音樂史（內收「儒家的音樂觀」一篇）》，楊隱，學藝出版社。

46. 《文史通義（內收「詩話」一篇）》，章學誠，世界書局。

47. 《文學研究法》，姚永樸，廣文書局。

48. 《涵芬樓文談》，吳曾祺，商務印書館。

49. 《高明文輯（內收「論風神」、「論氣骨」、「論體性」、「論意境」、「論格調」五篇）》，高師仲華，黎明文化圖書公司。

50. 《詩論（內收「詩的境界」一篇）》，朱光潛，正中書局。

51. 《文藝心理學（內收「美感經驗的分析」一篇）》，開明書局。

52. 《文學概論（內收「純粹性」、「意境」二篇）》，王夢鷗，藝文印書館。

53. 《文藝技巧論（內收「中國藝術風格試論」一篇）》，王夢鷗，重光文藝出版社。

54. 《藝術的奧秘（內收「論風格」一篇）》，姚一葦，開明書局。

55. 《體裁與風格》，蔣伯潛，世界書局。

56. 《四庫全書總目提要》，紀昀等，商務印書館。

（四）期刊論文類

1. 〈鍾嶸詩品評詩之理論及其實踐〉，葉嘉瑩，《中外文學》4卷4期。

2. 〈六朝「風格論」之理論與實踐探究〉，蔡英俊，台大69年碩士論文。

3. 〈皎然詩式十九體與詩例〉，陳曉薔，《圖書館學報》第9期。

4. 〈司空圖詩品風格之理論基礎〉，王潤華，《大陸雜誌》53卷第1期。

5. 〈主觀與批評理論〉，葉維廉，《中外文學》6 卷 11 期。

6. 〈老莊的言意觀對僧肇與禪宗的影響〉，王煜，《新亞書院學術年刊》15 期。

7. 〈禪宗成立前後中國詩與詩學之比較〉，杜松柏，《中外文學》7 卷 6 期。

8. 〈詩品總論〉，王師更生，《師大詩學集刊》。

初盛唐五言近體詩聲律研究

涂淑敏　著

作者簡介

涂淑敏，臺灣臺東人。東海大學中國文學研究所碩士。曾任中山醫學院通識教育中心專任講師，國立空中大學臺中指導中心國文科兼任講師。現為臺中中山醫學大學臺灣語文學系專任講師，講授古典詩歌欣賞、唐詩選讀、宋詞選讀、古典文學、中國古典戲曲導讀、臺灣戲劇導讀、中國文學史、中國思想與文學、大一國文、現代國語文、寫作指導等課程。

提　　要

　　近體詩聲律的確立，是唐詩最重要的成就。一般研究唐詩聲律，多集中在正格體式之上，鮮少注意普徧存在的「非正格」現象。本文則著眼於近體詩聲律「非正格」的現象：

　　第一章：說明寫作動機與研究範圍、研究方法。

　　第二章：回顧唐代以來研究唐詩聲律的歷史。

　　第三章：以傳統四句平仄口訣衍出的三十二種句式為基礎，統計分析唐人近體詩之聲調句式型態及其形成原因；並與六朝詩歌、唐人試律、應制詩做比較。

　　第四章：結論。

　　唐人平韻近體詩使用平腳句式多於仄腳句式。合乎近體平仄規則的律句、拗句的使用率遠高於古詩句式；而非正格的拗句有近半數的比例。其形成原因，除受六朝詩影響外，詩人方音不同；語音隨時間變化；官定韻書音系與實際語音殊異；詩歌聲律定型前後，標準不一；詩人刻意擺脫聲律束縛等，都可能造成與正格有別的聲律型態。

　　仄韻近體詩使用仄腳句的比例較高，多數句式承自齊梁詩，顯出與平韻近體詩聲律的不同。且仄韻近體詩中古詩句式的比例較高；拗句比例也高於律句。此情況和近體聲律未定型前的六朝詩歌類似，說明了仄韻近體詩近乎齊梁體，而不同於唐人律體。

　　然一般近體詩非標準近體詩，正格的近體詩是唐人的「試律」；唐人試律的聲律嚴謹，不見古句；正格律句的比例居多－唯仍不免使用拗句。一般近體詩可能因多方因素，導致正格之外的聲律型態；而以官定韻書的語音系統為標準寫作的試律，也同樣運用大量拗句。這說明了：唐人近體詩非正格的聲律型態，是任何情況都普徧存在的。造成此現象的原因，一是近體詩格律過於嚴苛，難以全面遵守；一是詩人刻意打破近體規則的束縛；再則是六朝詩歌的深刻影響所致。

目

次

第一章　緒　論 ·································· 1

　一、研究動機 ································ 1

　二、研究範圍與方法 ···················· 3

　三、研究價值與展望 ···················· 12

第二章　前人論唐詩聲律概說 ·········· 13

　第一節　唐人論唐詩聲律 ············ 13

　第二節　宋元明人論唐詩 ············ 16

　第三節　清代以來論唐詩聲律——清人及近人 19

第三章　近體詩聲律型態及其形成原因 ·· 23

　第一節　近體詩之先聲——六朝詩歌聲調句式

　　　　　概觀 ···························· 23

　第二節　五言絕句的聲調句式 ······ 27

　第三節　五言律詩的聲調句式 ······ 44

　第四節　五言排律的聲調句式 ······ 61

　第五節　初盛唐一般近體詩與試律、應制詩聲

　　　　　調句式的比較 ················ 70

第四章　結　論 ···························· 77

參考書目舉要 ································ 81

第一章　緒　論

一、研究動機

　　唐代近體詩的格律最完美。論詩的人都知道:「詩之體製,莫盛
於唐;聲調正變,亦莫備於唐。」〔註1〕「平仄聲調」,正是構成唐詩
格律最重要的因素。文學史中明載,中國文人很早就有意識地運用聲
調抑揚的交互,來尋求聲律的諧美。但是,進一步把聲調歸併爲「平」、
「仄」兩類,並衍生出平仄交替的規律固定下來,則是從唐代近體詩
才開始的。研究唐詩格律,雖然不止於聲律一環,但不明瞭聲律,實
不足以言唐詩。當我們稱道唐詩「氣象雄闊,俯視一世」,讀來「音
節鏗鏘,有抑揚頓挫之妙」的同時,唐詩的聲律一直是學詩的人努力
探索的課題。

　　目前我們所擁有的唐詩聲律的概念,大體而言,是全盤接收了自
清代以來說詩者所提出的片斷零散的規則,特別是對格律之學精研的
清代詩論家所作的譜式。這些學者對唐詩聲律的見解,的確幫助我們
在鑑賞品評唐詩時有所依據,更能深入。清代以後研究唐詩者也在這
些聲律基礎上做了更有系統的闡釋。但這些規則終究不能呈現所有唐

〔註 1〕見翟翬,《聲調譜拾遺》,收於《清詩話》(臺北:西南書局,1979
　　　　年 11 月),頁 351。

詩聲律的面貌，自然更不足以說明唐代詩人就是依照這些規則去作詩。當我們翻開《全唐詩》，甚至只要《唐詩三百首》，不難發現許多「名家」的「名詩」是在歷來學者所訂的聲律「正格」之外。

詩家認爲：唐代五言近體詩的各類定式不外由「仄仄平平仄」、「平平仄仄平」、「平平平仄仄」、「仄仄仄平平」四種句式搭配組合而成。「五仄句」是五言拗體（反正爲拗）的極變，〔註2〕也有人認爲是近乎遊戲之作。〔註3〕試看李商隱的〈登樂遊原〉：

> 向晚意不適，驅車登古原。（·表仄聲／。表平聲）
> · · · · ·　　 · · · ○ ○
>
> 夕陽無限好，只是近黃昏。
> · ○ ○ · ·　　 · · · ○ ○

首句「向晚意不適」正是個五仄句。次句「驅車登古原」的末三字（以下稱爲三字尾）「平仄平」也是古詩三字尾正調。但是從來沒有人否定它爲近體絕句的佳作。再看杜甫的〈月夜〉：

> 今夜鄜州月，閨中只獨看。
> 　　　 · · · ○ ○
>
> 遙憐小兒女，未解憶長安。
> · ○ · ○ ·　　 · · · ○ ○
>
> 香霧雲鬟溼，清輝玉臂寒。
> 　　　 · ○ · · ○
>
> 何時倚虛幌，雙照淚痕乾。
> · ○ · ○ ·　　 · · · ○ ○

頷聯出句「遙憐小兒女」和尾聯出句「何時倚虛幌」的「平平仄平仄」，是古詩的句法。此外，杜甫〈八陣圖〉的「江流石不轉」（平平仄仄仄）、王維〈息夫人〉的「看花滿眼淚」（平平仄仄仄）、權德輿〈玉臺體〉的「鉛華不可棄」（平平仄仄仄）用的都是古詩正調的三仄尾（三字尾連三仄）。上述皆是世人吟誦不朽的近體佳篇，卻都不在聲

〔註2〕見董文渙，《聲調四譜》（臺北：廣文書局，1974年3月），頁139。
〔註3〕同註2，頁235。又見王士禎，《師友詩傳續錄》，收於《清詩話》，頁159。

律正格之內。同類的例子不勝枚舉。錢木菴說：

> 律詩始於初唐……律者，六律也，謂其聲之協律也，如用
> 兵之紀律，用刑之法律，嚴不可犯也。〔註4〕

近體詩的聲律既然是「嚴不可犯」，為何唐詩「破格」的情況這麼普遍，連大詩人都未能謹守格律？到底是「例外」太多，還是「例內」的涵蓋面不夠周延？唐代以來論唐詩聲律的都只討論了消極的病犯與粗略的體式，很少學者去探討這些「例外」的現象，以及這些現象背後可能隱藏的問題。雖然有人用「拗」、「救」以及「一三五不論」將這類不合正格的現象合理化了，但由這些現象的大量存在，也顯示平仄的一般格式或許只是大多數人常用，約定俗成的規則，詩人們儘可以在其中求新求變。愈是才高的詩人，愈不願讓死規則束縛了他們靈活的詩思，因此在一般的詩式之外，才會有各種不同情形的通融（一三五不論）、破格（拗）與補救（救）。

我們希望在研究唐詩的平仄正格之餘，還能發掘唐詩聲律另一方面的形貌，嘗試去瞭解如上述近體詩正格之外的其他聲律現象，以及每一類平仄形式有什麼特點；這些平仄形式是在什麼樣的條件下形成或者存在；它代表的意義是什麼？這些都是前人不曾告訴我們的。

二、研究範圍與方法

唐代初、盛、中、晚四期的詩歌各具特色，都值得研究。地毯式的蒐羅四個時期的詩例加以分析，是研究唐詩取材最徹底的方式。但限於時間和精力，只能有選擇地抓住不同階段有影響、有代表性的作家和作品。我們從《全唐詩》中選擇初唐到盛唐的五言近體詩四千一百五十三首做為分析主體，將這些詩逐一標註平仄，依照句式平仄的同異，分類歸納成各式條理。並以歷代相傳的四句平仄口訣演繹出三十二種句式（詳見下文），作為詮釋近體詩聲律的根據。透過科學、細密的統計數字，除了要呈現近體詩所使用的聲調句式型態，還要進

〔註4〕 見錢木菴，《唐音審體》，收於《清詩話》，頁781。

一步藉由唐代一般五言近體詩與試律詩、應制詩以及六朝詩歌聲調句式的比較，探討部分特殊句式的特點與形成的原因。並以清代趙執信、董文渙等學者的聲調譜爲主，參酌其他詩家的理論，撮舉要點，與統計分析的結果互做印證討論。

（一）研究範圍

1. 材料來源

本文選用的唐詩，是文學史書中所提初唐到盛唐的代表詩人收錄在《全唐詩》中的五言近體詩。〔註5〕

初唐是唐詩的發軔期，直接六朝餘風，在聲律上益求工整，奠定了唐詩的基本形式。盛唐則是唐詩的成熟時期，各種風格流派，爭妍鬥美，發展到輝煌燦爛的頂點。中晚唐以下，都只是在初盛唐已經運用成熟的聲律基礎上求變化而已。〔註6〕如沈德潛《說詩晬語》所說：

> 五言律，陰鏗、何遜、庾信、徐陵已開其體；唐初人研揣聲音，穩順體勢，其製乃備。神龍之世，陳、杜、沈、宋，渾金璞玉，不須追琢，自然名貴。開、寶以來，李太白之明麗，王摩詰、孟浩然之自得，分道揚鑣，並推極勝。杜子美獨闢畦徑，寓縱橫排奡於整密中，故應包涵一切。終唐之世，變態雖多，無有越諸家之範圍者矣。以此求之，有餘師焉。〔註7〕

初盛唐的詩歌既然爲中晚唐詩人的典範，那麼從這段時期的作品應可以窺探出唐詩的基本面貌。而文學史書籍中記載的詩人，大抵都是當時某個流派風氣的代表人物，具有時代精神，正可做爲選擇詩

〔註5〕 唐詩的分期依一般文學史所採的四期說：初唐——唐高祖武德元年至睿宗太極元年（618～712），盛唐——自玄宗開元元年至代宗永泰元年（713～765），中唐——自代宗大曆元年至文宗太和九年（766～835），晚唐——自文宗開成元年至昭宣帝天祐三年（836～906）。

〔註6〕 參閱易君左，《中國文學史》（臺北：海燕出版社，1966年12月），頁177。

〔註7〕 見沈德潛，《說詩晬語》，收於《清詩話》，頁538。

人的依據。〔註8〕

2. 依據文獻

　　為求研究材料的單純統一，本文選用的五言近體詩一律依據文史哲出版社排印的《全唐詩》；並將蕪雜不全的部分除去，原則如下：

　　（1）《全唐詩》末附的補遺、詩逸、女仙、神、鬼、怪、夢、諧　　　　謔、題語、判、歌、讖記、語、諺謎、謠、酒令、占辭、　　　　聯句、逸句等，皆捨去。

　　（2）重出或爭議不定的詩（如：某詩一作某某人詩者）一律不　　　　取。

　　（3）缺字不全的詩不取。

　　（4）成詩時間不在唐代的詩（如虞世南有部分詩作於隋）不取。

根據上列原則篩選後，本文的基本材料共選錄《全唐詩》中初唐到盛唐的五言近體詩四千一百五十三首。

　　文中詩例標註的平仄依《廣韻》為主。

　　詩歌對聲律的講求，自古而然。但語音系統是多元化的，會隨時間、空間而有異，必有一定的聲調依據，詩歌作品才可以超越時空，流傳廣遠。隋代陸法言的《切韻》，正是現存可考的隋唐時代論「南

〔註8〕本文選錄唐詩作者一覽表：

時期	詩　　人　　姓　　名
初唐	唐太宗、上官婉兒、陳叔達、袁朗、長孫無忌、褚遂良、褚亮、楊師道、許敬宗、李義府、虞世南、王績、孔紹安、上官儀、盧照鄰、李百藥、楊炯、宋之問、王勃、杜審言、李嶠、蘇味道、賈曾、崔融、李適、徐彥伯、李乂、孫逖、駱賓王、劉希夷、陳子昂、韋嗣立、沈佺期、武平一、寒山、拾得、豐干、張九齡、蘇頲、張說、賀知章、包融、張旭、張若虛
盛唐	李邕、王灣、王翰、張子容、崔國輔、盧象、王維、王縉、裴迪、崔興宗、丘為、崔顥、祖詠、李頎、綦毋潛、儲光羲、王昌齡、常建、李華、蕭穎士、崔曙、張巡、孟浩然、李白、劉灣、岑參、高適、杜甫、賈至、王之渙、鄭虔、劉眘虛、嚴武、鄭審、吳筠、劉長卿、孟雲卿、韋應物、張謂、皇甫曾、元結、皇甫冉、沈千運、王季友、殷寅、李岑、張叔良、王邕、敬括、張濯、王紳、蕭昕、呂牧、令狐峘、魏璀、陳季、莊若訥、孫昌胤、陶翰、嚴維、王泠然、梁鍠

北是非，古今通塞」的語音專書。後來，唐人孫愐在《切韻》音系的
基礎上改訂為《唐韻》；入宋，陳彭年等奉旨重修《廣韻》，編成《廣
韻》。這些韻書的編輯，使當時的文人在詩歌創作上有了聲調依據的
標準。《切韻》、《唐韻》今天都沒有全本留存，只有《廣韻》還保有
全貌。其後雖然又有平水人劉淵修的《壬子新刊禮部韻略》，即世稱
的「平水韻」，幾經修訂，至清改訂為《佩文韻府》，為後人所沿用。
但《廣韻》的語音系統既然是根據《唐韻》而修訂，且成書時間又距
唐代最近，應可用來說明唐人詩歌的平仄聲律，所以本文以之為聲調
依據。

3. 詩體界定

唐代的詩歌有古體、近體之分，本文僅選用近體詩。

近體又稱今體，是相對於古體而言，指的是唐代以來的格律詩，
包括絕句、律詩、排律三種體式。〔註9〕

聲律的積極鑽研始於齊梁沈約等人，至唐代宋之問、沈佺期更加
精進，近體詩才正式成立。《新唐書・宋之問傳》記載：

> 魏建安後迄江左，詩律屢變，至沈約、庾信，以音韻相婉
> 附，屬對精密。及之問、沈佺期，又加靡麗，回忌聲病，
> 約句準篇，如錦繡成文。學者宗之。〔註10〕

王世貞《藝苑卮言》也說：

> 五言至沈、宋始可稱律。律為音律、法律，天下無嚴於是
> 者，知虛實平仄不得任情而度明矣。〔註11〕

至此，詩遂有古今之分。從漢魏至唐，凡格律較自由的詩為古體；而
唐以來格律嚴明，回忌聲病的詩則為近體。吳喬在《答萬季埜詩問》
中替古、近體的不同下了簡單的註解：

〔註9〕 詳見第三章第三節。
〔註10〕 見歐陽修等，《新唐書・宋之問傳》（臺北：鼎文書局，1981年1月），
　　　　 頁5751。
〔註11〕 見王世貞，《藝苑卮言》，收於《續歷代詩話》（臺北：藝文印書館，
　　　　 1974年4月），頁1。

古詩不對偶，不論黏，不拘長短，韻法又寬，唐律悉反之。
〔註12〕

案：除了「古詩不對偶」一語不當之外，簡短的話中點明了近體詩與古體詩的基本差異實在於格律判然有別。

近體詩的格律特點，綜合古今詩家所論，不外句數、押韻、平仄、對偶等四大項，現略述於下：

（1）定句數：

絕句四句；律詩八句；排律十二句以上。〔註13〕

（2）拘押韻：

　　1. 偶數句押韻（首句例外，可押可不押）。

　　2. 以押平聲韻為原則，仄韻近體詩較少。

　　3. 一韻到底。〔註14〕

（3）調平仄：

　　1. 縱向結構（一句之中）：

　　　　甲、兩聲一節，雙平雙仄交替使用。

　　　　乙、忌犯孤平。

　　　　丙、第二字與第四字的平仄應相反。

　　　　丁、平韻詩單句句腳應為仄聲（首句入韻者除外）。

　　　　戊、講求拗救。詩句中某些字不合平仄聲律，則在本
　　　　　　句或對句的第一或第三字更易平仄以諧暢其音。

　　2. 橫向結構（句與句之間）：

　　　　甲、兩句一聯，平仄要相對。

　　　　乙、兩聯之間，上下要黏連。

（4）講對偶：

〔註12〕見吳喬，《答萬季埜詩問》，收於《清詩話》，頁32。

〔註13〕同註9。

〔註14〕本文選詩押韻以《廣韻》為依據。關於近體詩的押韻規則，近人耿
　　　　志堅《唐代近體詩用韻之研究》（臺北：政治大學中文研究所博士論
　　　　文，1983年）有詳考。

　　1. 律詩（包括排律）要講求對偶。原則上，除了首聯可對
　　　可不對，尾聯不須對外，中間各聯都應該用對偶。
　　2. 絕句對不對偶都可以。

以上只是判別近體詩的大原則，實際上，唐代詩人在格律尚未普遍定
型的情況下，並不斤斤於遵守格律，常有許多在規則之外的詩。如：

　　李白〈夜泊牛渚懷古〉：
　　牛渚西江月，青天無片雲。
　　登舟望秋月，空憶謝將軍。
　　余亦能高詠，斯人不可聞。
　　明朝挂帆席，楓葉落紛紛。

這首詩四聯中無一對句，但各句的黏對關係全合，雖有「青天無片
雲」、「登舟望秋月」、「明朝挂帆席」三個拗句，也是律詩中常見的普
通句法。又如：

　　孟浩然〈舟中曉望〉：
　　挂席東南望，青山水國遙。
　　舳艫爭利涉，來往接風潮。
　　問我今何去，天台訪石橋。
　　坐看霞色曉，疑是赤城標。

　　李白〈宿巫山下〉：
　　昨夜巫山下，猿聲夢裡長。
　　桃花飛綠水，三月下瞿塘。

　　　雨色風吹去，南行拂楚王。

　　　高丘懷宋玉，訪古一霑裳。

這二首詩也是各聯都不對偶，但聲調完全合律。

　　以上幾首詩，除了缺少對偶一項外，近體詩的條件大部分都具備。由於近體詩最主要的特點在於聲調，所以此類詩仍應屬於律詩。

　　此外，盛唐以前由於「黏」法未嚴，失黏現象時有所見。例如：

　　陳子昂〈晚次樂鄉縣〉：

　　　故鄉杳無際，日暮且孤征。

　　　川原迷舊國，道路入邊城。

　　　野戍荒煙斷，深山古木平。

　　　如何此時恨，噭噭夜猿鳴。

這首詩的頷聯出句的「原」和首聯對句的「暮」失黏，但因為詩中其他地方黏對和諧，且多為律句，所以瑕不掩瑜，並不影響其為近體詩。

（二）研究方法

1. 詩例的處理

　　選定詩例之後，若干細節的處理方式如下：

　　（1）詩中若有異文（詩句下注「一作某」者），不論平仄異同，
　　　　　一律以文史哲排印本《全唐詩》的正文為準。〔註15〕

〔註15〕關於唐詩中的異文，近人周勛初〈敘《全唐詩》成書經過〉一文中
　　　　說到：「參加御定《全唐詩》編校工作的翰林官員原是一些在家的閒
　　　　居文士。……對版本和文字等校勘方面的基本要求未必有什麼深厚
　　　　的基礎，急於成書，採取了走捷徑的工作方法，這就把原書的某些
　　　　優點反而丟掉了。季振宜《全唐詩》的校勘有的附有說明，注明原
　　　　出處，如《河嶽英靈》作某，《文苑英華》作某之類，信而有徵，是

（2）詩中某些字用括號標出校記（如「板」（阪）），則依校記爲
主。

（3）詩例依《廣韻》音系逐一標註平仄。

（4）平仄兩讀字的判別：

1. 有些字是有平仄兩讀的，如果平聲所表示的意義和仄聲所表
示的不同，就依該字在詩中的意義來決定平仄。

2. 有些字雖有平仄兩讀，而意義不變，除了韻腳的平仄固定
外，其餘這類可平可仄的多音字，概依合律與否來定其平
仄。〔註16〕唐詩的重要成就，在於格律的成熟，黏對的確定。
〔註17〕所以，對於平仄兩讀字的決定，以既合「律句」又合
「黏對」爲優先考慮；兩者不可得兼時，退而求其爲「律句」。

2. 五言詩的句式

詩的聲律由「平」「仄」兩類聲調構成。用數學原理來計算，「平」
「仄」二者在五字句中的組合方式是 2^5（二的五次方），也就是有三

很好的體例，但御定《全唐詩》中卻都給刪去了。大約這些翰林官
們怕麻煩，嫌工作量大，不願意一一覆核原書，但若照抄季書則又
怕出現以訛傳訛的笑話，於是他們一律把出處刪去，改成「一作某」
等提法。這樣，他們的工作確是省便多了，但讀者如要尋根究底，
可也難於核對明白了。」（《文史》第八輯，北京：中華書局，1980
年3月。）所以本文選詩，遇著這種情形，一律依文史哲本正文爲
準。

〔註16〕施補華《峴傭説詩》云：「兩字同解，有用此字而聲亮，用彼字而聲
啞者，既云律詩，當講聲韻，擇其亮者用之。又有兩字同解，用此
字而甚穩，用彼字而不安者。此故在作詩時自辨之。」（見《清詩話》，
頁976。）同理，近體詩中的平仄兩讀字亦當講求聲調合律。

〔註17〕近體詩有「黏對」規則，黏對即詩歌的橫的結構規則。唐詩在南朝
推行聲律説的基礎上，逐漸地發展成平仄用韻皆有定則的近體格
律。在平仄上不僅講究「對」，尤其講究聯與聯之間的「黏」，這是
唐代近體格律在齊梁體上的一大突破。齊梁體只注重對，還沒有黏
的觀念。李鍈《詩法易簡錄》：「其詩（案：指齊梁體）有平仄而乏
黏聯。」（臺北：蘭臺書局，1969年10月，頁58。）吳喬《答萬季
埜詩問》：「六朝體寬無黏。」（見《清詩話》，頁34。）直到唐代近
體詩，才訂出平仄黏對的格律。

十二種不同的組合。這三十二種組合，以在詩句中平仄不能更易的第二字（起字）與第五字（句腳）爲基點，又可歸納爲 A－仄起平收、a－仄起仄收、B－平起平收、b－平起仄收四大類型，〔註18〕每類型各有八種句式。

現將三十二種句式變化列表如下，並冠上類型代號：

A1：仄仄仄平平	B1：平平仄仄平
A2：平仄仄平平	B2：仄平仄仄平
A3：仄仄仄仄平	B3：平平仄平平
A4：平仄仄仄平	B4：仄平仄平平
A5：仄仄平仄平	B5：平平平仄平
A6：平仄平仄平	B6：仄平平仄平
A7：仄仄平平平	B7：平平平平平
A8：平仄平平平	B8：仄平平平平
a1：仄仄平平仄	b1：平平平仄仄
a2：平仄平平仄	b2：仄平平仄仄
a3：仄仄平仄仄	b3：平平平平仄
a4：平仄平仄仄	b4：仄平平平仄
a5：仄仄仄平仄	b5：平平仄平仄
a6：平仄仄平仄	b6：仄平仄平仄
a7：仄仄仄仄仄	b7：平平仄平仄
a8：平仄仄仄仄	b8：仄平仄平仄

這三十二種句式依合律與否，可分爲三類：

（1）律句：A1、B1、a1、b1。

案：四個句式完全合近體詩平仄口訣。

（2）拗句：A2、A7、A8、B2、B5、B6、a2、a5、a6、b2、b5、b7、b8。

案：五言句中的第二（起）、五（句腳）字是固定的。

又近體詩的規則之一是：一句之中的第二、四字平仄要相反。

〔註18〕分類方式見王力，《古漢語通論》（香港：中外出版社，1976 年 1 月），頁 179。

第二字既不能變，第四字隨之不能改動，因此，近體詩的「拗」，只能在第一、三字。本類諸句，除王力視之爲「特拗」的 b5「平平仄平仄」是特例，〔註19〕我們也把它歸爲拗句，其餘都是第二、四字平仄相反，第一、三字拗的近體句式。

（3）古句：A3、A4、A5、A6、B3、B4、B7、B8、a3、a4、a7、a8、b3、b4、b6。

案：本類各句的第二、四字平仄相同，非近體句式。

五言詩無論近體或古體，無論句數多少，所用都不離這三十二種句式。本文所做近體詩聲調句式型態的歸納統計，即以這三十二種句式爲基礎。

三、研究價值與展望

立基在前人既有的研究成果上，科學客觀地統計分析更多詩例，我們期望不僅掌握前輩學者所提供的唐代近體詩平仄聲律的大脈絡，更能深入瞭解在一般正格之外的聲律形式，及其形成的條件和因素。並能與前人的理論相結合，對既有可成立的近體詩聲律提出客觀的數據爲證；至於前說未盡之處，則嘗試以統計的結果予以補充，使唐詩聲律的理論更趨完整。

研究結果若能盡如預期，那麼就可以繼續用這種客觀剖析聲律的方式，分析七言近體詩與五、七言古詩的聲律，並上溯六朝詩歌聲律，由詩歌聲調形式的異同，勾勒出六朝至唐代詩歌聲律發展變化的軌跡。而所謂的「初唐之風」、「盛唐之音」、「中唐之響」、「晚唐之韻」四唐詩的差異；唐代各具氣象的各流派詩風形成的因素；代表性詩人的風格個性的形成等問題，也都可以試著從平仄聲律的角度來詮釋。

〔註19〕見《古漢語通論》，頁185。

第二章　前人論唐詩聲律概說

　　中國詩歌到唐代空前繁榮，伴隨著詩歌的發展，討論詩的創作法門、記載詩與詩人的異聞佚事、及摘句品評彼此短長，以見詩家之高下的詩學著述應時而生。從唐代開始就有一些詩格、詩式、詩例、詩句圖之類的詩學入門書；宋代以後正式有了詩話之名，漫談詩法、品評詩作、兼述詩人；到了清代又有聲律譜式之作，詩歌研究更趨精細。這些詩學著作在詩歌的寫作技巧、內容鑑賞、本事源流等方面，做了許多有益的探討，是前人從事詩歌創作和詩歌研究的豐富經驗的總結。

第一節　唐人論唐詩聲律

　　唐代的詩歌，集歷代詩歌之大成，是中國詩壇上的黃金時代；近體詩的格律也在唐代成為定式。身處競爭熱潮之中的唐人，雖然無暇對唐詩創作的經驗和成敗功過，進行認真的總結，也沒有對古代詩歌的發展演進，作規律性的研究。但由於唐代律詩創作和科舉應試詩賦的實際需要，當時還是有一些詩格著作。

　　唐人的詩格著作，明胡應麟《詩藪》與胡震亨《唐音癸籤》載錄最多。《詩藪‧外編三》云：

　　　　唐人詩話入宋可見者：李嗣眞《詩品》一卷，王昌齡《詩格》一卷，皎然《詩式》一卷、《詩評》一卷，王起《詩格》

一卷，姚合《詩例》一卷，賈島《詩格》一卷，王叡《詩格》一卷，元兢《詩格》一卷，倪宥《龜鑑》一卷，徐蜕《詩格》一卷，《騷雅式》一卷，《點化秘術》一卷，《詩林句範》五卷，杜氏《詩格》一卷，徐氏《律詩洪範》一卷，徐衍《風騷要式》一卷，《吟體類例》一卷，《歷代吟譜》二十卷，《金針詩格》三卷。今惟《金針》、皎然、《吟譜》傳，餘絕不睹，自宋末已亡矣。近人見宋世詩評最盛，以爲唐無詩話者，非也。《金針集》題白樂天，宋人皆以爲僞，想當然耳。〔註1〕

《唐音癸籤》卷三十二亦載：

唐人詩話：《詩品》一卷，李嗣眞撰。《評詩格》一卷，李嶠撰。《詩格》一卷，元兢、宋約撰。又一卷，王維撰。又二卷，《詩中密旨》一卷，並王昌齡撰。《詩式》五卷，《詩議》一卷，並皎然撰。《金針詩格》三卷，《文苑詩格》一卷，並白居易撰。《詩格》一卷，《二南密旨》一篇，凡十五門，並賈島撰。《大中新行詩格》一卷，王起撰。《詩例》一卷，姚合撰，亦名《極玄律詩例》。《炙轂子詩格》一卷，王叡撰。《文章玄妙》一卷，任藩言撰。《緣情手鑑詩格》一卷，李弘宣撰。《主客圖》一卷，張爲撰。《集賈島句圖》一卷，李洞撰。《國風正訣》一卷，鄭谷撰。《玄機分明要覽》一卷，《風騷指格》一卷，並僧齊己撰。《流類手鑑》一卷，僧虛中撰。《詩體》一卷，倪宥撰。《雅道機要》二卷，前卷不知何人，後卷徐夤撰。《本事詩》一卷，唐孟棨撰。《續本事詩》二卷，僞吳處常子依孟棨類續篇。《抒情集》二卷，盧瓌撰。以上詩話，惟皎師《詩式》、《詩議》二撰，時有妙解，餘如李嶠、王昌齡、白樂天、賈島、王叡、李弘宣、徐夤及釋齊己、虛中諸撰，所論並聲病對偶淺法，僞托無疑。張爲《主客》一圖，妄分流派，謬僻尤甚。唐人工詩，而詩話若此，有不可曉者。〔註2〕

〔註1〕 見胡應麟，《詩藪》（臺北：廣文書局，1973年9月），頁486至487。
〔註2〕 見胡震亨，《唐音癸籤》（臺北：木鐸出版社，1982年7月），頁329

二書的載錄，有部分誤失之處，〔註3〕而且並沒有盡括唐人詩格著作的總數。近人許清雲《現存唐人詩格著述初探》又據唐宋以下諸書志所記，加以補述。可見唐代詩格著作的普遍風行。

　　這些唐人詩格著述，全存或殘存部分在南宋陳應行《吟窗雜錄》、〔註4〕日僧空海《文鏡秘府論》以及清人顧龍振《詩學指南》等書中均有輯錄。綜觀此類著述，或論詩病、或論調聲之術、或論屬對、或綜論結構體勢，字句意境等。其中屬對、結構體勢、字句意境談的是文字技巧和藝術風格，只有「詩病」與「調聲之術」論的是詩的聲律。而律體詩論聲病，僅僅是消極的避忌；調聲之術才是音律上積極的規範。唐人的調聲之術，《文鏡秘府論》中載有「換頭」、「護腰」、「相承」三例。

　　論換頭云：

　　　第一句頭兩字平，次句頭兩字去上入；次句頭兩字去上入，次句頭兩字平；次句頭兩字又平，次句頭兩字去上入；次句頭兩字又去上入，次句頭兩字又平；如此輪轉，自初以終篇，名為雙換頭，是最善也。若不可得如此，則如篇首第二字是平，下句第二字是用去上入；次句第二字又用去上入，次句第二字又用平；如此輪轉終篇，唯換第二字，其第一字與下句第一字用平不妨，此亦名為換頭，然不及雙換。又不得句頭第一字是去上入，次句頭用去上入，則聲不調也。〔註5〕

論護腰云：

　　腰，謂五字之中第三字也；護者，上句之腰不宜與下句之

　　至330。
〔註3〕參見王夢鷗，《初唐詩學著述考》（臺北：商務印書館，1977年1月）；許清雲，《現存唐人詩格著述初探》（臺北：東吳大學中國文學研究所碩士論文，1978年5月）。
〔註4〕《吟窗雜錄》今傳善本，分別典藏於：國立中央圖書館、日本內閣文庫及國立北平圖書館。筆者未見。
〔註5〕見弘法大師，《文鏡秘府論·天卷》（臺北：河洛圖書出版社，1976年3月），頁13至14。

> 腰同聲。然同去上入則不可用，平聲無妨也。〔註6〕

論相承云：

> 若上句五字之內，去上入字則多，而平聲極少者，則下句用
> 三平承之。用三平之術，向上向下二途，其歸道一也。〔註7〕

此外，又論調聲曰：

> 律調其言，言無相妨，以字輕重清濁間之須穩。至如有輕
> 重者，有輕中重，重中輕，當韻即見。見莊字全輕，霜字
> 輕中重，瘡字重中輕，牀字全重，如清字全輕（當作清），
> 青字全濁。詩上句第二字重中輕，不與下句第二字同聲為
> 一管。上去入聲一管。上句平聲，下句上去入；上句上去
> 入，下句平聲。以次平聲，以次又上去入；以次上去入，
> 以次又平聲。如此輪迴用之，直至於尾兩頭管。上去入相
> 近，是詩律也。〔註8〕

這些調聲方式可以歸納成後人所謂的「黏對」與「拗救」之道；並推
衍出一般所說的五、七律四種定式。但因唐人詩格著述散佚太甚，唐
詩的聲調法從元代以來便式微，明世以後即隱而不見，直到清朝，詩
歌聲律的論述才再度受重視。今天我們所知道的唐詩聲律的概念，大
多數人來自清人的著述，而非得自唐人。

第二節　宋元明人論唐詩

一、宋人論唐詩

　　唐代只有詩格、詩式及少數論詩本事的著述，到了宋代，論詩的
著作正式稱為「詩話」。宋人喜好談詩論詩，蔚然成風，唐詩的創作
經驗和藝術規律，正是宋人探討研究的對象，論述詩話洋洋不下數十
家。

〔註6〕　同前註，頁14。
〔註7〕　同前註，頁15。
〔註8〕　同前註，頁8至9。

　　從歐陽修《六一詩話》到嚴羽《滄浪詩話》，前後一百多年的發展演變過程，經歷了北宋和南宋兩個時期，宋人論詩方式也有所轉變。北宋詩話的基本傾向是以歐陽修《六一詩話》為宗，論詩及事，重在詩歌本事的記述、用事造語的考釋和尋章摘句的欣賞，於考述詩事之中，偶而也顯露出吉光片羽似的作者的一己偶得之見，但多為「以資閒談」的記事隨筆，是零散的、片斷式的。到了北宋末年，葉夢得《石林詩話》開始出現偏重於理論探討的傾向，從詩歌創作的角度論詩。由此過渡，南宋詩話雖然基本上未脫北宋詩話的窠臼，不乏記述詩事和詞句考釋者，但已發展而為比較有系統的，專著性的詩歌理論體系，像《白石道人詩說》、《滄浪詩話》之類都是偏重理論批評的詩論專著。姜夔《白石道人詩說》論詩重詩法與詩病，把詩的辨體、立意、佈局、措詞、說理、寫景、體物以及寫作目的都涉及了。〔註9〕嚴羽《滄浪詩話》則論詩辨、詩體、詩法、詩評、考證，從詩歌的形式到內容，自成一個完整的體系，對唐人詩歌做了理論上的概述。然而這類詩話論詩真正的重點，卻都在於詩歌「審美意識」的探討，所謂「高妙」、「意格」、〔註10〕「真識」、「妙悟」、「入神」，〔註11〕討論的都是抽象的美學風格。

　　總之，整個宋代詩話的論詩傾向，不論北宋、還是南宋，閒談性的記事隨筆居多數；少數純粹理論批評的詩論，則以論述詩歌抽象的藝術風格為主，都未能專門探討唐詩聲律上的問題。

二、金元人論唐詩

　　受宋詩話創作傾向的影響，金元人論詩著述仍然沿用閒談隨筆的方式。

〔註 9〕 小類標目據蔡振楚，《中國詩話史》（長沙：湖南文藝出版社，1988年 5 月），頁 103。
〔註10〕 見姜夔，《白石道人詩說》，收於《歷代詩話》（臺北：漢京文化事業有限公司，1983 年 1 月），頁 682。
〔註11〕 見嚴羽，《滄浪詩話》，收於《歷代詩話》，頁 686 至 687。

　　金代詩話極少，王若虛的《滹南詩話》可爲代表。《滹南詩話》論詩主旨在於一個「眞」字，以「情性之眞」和「事物之眞」作爲詩歌批評的重要標準。要求詩歌內容與形式的關係要形神統一，注重的是主觀的內容審美，而不關乎客觀的格律形式。

　　元代的論詩之風式微，寥寥可數的詩話都沿襲了北宋閒談記事的方式。比較特殊的是方回的《瀛奎律髓》。《瀛奎律髓》本爲一部詩選集，選錄的都是唐宋五、七言律詩的佳作，故名爲「律髓」。該書分類編排，逐加評點，議論分明，稍具詩話論詩的性質，但僅止於內容上的品評，對律詩的聲律規則頗少論述。

　　值得一提的，元代詩壇也有部分不同於北宋詩話格局的詩格、詩式、詩例之類的詩學入門書籍。如：楊載《詩法家數》，范梈《詩學禁臠》、《木天禁語》，揭傒斯《詩法正宗》、《詩宗正法眼藏》，傅與礪《詩法正論》等。這類著作重在體格、篇法、句法、字法等方面的介紹，大體上類屬於唐人論詩的結構體勢、字句意境方面的著述。

三、明人論唐詩

　　明代文學思潮的基本傾向是宗唐擬古。創作上擬古，論詩方面也大多是尊唐師古與唐宋詩之爭的見解。如明初詩壇大家林鴻論詩曰：

> 漢、魏骨氣雖雄，而菁華不足。晉祖玄虛，宋尚條暢，齊、梁以下但務春華，少秋實，惟唐作者可謂大成。然貞觀尚習故陋，神龍漸變常調，開元、天寶間聲律大備，學者當以是爲楷式。〔註12〕

前七子之一何景明評唐宋元人的詩云：

> 詩以盛唐爲尚，宋人似蒼老而實疎鹵，元人似高峻而實淺俗。〔註13〕

〔註12〕見張廷玉等，《明史・文苑傳》（臺北：鼎文書局，1975 年 6 月），頁 7336。

〔註13〕轉引劉大杰，《中國文學發展史》（臺北：華正書局，1983 年 5 月），頁 851。

李東陽《懷麓堂詩話》、徐禎卿《談藝錄》、楊慎《升庵詩話》、王世貞《藝苑卮言》等都是這類的論詩著作。這類的論詩方式，常持主觀判斷，門戶之見較深，在詩歌發展演進和流派的興衰變化的研究方面，雖有不同的特色和成就，然並不專研於詩歌的創作原理。惟有胡應麟《詩藪‧內編》談各種詩的體制源流十分詳盡；謝榛《四溟詩話》關於詩法的介紹，多經驗之談，是比較不同的論詩方式。

此外，明朝後期的胡震亨是研究唐詩成就較高的學者，一千多卷的鉅著《唐音統籤》是他最主要的成績。其中《唐音癸籤》是胡氏研究唐詩心得的結晶，縱談詩的體裁、字句、偶對、用事、遺聞軼事等各方面，惟在唐詩的聲律上僅止於論聲病。

當時另有一些比較注重從內部探討詩歌創作規律的詩學專著，王夢簡《詩要格律》、黃溥《詩學權輿》、梁橋《冰川詩式》等，除詩體、詩格、詩法的論述外，已注意到詩歌的音韻、聲律等方面的問題，開清代聲律研究之先。可惜終明之世，在詩歌聲律方面一直沒有專門論著出現。

第三節　清代以來論唐詩聲律——清人及近人

一、清人論唐詩聲律

前人論詩從唐代的詩格、詩式，到宋人閒談記事，至金元而衰落，經過明代理論批評，到清代又發展出另一番局面。清人以嚴謹的治學方法和嚴肅認真的態度，從事論詩著述，使清代論詩之學趨於系統化、專門化，成就相當卓著。清人詩話的繁富，丁福保所輯《清詩話》四十餘種，尚不能兼包並蓄，足見其多。王夫之《薑齋詩話》、王士禎《帶經堂詩話》、沈德潛《說詩晬語》、翁方綱《石洲詩話》、袁枚《隨園詩話》、趙翼《甌北詩話》、葉燮《原詩》以及潘德輿《養一齋詩話》等等，都是有名著述；而錢謙益、馮班等人，論詩均有獨立的見解，對詩歌理論也都有新的開拓。特別是清詩話的三大學說——王

士禎的「神韻說」，沈德潛的「格調說」，袁枚的「性靈說」，以各自獨特的理論，在中國詩話史、中國文學理論批評史、中國美學史上據有重要地位。但清人論述得最精密的，要推格律之學。前代詩家都沒有在詩的聲律方面做專門的論述，直到清人才深加探討，著爲專書。王士禎、翁方綱、趙執信、翟翬、董文渙諸家，對聲律學都有所發明，給予後來學詩的人莫大的幫助。

聲律之說，如前述明人於此粗有所得，但並無成書。到清代王士禎的《古詩平仄論》、《律詩定體》才粗具眉目，聲律遂成爲論詩方面的重要問題。後翁方綱有《五七言詩平仄舉隅》，專論古詩聲律。趙執信又於唐人詩集中反覆推究，探知古調律調之分，而著《聲調譜》。此書分爲前譜、後譜、續譜，亦稱《聲調三譜》。書成之後，論詩者無不宗之。郭紹虞先生譽之爲中國詩律史上一大發現，對唐詩無論古調或律調的聲律研究，具有開創之功。〔註14〕其後，翟翬作《聲調譜拾遺》，對趙譜不僅補充與闡說，也兼有糾正之處，是比趙譜更推進一步的研究成績。再後的董文渙《聲調四譜》則是這一系列聲律之學的集大成著作。《聲調四譜》在《聲調譜》的基礎上，援引更多詩例以闡幽發微，補充不足，糾正缺失，並創新地在每種體式之前冠上平仄圖譜，讓讀者開卷了然。

清代這許多聲調譜專書，是後人研究唐詩時的重要論據。

二、近人論唐詩聲律

關於唐詩格律，近代以來學者論述極多，專著、散論如過江之鯽，教人讀不勝讀。就專書而言，要以近人王力所著《漢語詩律學》一書歸納得最爲周密詳盡。《漢語詩律學》談唐詩的用韻，平仄的格式與特殊的補救方法，對偶的講求，近體詩的語法等問題，將歷代對唐詩格律的論述做系統歸納，且多發前人所未發，後來之人談唐詩的體製聲律主要都得力於王書。如：王忠林《中國文學之聲律研究》、張夢

〔註14〕見丁福保，《清詩話》前言，頁15。

機《近體詩發凡》、簡明勇《律詩研究》、黃盛雄《唐人絕句研究》、方瑜《唐詩形成的研究》、呂正惠《詩詞曲格律淺說》，以及大陸學者張思緒《詩法概述》，藍少成、陳振寰《詩詞曲格律與欣賞》等專著，論唐詩聲律的部分，都只是整理成說，或者以王書作爲論述的依據。所談的平仄格式要點都是偏向傳統的「正格」與「拗救方法」。

　　近人啓功有《詩文聲律論稿》，內容雖然不離唐詩的用韻、平仄格式等問題，但在論述方式及見解上是比較獨立一格的。書中五言、七言詩句式總例部分，將五、七言詩句式所可能變化的情況做了總覽，與本文採用三十二個基本句式論唐詩格律的方式不謀而合，唯該書除了在每種句式下各舉一句詩爲例之外，並沒有以所列的句式對唐詩做進一步的分析，留下本文論述的空間。

第三章 近體詩聲律型態及其形成原因

第一節 近體詩之先聲——六朝詩歌聲調句式概觀

　　唐代的詩歌，在文學史上開創了新的局面。而從漢魏古體詩發展演變到唐代近體詩，其間六朝時期的過渡最為重要。六朝以前，歷代文人的詩歌中，儘管可以看出調和聲律的痕跡，卻不曾有人大力提倡以人為聲律來制作詩歌。直到六朝沈約、王融、謝朓等人積極鑽研聲律，努力試作，才開啟近體詩的先路。六朝時期是近體詩的醞釀階段，已成公論；到了唐代已成定式的近體詩聲律，其實是承繼六朝所深植的基礎而來。因此，本節先概觀六朝，特別是齊梁時期部分重要詩人詩歌的聲調句式，依三十二句型統計分析，製成統計表與長條圖，以便與下文唐人近體詩的聲律型態做比較。

六朝五言詩句式統計表

	作者	沈　約	王　融	陸　厥	謝　朓	謝靈運	鮑　照	庾　信	總　計
	作品	114首	40首	7首	101首	72首	108首	226首	668首
A1	句數	146	38	7	98	78	156	221	744
	比例	13.22%	11.95%	7.45%	7.48%	6.76%	10.25%	9.79%	9.59%
A2	句數	102	34	10	120	55	157	253	731
	比例	9.24%	10.69%	10.64%	9.16%	4.77%	10.32%	11.20%	9.42%

A3	句數	9	3	1	7	39	18	2	79
	比例	0.82%	0.94%	1.06%	0.53%	3.38%	1.18%	0.09%	1.02%
A4	句數	8	2	0	12	25	33	3	83
	比例	0.72%	0.63%	0%	0.92%	2.17%	2.17%	0.13%	1.07%
A5	句數	42	5	4	28	40	68	4	191
	比例	3.80%	1.57%	4.26%	2.14%	3.47%	4.47%	0.18%	2.46%
A6	句數	16	6	1	18	20	72	4	137
	比例	1.45%	1.89%	1.06%	1.37%	1.73%	4.73%	0.18%	1.77%
A7	句數	22	10	4	49	43	24	35	187
	比例	1.99%	3.14%	4.26%	3.74%	3.73%	1.58%	1.55%	2.41%
A8	句數	3	7	1	31	29	29	13	113
	比例	0.27%	2.20%	1.06%	2.37%	2.51%	1.91%	0.58%	1.46%
a1	句數	77	15	5	106	45	43	220	511
	比例	6.97%	4.72%	5.32%	8.09%	3.90%	2.83%	9.74%	6.59%
a2	句數	36	8	2	62	24	20	93	245
	比例	3.26%	2.52%	2.13%	4.73%	2.08%	1.31%	4.12%	3.16%
a3	句數	15	1	1	25	48	40	14	144
	比例	1.36%	0.31%	1.06%	1.91%	4.16%	2.63%	0.62%	1.86%
a4	句數	16	7	2	29	25	51	4	134
	比例	1.45%	2.20%	2.13%	2.21%	2.17%	3.35%	0.18%	1.73%
a5	句數	18	15	3	31	54	58	8	187
	比例	1.63%	4.72%	3.19%	2.37%	4.68%	3.81%	0.35%	2.41%
a6	句數	28	11	5	39	45	76	6	210
	比例	2.54%	3.46%	5.32%	2.98%	3.90%	4.99%	0.27%	2.71%
a7	句數	2	2	0	3	42	19	1	69
	比例	0.18%	0.63%	0%	0.23%	3.64%	1.25%	0.04%	0.89%
a8	句數	5	0	0	4	33	11	5	58
	比例	0.45%	0%	0%	0.31%	2.86%	0.72%	0.22%	0.75%
B1	句數	57	9	2	76	40	66	428	678
	比例	5.16%	2.83%	2.13%	5.80%	3.47%	4.34%	18.95%	8.74%
B2	句數	9	2	1	5	22	22	10	71
	比例	0.82%	0.63%	1.06%	0.38%	1.91%	1.45%	0.44%	0.91%

B3	句數	6	2	3	10	52	52	8	133
	比例	0.54%	0.63%	3.19%	0.76%	4.51%	3.42%	0.35%	1.71%
B4	句數	10	5	0	6	31	12	4	68
	比例	0.91%	1.57%	0%	0.46%	2.69%	0.79%	0.18%	0.88%
B5	句數	29	16	3	34	19	36	140	277
	比例	2.63%	5.03%	3.19%	2.60%	1.65%	2.37%	6.20%	3.57%
B6	句數	11	3	0	21	19	41	9	104
	比例	1.00%	0.94%	0%	1.60%	1.65%	2.69%	0.40%	1.34%
B7	句數	3	0	0	1	16	4	0	24
	比例	0.27%	0%	0%	0.08%	1.39%	0.26%	0%	0.31%
B8	句數	2	1	0	2	16	4	0	25
	比例	0.18%	0.31%	0%	0.15%	1.39%	0.26%	0%	0.32%
b1	句數	83	29	7	99	35	60	187	500
	比例	7.52%	9.12%	7.45%	7.56%	3.03%	3.94%	8.28%	6.44%
b2	句數	56	19	4	56	27	35	291	488
	比例	5.07%	5.97%	4.26%	4.27%	2.34%	2.30%	12.89%	6.29%
b3	句數	8	6	2	3	23	22	4	68
	比例	0.72%	1.89%	2.13%	0.23%	1.99%	1.45%	0.18%	0.88%
b4	句數	19	5	5	13	17	22	4	85
	比例	1.72%	1.57%	5.32%	0.99%	1.47%	1.45%	0.18%	1.10%
b5	句數	138	33	12	180	77	161	98	699
	比例	12.50%	10.38%	12.77%	13.74%	6.67%	10.58%	4.34%	9.01%
b6	句數	45	8	1	41	42	27	33	197
	比例	4.08%	2.52%	1.06%	3.13%	3.64%	1.77%	1.46%	2.54%
b7	句數	69	13	7	91	38	58	141	417
	比例	6.25%	4.09%	7.45%	6.95%	3.29%	3.81%	6.24%	5.37%
b8	句數	14	3	1	10	35	25	15	103
	比例	1.27%	0.94%	1.06%	0.76%	3.03%	1.64%	0.66%	1.33%
各句數總計		1104	318	94	1310	1154	1522	2258	7760

六朝五言詩三十二句型統計圖

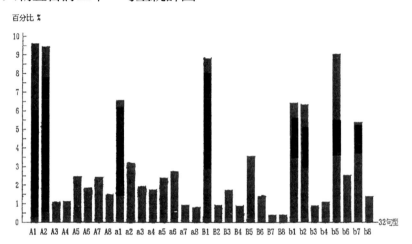

從以上的統計結果可見，六朝時期近體詩雖然尚未成立，但合於近體平仄的句式已經運用得很普遍，其中數量比例居前幾位的 A1「仄仄仄平平」、A2「平仄仄平平」、B1「平平仄仄平」、a1「仄仄平平仄」、b1「平平平仄仄」、b2「仄平平仄仄」都是近體詩句式；近體詩中常見的特拗句 b5「平平仄平仄」在此高居第三位；至於近體詩的大忌──孤平句 B2「仄平仄仄平」在六朝詩中同樣也少見。圖、表中的律句、拗句以及古句的比例分別是：

句　　類	包　含　句　式	比　例
律　句	A1、a1、B1、b1	31.35%
拗　句	A2、A7、A8、a2、a5、a6、B2、B5、B6、b2、b5、b7、b8	49.38%
古　句	A3、A4、A5、A6、a3、a4、a7、a8、B3、B4、B7、B8、b3、b4、b6	19.27%

合於唐人近體平仄規則的拗句佔了 49.38%；完全合律的句式佔31.35%，都遠高於古詩句式，可以窺見六朝文人在運用人為聲律上努力的痕跡。但由於近體聲律尚未定型，整體而言，拗句還是多於律句，古詩句式也仍有近百分之二十的比例。

　　以上所述六朝詩歌的各種聲律現象，深刻影響到唐人近體詩；也因之從這些現象，已可見近體詩聲律的雛形。

第二節　五言絕句的聲調句式

　　「絕句」非始於唐。關於絕句的起源有二說：一說絕句截律詩之半。這一說法相沿最久，最爲學者所宗尚。元朝傅與礪的《詩法正論》便有此主張：

> 絕句者，截句也。後兩句對者，是截律詩前四句；前兩句對者，是截律詩後四句；四句皆對者，是截律詩中四句；四句皆不對者，是截律詩前後四句。〔註1〕

其後明人吳訥《文章辨體》、徐師曾《文體明辨》、清人施補華《峴傭說詩》、王士禎《帶經堂詩話》以及近人王力《漢語詩律學》論絕句，都與傅氏之說相同。然而從詩歌發展——絕句早於律詩的事實來看，這種說法早已站不住腳。〔註2〕

　　另一說絕句出自漢魏樂府古詩。明代胡應麟《詩藪》、清王夫之《薑齋詩話》與趙翼《陔餘叢考》都持這一看法。晚近學者羅根澤、孫楷第、黃盛雄等人對絕句的興起方式雖然各有不同見解，但基本上也都認爲絕句起於樂府古詩。〔註3〕這派說法舉證鑿鑿，已成定論。然而洪爲法《絕句論》與方師鐸〈絕句多元說〉以爲「絕句的起源應是多元的」似乎更中肯。五言四句小詩在漢魏樂府中已有，而南北朝

〔註1〕　見傅與礪，《詩法正論》，收於清・顧龍振輯《詩學指南》（臺北：廣文書局，1973 年 4 月），頁 13。

〔註2〕　洪爲法，《絕句論》（上海：商務印書館，1934 年 6 月）；黃盛雄，《唐人絕句研究》（臺北：文史哲出版社，1979 年 7 月）；李師立信，〈從詩歌發展史立場看「絕」截「律」半說〉，《古典文學》第九集（1987年 4 月）；方師師鐸，〈絕句多元說〉，《東海中文學報》第九期（1990年 7 月）；均對「絕截律半」說提出異見。

〔註3〕　見羅根澤，〈絕句三源〉，收於《中國古典文學論集》（1945 年）；孫楷第，〈絕句是怎樣起來的〉，收於《滄州集》（1965 年）；黃盛雄，《唐人絕句研究》（1979 年）。

民歌中同時也存在五言四句的體製。六朝時這種短詩勃興，陳徐陵編《玉臺新詠》，收錄五言四句詩百餘首，獨立成卷，其中更有十一首直接以絕句名篇。當日文人創作五言四句小詩，既模擬古樂府，也兼受民歌影響，並嘗試加上剛興起的人爲聲律，到初盛唐之際，方才穩順聲勢，名家互出，使絕句獨成一新詩體。

據此，從聲律的角度而言，絕句可以大分爲三類，一是六朝以前樂府民歌式，聲律自由的絕句；一是六朝時期試用人爲聲律，格律尚未定型的絕句；一是唐代以來合乎近體聲律限制的絕句。前二者直到唐代仍有人學習或仿作，所以唐人絕句也包含這三種類型，董文渙《聲調四譜》中依序名之爲「古絕」、「拗絕」、「律絕」。〔註4〕李師立信論絕句則分爲「古絕」、「齊梁體」、「律絕」三類：聲律自由者爲「古絕」；合乎近體聲律原則者爲「律絕」；受齊梁聲律影響或仿齊梁絕句而作者爲「齊梁體」。本節採李師的見解，選用的平韻絕句是「律絕」，仄韻絕句則是「齊梁體」。

近體五言絕句的平仄，一般都認爲是由：a1「仄仄平平仄」、B1「平平仄仄平」、b1「平平平仄仄」、A1「仄仄仄平平」四種不同的句式所組成，唐人萬首絕句，均從此出。〔註5〕

一、平韻律絕

本文選錄唐人五言平韻律絕五百三十二首，共計二千一百二十八句。現將句式異同依三十二句式分類歸納，製成數字統計表，並畫長條圖以凸顯三十二句型的高下落差。表、圖如下：

〔註4〕 見《聲調四譜》，頁483到484。

〔註5〕 見黃盛雄，《唐人絕句研究》，頁96。

五言平韻律絕句式統計表（共 532 首 2128 句）

		平　　韻				合　計
		平　起		仄　起		
		首句入韻	首句不入韻	首句入韻	首句不入韻	
A1	句數	4	112	28	108	252
	比例	11.11%	13.79%	21.88%	9.37%	11.84%
A2	句數	0	112	22	147	281
	比例	0%	13.79%	17.19%	12.76%	13.20%
A3	句數	0	3	2	0	5
	比例	0%	0.37%	1.56%	0%	0.23%
A4	句數	1	2	1	2	6
	比例	2.78%	0.25%	0.78%	0.17%	0.28%
A5	句數	1	2	3	2	8
	比例	2.78%	0.25%	2.34%	0.17%	0.38%
A6	句數	1	3	4	2	10
	比例	2.78%	0.37%	3.13%	0.17%	0.47%
A7	句數	1	21	6	18	46
	比例	2.78%	2.59%	4.69%	1.56%	2.16%
A8	句數	2	13	2	7	24
	比例	5.56%	1.60%	1.56%	0.61%	1.13%
a1	句數	2	65	0	165	232
	比例	5.56%	8.00%	0%	14.32%	10.90%
a2	句數	1	30	2	58	91
	比例	2.78%	3.69%	1.56%	5.03%	4.28%
a3	句數	0	3	0	16	19
	比例	0%	0.37%	0%	1.39%	0.89%
a4	句數	0	4	0	12	16
	比例	0%	0.49%	0%	1.04%	0.75%
a5	句數	2	11	2	33	48
	比例	5.56%	1.35%	1.56%	2.86%	2.26%
a6	句數	0	8	0	23	31
	比例	1%	0.99%	0%	2.00%	1.46%
a7	句數	0	1	1	6	8
	比例	0%	0.12%	0.78%	0.52%	0.38%

a8	句數	0	0	0	3	3
	比例	0%	0%	0%	0.26%	0.14%
B1	句數	6	84	20	194	304
	比例	16.67%	10.34%	15.63%	16.84%	14.29%
B2	句數	1	1	1	6	9
	比例	2.78%	0.12%	0.78%	0.52%	0.42%
B3	句數	2	3	1	8	14
	比例	5.56%	0.37%	0.78%	0.69%	0.66%
B4	句數	2	1	1	1	5
	比例	5.56%	0.12%	0.78%	0.09%	0.23%
B5	句數	3	46	3	51	103
	比例	8.33%	5.67%	2.34%	4.43%	4.84%
B6	句數	3	6	2	29	40
	比例	8.33%	0.74%	1.56%	2.52%	1.88%
B7	句數	0	0	0	1	1
	比例	0%	0%	0%	0.09%	0.05%
B8	句數	0	1	0	0	1
	比例	0%	0.12%	0%	0%	0.05%
b1	句數	0	78	2	83	163
	比例	0%	9.61%	1.56%	7.20%	7.66%
b2	句數	1	83	8	81	173
	比例	2.78%	10.22%	6.25%	7.03%	8.13%
b3	句數	0	6	0	1	7
	比例	0%	0.74%	0%	0.09%	0.33%
b4	句數	1	5	1	2	9
	比例	2.78%	0.62%	0.78%	0.17%	0.42%
b5	句數	0	46	6	40	92
	比例	0%	5.67%	4.69%	3.47%	4.32%
b6	句數	2	10	1	7	20
	比例	5.56%	1.23%	0.78%	0.61%	0.94%
b7	句數	0	42	7	42	91
	比例	0%	5.17%	5.47%	3.65%	4.28%
b8	句數	0	10	2	4	16
	比例	0%	1.23%	1.56%	0.35%	0.75%
句數總計		36	812	128	1152	2128

五言平韻律絕句三十二句型統計圖

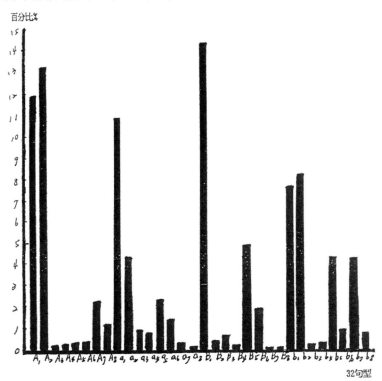

百分比%

32句型

　　由上列統計圖表明顯可以看出，五言律絕由於押的是平韻，所
以使用的句式前三名都是平腳句式：B1「平平仄仄平」的 14.29%佔
最多數；其次是 A2「平仄仄平平」13.20%；A1「仄仄仄平平」11.84%。
由於這三種句式的使用率高，所相對成聯的仄腳句式隨之也有很高
的比例：與 B1 搭配的 a1「仄仄平平仄」佔 10.90%、a2「平仄平平
仄」也有 4.28%；與 A1、A2 搭配的 b1「平平平仄仄」有 7.66%、
b2「仄平平仄仄」有 8.13%。由榜首 B1 拗第三字而成的 B5「平平
平仄平」、b1 拗第三字而成的 b7「平平仄仄仄」以及 b5「平平仄平
仄」三種句式，從上節的統計結果可知，都是在六朝詩歌中就普遍
使用，到五言律絕仍然佔有相當比例。對於從古絕經六朝聲律孕育
而形成的唐代律絕來說，承襲六朝聲律的痕跡應是可以理解的。

　　若從合律與否的角度來看，五言平韻律絕所使用的句式中，律句、拗句以及古句的比例分別是：

句　類	包　含　句　式	比　例
律　句	A1、a1、B1、b1	44.69%
拗　句	A2、A7、A8、a2、a5、a6、B2、B5、B6、b2、b5、b7、b8	49.11%
古　句	A3、A4、A5、A6、a3、a4、a7、a8、B3、B4、B7、B8、b3、b4、b6	6.20%

　　合乎近體詩平仄規則的近體律、拗句使用率遠高於古詩句式，上述在統計圖、表中比例突出的句式，都包含在叶律的近體句式內。從古、近體句式的比例懸殊，可見唐人律絕與古詩聲律上的差異。而律絕中拗句的比例又高於律句，顯示唐人律絕在合律的規範內，傾向於選擇較自由的正格之外的句式從事創作。

　　以下我們分別檢視平韻律絕中部份拗句、古句的使用狀況：

1. A2「平仄仄平平」

　　平韻律絕中，平腳句 A1、A2 的比例都很高。依照近體詩的平仄標準來看，A2「平仄仄平平」的第二、第四字平仄相反，而首字拗用，是個「拗句」。這個拗句在律絕中運用的情況和同類的律句 A1「仄仄仄平平」相去不遠，比例上卻又高於 A1。

　　（1）仄起首句不入韻式

　　A 類句式在五言律絕仄起首句不入韻式中，絕大多數在第二聯，這一點，A2 和 A1 沒有兩樣。不同的是，A1 的上句通常是對 b1「平平平仄仄」，而 A2 則以和 b2「仄平平仄仄」配合成聯居多。現舉 b2、A2 相配的詩數聯為例：

　　　客行朝復夕，無處是鄉家。（王勃〈始平晚息〉）
　　　‧‧‧‧‧　＊‧‧‧‧。

　　　只緣春欲盡，留著伴梨花。（杜甫〈闕題〉）
　　　‧‧‧‧‧　＊‧‧‧‧。

（2）仄起首句入韻式

　　A1 是平韻近體詩仄起首句入韻式首聯出句的正格，A2 具有同類的特點，在本式出現的九個句子，有八句都是用在首聯出句，並且與A1 一樣和對句 B1「平平仄仄平」結合成聯：

　　　　圓魄上寒空，皆言四海同。（李嶠〈中秋月二首之二〉）
　　＊○・・○　　○・・○○

　　　　懷印喜將歸，窺巢戀且依。（蘇頲〈禮部尚書廳後鵲〉）
　　＊○・・○　　○・・○○

（3）平起首句不入韻式

　　本式中 A2 和 A1 一樣都以使用在首聯的對句居多。不同的是：A1 多數和 b1「平平平仄仄」搭配使用，而 A2 大半是與 b2「仄平平仄仄」結合成聯：

　　　　旅魂驚塞北，歸望斷河西。（崔融〈塞上寄內〉）
　　・・○・・　　＊○・・○

　　　　怪來妝閣閉，朝下不相迎。（王維〈班婕妤之三〉）
　　・・○・・　　＊○・・○

2. A7「仄仄平平平」與 A8「平仄平平平」

　　A7「仄仄平平平」與 A8「平仄平平平」兩種句式的特點在於三字尾是「平平平」連三平。關於「三平尾」句式，董文渙《聲調四譜》云：

　　　　古詩多下三平及中三平者，律體無之，拗律亦然。〔註6〕
　　　　絕不用中下三平之句，此古、律之分也。〔註7〕

董氏認為下三平是古詩專用的句式，因此在解釋律聯「仄平平仄仄、平仄仄平平」的拗法時強調，唯上句一、三字可以拗成「平平仄仄仄」句，乃為正拗律；下句「平仄仄平平」第三字斷不能拗平，否則「平仄平平平」則成古句。據圖譜推演的「仄仄平平平」與「平仄平平平」都標註為古句。翟翬續作《聲調譜拾遺》也註明「仄仄平平平」為平

〔註6〕同註4，頁432。
〔註7〕同註4，頁434。

韻古詩正調。〔註8〕

　　實際上，A7、A8兩種句式雖然三字尾不叶律，但第二、第四字平仄相反，仍屬近體詩句式，在平韻律絕中都有相當的數量。詩例於次：

　　A7「仄仄平平平」例：

　　　人閒桂花落，夜靜春山空。（王維〈鳥鳴澗〉）
　　　○　○　•　•　•　　•　•　＊　•　•　•

　　　看君走馬去，直上天山雲。（岑參〈送裴子赴鎮西〉）
　　　○　○　○　•　•　　•　•　＊　•　•　•

　　A8「平仄平平平」例：

　　　紫藤挂雲木，花蔓宜陽春。（李白〈紫藤樹〉）
　　　•　○　•　○　•　　•　•　＊　•　•　•

　　　帝鄉北近日，瀘口南連蠻。（岑參〈失題〉）
　　　•　•　•　•　•　　•　•　＊　•　•　•

此二句式多數是用在對句的位置，而它所對的出句通常是個拗句，例如：

　　　人閒桂花落，夜靜春山空。（王維〈鳥鳴澗〉）
　　　○　○　•　•　•　　•　•　•　•　•

這聯詩的對句是 A7「仄仄平平平」；出句的第三字「桂」平拗仄，第四字「花」仄拗平。

　　　帝鄉北近日，瀘口南連蠻。（岑參〈失題〉）
　　　•　•　•　•　•　　•　•　•　•　•

這聯詩的對句是 A8「平仄平平平」；出句的第一字「帝」、第三字「北」本來應該是平聲，在這裡都拗用仄聲。

　　從爲數不少的詩例可知，「平平平」固然是古詩三字尾的正調，但是，當近體詩的句聯拗用之時，也會用到三平尾，A7「仄仄平平平」與 A8「平仄平平平」其實是近體詩中常見的拗句。據此，有些學者認爲「雙句不可使下有三平而成三平落腳。三平落腳只能用於古

〔註 8〕見翟翬，《聲調譜拾遺》，收於《清詩話》，頁 354。

詩，不能用於近體，與孤平同爲詩家大忌。」的說法不攻自破。〔註9〕

3. B2「仄平仄仄平」

B2「仄平仄仄平」是所謂的「孤平句」。「孤平」是近體詩的大忌，凡論詩的人都知道這一點。關於「孤平」，王士禎《律詩定體》首先提出這個觀念，他在五言仄起不入韻式詩例後說明：

> 五律，凡雙句二四應平仄者，第一字必用平，斷不可雜以仄聲，以平平止有二字相連，不可令單也。〔註10〕

他所說的「五律雙句二四應平仄者」係指 B1「平平仄仄平」，其第一字只能用平，不能換仄，否則第二字平就「令單」，也就是「孤平」了，亦即成了 B2「仄平仄仄平」。

趙執信《聲調前譜》說：

> 律詩平平仄仄平，第二句之正格。若仄平平仄平，變而仍律者也。仄平仄仄平則古詩句矣。〔註11〕

認爲孤平句「仄平仄仄平」是古詩句，不是律句。

後董文渙更直接地說：「律無孤平」。〔註12〕

其實 B2「仄平仄仄平」的第二、第四字平仄相反，乃近體詩句式。以清人治學的嚴謹，而指稱「律無孤平」，可以想見唐人律體詩中孤平例必定是不容易蒐尋。王力在《全唐詩》中只發現兩個犯孤平的詩例；〔註13〕李師立信〈論近體律絕「犯孤平」說〉一文中又補充了四例。本文在律絕中整理出來的孤平句 B2「仄平仄仄平」也不多，列舉如下：

> 兩鬢入秋浦，一朝颯已衰。（李白〈秋浦歌之四〉）
> ‧‧‧‧。　＊‧。‧‧。

〔註 9〕見張思緒，《詩法概述》（上海：上海古籍出版社，1988 年 10 月），頁 79。

〔註10〕見王士禎，《律詩定體》，收於《清詩話》，頁 113。

〔註11〕見趙執信，《聲調譜》，收於《清詩話》，頁 328。

〔註12〕同註 4，頁 239。

〔註13〕見王力，《漢語詩律學》（上海：上海教育出版社，1962 年 12 月），頁 100。

秋浦千重嶺，水車嶺最奇。（李白〈秋浦歌之八〉）
。。。。。＊。。。。

淥水淨素月，月明白鷺飛。（李白〈秋浦歌十三〉）
．．．．．＊。。。。

食出野田美，酒臨遠水傾。（李白〈口號〉）
。。。。．＊。。。。

夫子素多疾，別來未得書。（岑參〈寄韓樽〉）
。。。。。＊。。。。

以上詩例可見，在平韻律絕中，數量不多的 B2「仄平仄仄平」出現時多是在首聯對句，與它配合成聯都是拗句或古句。

至於近體詩中孤平句少見的原因，一般只知近體忌犯孤平，何以避忌則無法確知。而從六朝詩歌中也罕用 B2 句式這一點來看，唐人近體詩避用孤平句，應當是承自六朝詩歌即然。

4. a7「仄仄仄仄仄」

五仄句 a7「仄仄仄仄仄」的第二、第四字平仄相同，是一種古詩句式。在王士禎眼中，這種句式是「頗近遊戲」；〔註14〕而在近體詩中 a7 時有所見，尤其多見於初盛唐詩人作品中。董文渙《聲調四譜》云：

> 五言拗體至五平五仄而極，然亦惟盛唐諸大家有之。杜甫
> 五平五仄聯最多，盛唐詩家間有之。後人或偶同一二句，
> 而黏對多不能諧，乃落調，非合格也。〔註15〕

對於這個稍不用心便成落調的句式，王力認為「必須在對句相救」；〔註16〕近人張夢機也認為「宜於對句第三字用平聲救轉」，亦即用 B5「平平平仄平」來補救。〔註17〕

〔註14〕王士禎，《師友詩傳續錄》云：「五平五仄體，自昔有之，頗近遊戲。」
（見《清詩話》，頁 159。）

〔註15〕同註4，頁 235。

〔註16〕見《古漢語通論》，頁 186 至 187。

〔註17〕見張夢機，《近體詩發凡》（臺北：臺灣中華書局，1984 年 5 月），
頁 116。

　　以下我們就透過平韻律絕的詩例，來瞭解 a7「仄仄仄仄仄」實際運用的情況：

　　　在德不在險，方知王道休。（張九齡〈奉和度潼關口號〉）
　　＊ · · · · ·　　○ ○ ○ ○ ●

　　　帝子不可見，秋風來暮思。（劉長卿〈湘妃〉）
　　＊ · · · · ·　　○ ○ ○ ○ ●

　　　落日事寒陂，西南投一峰。（皇甫冉〈渡汝水向太和山〉）
　　＊ · · · · ·　　○ ○ ○ ○ ●

　　　對酒不覺暝，落花盈我衣。（李白〈自遣〉）
　　＊ · · · · ·　　○ ○ ○ ○ ●

從詩例可見，a7「仄仄仄仄仄」全都用在出句，對句多數是與拗第三字的 B5「平平平仄平」或首字也拗用的 B6「仄平平仄平」搭配成聯。

5. b2「仄平平仄仄」

　　b2「仄平平仄仄」的第二、第四字平仄相反，首字拗用，是個拗句。依統計結果，這個句式在平韻律絕中的運用方式，和同類的律句 b1「仄仄仄平平」大致相同，但出現的比例卻比 b1 來得高。

　　（1）仄起式

　　b 類句式在平韻律絕仄起式中，無論首句入不入韻，b2 和 b1 的運用情況一致是：只能用在第二聯出句，對句都是以 A2「平仄仄平平」居多，A1「仄仄仄平平」其次。b2 和 A2 相配的詩例如下：

　　　百年何足度，乘興且長歌。（王績〈醉後〉）
　　＊ · ○ ○ · ·　　○ ○ ○ ○ ●

　　　不愁愁自著，誰道憶鄉關。（蘇頲〈山驛閒臥即事〉）
　　＊ · ○ ○ · ·　　○ ○ ○ ○ ●

　　　鵲飛山月曙，蟬噪野風秋。（上官儀〈入朝洛堤步月〉）
　　＊ · ○ ○ · ·　　○ ○ ○ ○ ●

　　（2）平起首句不入韻式

　　本式中 b2 和 b1 一樣都以使用在首聯的出句居多。不同的是：律句 b1 多數和律句 A1「仄仄仄平平」搭配使用，而 b2 則與 A2「平仄仄平平」結合成聯的比例較高：

落花雙樹積，芳草一庭春。（宋之問〈題鑒上人房〉）
＊．。。。．　．。。．。

瀨聲喧極浦，沿涉向南津。（裴迪〈欒家瀨〉）
＊．。。。．　．。。．。

客心仍在楚，江館復臨湘。（王昌齡〈送譚八之桂林〉）
＊．。。。．　．。。．。

由於平韻律絕中以平腳句偏多，仄起平收的 A1、A2 有很高的比例，與之相配的 b1 與 b2 隨之數量提高。而如上所述，A2 的比例又高於 A1，所以與 A2 搭配成聯機會較多的 b2，在比例上也高於 b1。

6. b5「平平仄平仄」

b5「平平仄平仄」是六朝詩歌中就已經普遍使用的句式，到唐人近體詩仍然常見。趙執信《聲調後譜》說：

平平仄平仄，為拗律句，乃仄韻古詩下句之正調也。[註18]

翟翬承繼趙說，同樣認為「平平仄平仄」是「拗律句，仄韻古詩正調」。[註19] 董文渙的五律拗體圖也把「平平仄平仄」列為五律拗句。[註20] 它的「拗」，拗在於 b1「平平平仄仄」的三、四字平仄互換為「平平仄平仄」，是當句互為拗救。依照近體詩的判別標準，「平平仄平仄」句的第二、第四字同為平聲，的確非近體句式。但在近體律絕中，b5 的使用量相當高，幾乎和常規的 b 型句一樣常見，形成一種特定的平仄格式。

（1）仄起式

平韻律絕仄起式，無論首句入不入韻，b5「平平仄平仄」都只能用在第二聯出句，多數和 A2「平仄仄平平」配合成聯，其次是 A1「仄仄仄平平」：

裴回拜真老，萬里見風煙。（盧照鄰〈登玉清〉）
＊．。。。．　。．．。。

[註18] 同註11，頁330。
[註19] 同註8，頁354，李白〈月下獨酌〉例註。
[註20] 同註4，頁421。

灣頭正堪泊，淮裏足風波。（孟浩然〈問舟子〉）
＊　○　○　・　・　　○　・　○　○

風篁類長笛，流水當鳴琴。（上官婉兒〈遊流杯池〉）
＊　○　○　・　○　・　　○　・　○　○

（2）平起首句不入韻式

本式中，b5「平平仄平仄」以出現在首聯出句佔多數，對句通常
是 A1「仄仄仄平平」。

飄香亂椒桂，布葉間檀欒。（裴迪〈茱萸沜〉）
＊　○　○　・　○　・　　・　・　○　○

雙峰褐衣久，一磬白眉長。（王昌齡〈擊磬老人〉）
＊　○　○　・　○　・　　・　・　○　○

移舟泊煙渚，日暮客愁新。（孟浩然〈宿建德江〉）
＊　○　○　・　○　・　　・　・　○　○

b5 句式從六朝沿用到唐代，由於使用頻率高，形成一種特定的平仄
格式，因此，儘管 b5 的二、四字同平仄，不合近體規則，王力仍以
「特拗」例看待它，視之為近體拗句。

二、仄韻絕句

近體詩以押平韻為主，仄韻較少見。有人直接將仄韻詩歸為古體
詩；〔註21〕王力則認為仄韻詩可以說是近體詩和古體詩的交界，是一
種入律的古風。〔註22〕本文採李師立信的觀點：唐人仄韻絕句實際上
都是承繼齊梁餘緒的齊梁體。

仄韻詩的格律，除了王力《漢語詩律學》中曾約略論及外，一般
談唐詩格律的專著在這一部分都闕而不論。關於五言仄韻絕句，周敬
瑜《唐人絕句詮解》云：

　　五絕固押平韻為通例，亦有押仄韻者。仄韻之調，若按平
　　韻一一轉換，亦有四式。惟五絕句短，押仄韻更近古體，

〔註21〕見啟功，《詩文聲律論稿》（香港：中華書局，1978 年 3 月），頁 6。
〔註22〕同註 13，頁 51。

且作者每多任意變換，極少字字悉合，故從略。〔註23〕

黃盛雄《唐人絕句研究》云：

> 近體詩以押平韻爲原則，唯亦有押仄韻者，五絕如「千山鳥飛絕，萬徑人蹤滅。孤舟簑笠翁，獨釣寒江雪」（柳宗元江雪）其平仄與押平韻者不同，頗與古體相類，且人自爲式，甚少一律者，故從略。〔註24〕

在前人沒有詳論的情況下，本文選錄唐人五言仄韻絕句一百二十八首，共計五百一十二句。將句式異同依三十二句式分類歸納，試著呈現唐人仄韻絕句所使用的聲調句式概況，製成統計表、圖如下：

五言仄韻絕句句式統計表（共 128 首 512 句）

		仄 韻				合 計
		平 起		仄 起		
		首句入韻	首句不入韻	首句入韻	首句不入韻	
A1	句數	9	4	3	19	35
	比例	5.00%	4.55%	4.41%	10.80%	6.84%
A2	句數	4	3	1	7	15
	比例	2.22%	3.41%	1.47%	3.98%	2.93%
A3	句數	1	2	1	1	5
	比例	0.56%	2.27%	1.47%	0.57%	0.98%
A4	句數	2	1	0	4	7
	比例	1.11%	1.14%	0%	2.27%	1.37%
A5	句數	7	1	1	8	17
	比例	3.89%	1.14%	1.47%	4.55%	3.32%
A6	句數	2	1	0	8	11
	比例	1.11%	1.14%	0%	4.55%	2.15%

〔註23〕見周敬瑜，《唐人絕句詮解》（臺北：東方出版社，1965 年 5 月），頁 22 至 23。

〔註24〕同註 5，頁 112。

A7	句 數	3	1	3	9	16
	比 例	1.67%	1.14%	4.41%	5.11%	3.13%
A8	句 數	4	0	1	6	11
	比 例	2.22%	0%	1.47%	3.41%	2.15%
a1	句 數	26	11	11	18	66
	比 例	14.44%	12.50%	16.18%	10.23%	12.89%
a2	句 數	11	4	7	7	29
	比 例	6.11%	4.55%	10.29%	3.98%	5.66%
a3	句 數	3	3	0	2	8
	比 例	1.67%	3.41%	0%	1.14%	1.56%
a4	句 數	2	1	0	1	4
	比 例	1.11%	1.14%	0%	0.57%	0.78%
a5	句 數	4	2	5	5	16
	比 例	2.22%	2.27%	7.35%	2.84%	3.13%
a6	句 數	5	3	3	1	12
	比 例	2.78%	3.41%	4.41%	0.57%	2.34%
a7	句 數	2	1	0	0	3
	比 例	1.11%	1.14%	0%	0%	0.59%
a8	句 數	0	0	2	0	2
	比 例	0%	0%	2.94%	0%	0.39%
B1	句 數	3	12	1	5	21
	比 例	1.67%	13.64%	1.47%	2.84%	4.10%
B2	句 數	1	1	0	2	4
	比 例	0.56%	1.14%	0%	1.14%	0.78%
B3	句 數	1	2	0	0	3
	比 例	0.56%	2.27%	0%	0%	0.59%
B4	句 數	0	1	0	0	1
	比 例	0%	1.14%	0%	0%	0.20%
B5	句 數	3	6	3	1	13
	比 例	1.67%	6.82%	4.41%	0.57%	2.54%

B6	句 數	2	4	1	2	9
	比 例	1.11%	4.55%	1.47%	1.14%	1.76%
B7	句 數	0	0	0	0	0
	比 例	0%	0%	0%	0%	0%
B8	句 數	0	1	0	1	2
	比 例	0%	1.14%	0%	0.57%	0.39%
b1	句 數	12	5	6	7	30
	比 例	6.67%	5.68%	8.82%	3.98%	5.86%
b2	句 數	14	1	3	9	27
	比 例	7.78%	1.14%	4.41%	5.11%	5.27%
b3	句 數	3	0	0	2	5
	比 例	1.67%	0%	0%	1.14%	0.98%
b4	句 數	3	0	0	5	8
	比 例	1.67%	0%	0%	2.84%	1.56%
b5	句 數	36	11	16	31	94
	比 例	20.00%	12.50%	23.53%	17.61%	18.36%
b6	句 數	6	4	0	4	14
	比 例	3.33%	4.55%	0%	2.27%	2.73%
b7	句 數	9	2	0	6	17
	比 例	5.00%	2.27%	0%	3.41%	3.32%
b8	句 數	2	0	0	5	7
	比 例	1.11%	0%	0%	2.84%	1.37%
句數總計		180	88	68	176	512

五言仄韻絕句三十二句型統計圖

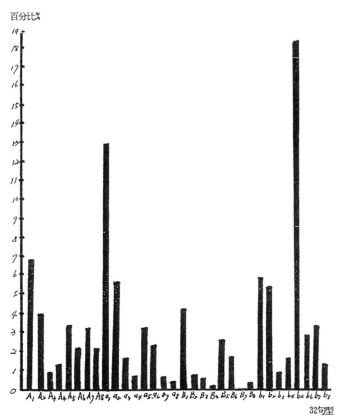

由上列統計圖表可以看出：唐人五言仄韻絕句所使用的句式中，仄腳句 a、b 類的比例普遍較高：a1「仄仄平平仄」、a2「平仄平平仄」、b1「平平平仄仄」、b2「仄平平仄仄」、b5「平平仄平仄」、b7「平平仄仄仄」，都居前幾位。這幾種句式在六朝詩歌中就已經有很高的使用量，其中齊梁詩人用的 b5「平平仄平仄」，在仄韻絕句的使用頻率18.36%，更居最高位。從這些句式的傳承，可見唐人仄韻絕句深受齊梁詩歌的影響，因此具有齊梁詩歌的聲律特徵。

從句式的合律與否而言，圖、表中的律句、拗句以及古句的比例分別是：

句　類	包　含　句　式	比　例
律　句	A1、a1、B1、b1	29.69%
拗　句	A2、A7、A8、a2、a5、a6、B2、B5、B6、b2、b5、b7、b8	52.73%
古　句	A3、A4、A5、A6、a3、a4、a7、a8、B3、B4、B7、B8、b3、b4、b6	17.58%

　　和平韻律絕相比，仄韻絕句使用的古詩句式比例提高許多；拗句的比例也遠高過完全合於正式的律句。這種情況和近體聲律尚未定型前的六朝詩歌相當類似，可說明唐人五言仄韻絕句在聲律上是近乎齊梁體，而不同於唐人律體。

第三節　五言律詩的聲調句式

　　五言律詩的聲律形式，董文渙《聲調四譜》云：

> ……大抵起於平仄定式之後。蓋定式仄起平起二聯，四句盡之矣。雖至百韻不能少易。故四句全備而後成篇，名曰絕句，為一體。蓋詩之小成，言平仄之式單備也。因而重之，則成八句，每聯兩用，皆有偶而成篇，名曰律詩，為一體。蓋詩之大成，言平仄之式雙備，而各得其偶，非孤行之可比也。〔註25〕

則知一般說五言律詩的平仄，也是由構成五言絕句的四種基本句型：a1「仄仄平平仄」、B1「平平仄仄平」、b1「平平平仄仄」、A1「仄仄仄平平」重複組成。

一、平韻律詩

　　本文選錄唐人平韻五言律詩二千六百一十六首，共計二萬零九百二十八句。現將句式異同依三十二句式分類歸納，製成數字統計表，並畫長條圖凸顯三十二句型的高下落差。表、圖如下：

〔註25〕見《聲調四譜》，頁 416 至 417。

五言平韻律詩句式統計表（共 2616 首 20928 句）

		平　　　　　韻				合　計
		平　起		仄　起		
		入韻	不入韻	入韻	不入韻	
A1	句數	94	759	375	1163	2391
	比例	11.41%	12.18%	16.05%	10.08%	11.42%
A2	句數	106	761	464	1625	2956
	比例	12.86%	12.21%	19.86%	14.09%	14.12%
A3	句數	1	0	3	6	10
	比例	0.12%	0%	0.13%	0.05%	0.05%
A4	句數	0	4	3	4	11
	比例	0%	0.06%	0.13%	0.03%	0.05%
A5	句數	0	7	8	6	21
	比例	0%	0.11%	0.34%	0.05%	0.10%
A6	句數	1	8	9	3	21
	比例	0.12%	0.13%	0.39%	0.03%	0.10%
A7	句數	7	72	8	63	150
	比例	0.85%	1.16%	0.34%	0.55%	0.72%
A8	句數	4	21	7	25	57
	比例	0.49%	0.34%	0.30%	0.22%	0.27%
a1	句數	121	828	194	1660	2803
	比例	14.68%	13.29%	8.30%	14.39%	13.39%
a2	句數	43	420	81	861	1405
	比例	5.22%	6.74%	3.47%	7.46%	6.71%
a3	句數	4	26	1	56	87
	比例	0.49%	0.42%	0.04%	0.49%	0.42%
a4	句數	0	16	3	30	49
	比例	0%	0.26%	0.13%	0.26%	0.23%
a5	句數	19	95	11	142	267
	比例	2.31%	1.52%	0.47%	1.23%	1.28%
a6	句數	7	63	7	96	173
	比例	0.85%	1.01%	0.30%	0.83%	0.83%

a7	句數	1	9	2	25	37
	比例	0.12%	0.14%	0.09%	0.22%	0.18%
a8	句數	2	5	0	31	38
	比例	0.24%	0.08%	0%	0.27%	0.18%
B1	句數	219	1080	512	2370	4181
	比例	26.58%	17.33%	21.92%	20.54%	19.98%
B2	句數	5	13	2	16	36
	比例	0.61%	0.21%	0.09%	0.14%	0.17%
B3	句數	2	11	2	20	35
	比例	0.24%	0.18%	0.09%	0.17%	0.17%
B4	句數	1	6	2	2	11
	比例	0.12%	0.10%	0.09%	0.02%	0.05%
B5	句數	62	324	52	348	786
	比例	7.52%	5.20%	2.23%	3.02%	3.76%
B6	句數	10	49	14	117	190
	比例	1.21%	0.79%	0.60%	1.01%	0.91%
B7	句數	0	0	0	0	0
	比例	0%	0%	0%	0%	0%
B8	句數	3	0	0	1	4
	比例	0.36%	0%	0%	0.01%	0.02%
b1	句數	42	529	157	756	1484
	比例	5.10%	8.49%	6.72%	6.55%	7.09%
b2	句數	40	578	227	1121	1966
	比例	4.85%	9.27%	9.72%	9.72%	9.39%
b3	句數	1	11	2	5	19
	比例	0.12%	0.18%	0.09%	0.04%	0.09%
b4	句數	1	9	0	7	17
	比例	0.12%	0.14%	0%	0.06%	0.08%
b5	句數	7	226	93	506	832
	比例	0.85%	3.63%	3.98%	4.39%	3.98%
b6	句數	3	66	1	35	105
	比例	0.36%	1.06%	0.04%	0.30%	0.50%
b7	句數	15	203	91	398	707
	比例	1.82%	3.26%	3.90%	3.45%	3.38%

b8	句　數	3	33	5	38	79
	比　例	0.36%	0.53%	0.21%	0.33%	0.38%
句數總計		824	6232	2336	11536	20928

五言平韻律詩三十二句型統計圖

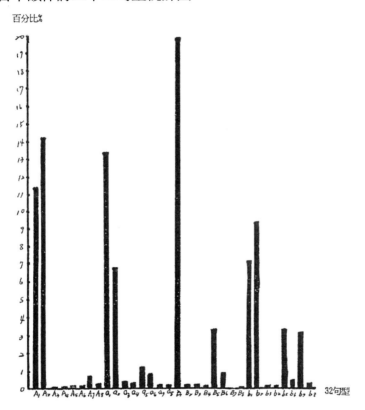

百分比%

由上列統計圖表明顯可以看出，五言平韻律詩所使用的句式高低落差非常大，因爲押的是平韻，所以平腳的 B1「平平仄仄平」19.98%佔最多數，A2「平仄仄平平」14.12%居其次，A1「仄仄仄平平」所佔的比例也很高。由於此三句式都佔高比例，因此與它們搭配成聯的仄腳句 a1「仄仄平平仄」、a2「平仄平平仄」、b1「平平平仄仄」、b2「仄平平仄仄」隨之也都有很高的出現率。而拗第三字的 B5「平平平仄平」也因爲 B1 的使用率最高，隨著常常出現。至於

b5「平平仄平仄」與 b7「平平仄仄仄」的數量多，則是源於齊梁詩歌的影響。

整體而言，平韻律詩的律句、拗句以及古句的比例分別是：

句　類	包　含　句　式	比　例
律　句	A1、a1、B1、b1	51.89%
拗　句	A2、A7、A8、a2、a5、a6、B2、B5、B6、b2、b5、b7、b8	45.89%
古　句	A3、A4、A5、A6、a3、a4、a7、a8、B3、B4、B7、B8、b3、b4、b6	2.22%

合乎近體平仄規則的律句與拗句的比例佔百分之九十七以上，而且百分之五十以上是正格的律句，可見唐人對平韻律詩的聲律要求十分嚴謹。值得注意的是：在這樣的嚴格要求下，非正格的拗句仍有接近半數的比例，除了受齊梁詩的影響外，也是詩人掙脫正格律句束縛所創作的另一種為數普遍的聲律形式。

以下我們約略檢視平韻律詩中部分拗句、古句的使用狀況：

1. A2「平仄仄平平」

平韻律詩中，平腳句的比例普遍較高，因此仄起平收的 A1、A2 出現率都相當高。依照近體詩的平仄標準來看，A1「仄仄仄平平」是律句；A2「平仄仄平平」的第二、第四字平仄相反，而首字拗用，屬於近體「拗句」。這個拗句在律詩中運用的情況和同類的律句 A1 相去不遠，比例上則高於 A1。

（1）仄起首句不入韻式

依照平韻律詩仄起首句不入韻的正格體式，A1 應該位於頷聯以及尾聯的對句位置，出句對的是 b1。A2 在本式中的位置正是頷聯與尾聯的對句，唯所對的出句大多是 b2「仄平平仄仄」。詩例如下：

頷聯例：

葉齊山路狹，花積野壇深。（王勃〈遊梵宇三覺寺〉）
· · · · · ＊ · · · ·

故鄉臨桂水，今夜渺星河。（宋之問〈旅宿淮陽亭口號〉）
‧。○。‧＊。‧。。

尾聯例：

聖朝難稅駕，惆悵白雲深。（劉長卿〈寄會稽公徐侍郎〉）
‧。○。‧＊。‧。。

更憐湘水賦，還是洛陽才。（張九齡〈酬王六書懷見示〉）
‧。○。‧＊。‧。。

（2）仄起首句入韻式

本式中，A1 所在的位置以首聯出句居多，其次是頷聯、尾聯的對句。A2 則在尾聯對句居多，其次是頷聯對句，再其次才是首聯出句。A1 在首聯時，對句一般是 B1「平平仄仄平」；在頷、尾聯時所對的出句則以 b1「平平平仄仄」和 b2「仄平平仄仄」平分秋色。A2 在首聯所對的對句也以 B1 居多數；在頷、尾聯時出句則以 b2 佔大多數。

首聯例：

芳樹本多奇，年華復在斯。（盧照鄰〈芳樹〉）
＊。‧。。　○。‧。。

愁結亂如麻，長天照落霞。（楊炯〈送豐城王少府〉）
＊。‧。。　○。‧。。

頷聯例：

與君離別意，同是宦遊人。（王勃〈杜少府之任蜀州〉）
‧。○。‧＊。‧。。

夕煙楊柳岸，春水木蘭橈。（崔融〈吳中好風景〉）
‧。○。‧＊。‧。。

尾聯例：

縱情猶未已，回馬欲黃昏。（宋之問〈江亭晚望〉）
‧。○。‧＊。‧。。

短簫何以奏，攀折爲思君。（李嶠〈柳〉）
‧。○。‧＊。‧。。

（3）平起首句不入韻式

本式中，A2 和 A1 一樣，都運用在律詩的首聯與頸聯的對句居

多。和 A1 搭配成聯的兼有 b1「平平平仄仄」、b2「仄平平仄仄」；和
A2 結合成聯的仍以 b2 為多。

首聯例：

泊舟淮水次，霜降夕流清。(常建〈泊舟盱眙〉)
‧○○●●　＊●●○○

客心驚暮序，賓雁下襄州。(杜甫〈九日登梓州城〉)
‧○○●●　＊●●○○

頸聯例：

劍留南斗近，書寄北風遙。(祖詠〈江南旅情〉)
●○○●●　＊●●○○

渡頭餘落日，墟里上孤煙。(王維〈輞川贈裴秀才迪〉)
●○○●●　＊●●○○

（4）平起首句入韻式

在平起首句入韻式中，A2 以運用在首聯和頸聯的對句居多。在
首聯時出句多是 B1「平平仄仄平」，在頸聯時出句以 b2「仄平平仄
仄」佔多數。A1 的情況大致也是如此，唯在頸聯時出句以正句 b1
「平平平仄仄」為多。

首聯例：

河橋送客舟，河水正安流。(儲光羲〈洛橋送別〉)
○○●●○　○●●○○

持衡出帝畿，星指夜郎飛。(蔡毋潛〈送崔員外監選〉)
○○●●○　○●●○○

頸聯例：

歲寒疇曩意，春晚別離情。(李乂〈餞高使君赴任〉)
●○○●●　○●●○○

野童扶醉舞，山鳥助酣歌。(孟浩然〈過陳大水亭〉)
●○○●●　○●●○○

2. A7「仄仄平平平」與 A8「平仄平平平」

A7「仄仄平平平」與 A8「平仄平平平」兩種句式的特點在於三
字尾是「平平平」連三平。關於「三平尾」句式，清代詩家董文渙、

翟翬等人的聲調譜中都註明爲古詩句式。〔註26〕實際上，A7、A8兩種句式雖然三字尾不叶律，但第二、第四字平仄相反，仍屬近體詩句式，在平韻律詩中都有相當的數量。詩例如下：

A7「仄仄平平平」例：

鳳皇所宿處，月映孤桐寒。（王昌齡〈段宥廳孤桐〉）
‧　。‧　。‧　＊‧　。‧

既傷日月逝，且欲桑榆收。（張九齡〈登樂遊原書懷〉）
‧　。‧　。‧　＊‧　。‧

A8「平仄平平平」例：

山光悅鳥性，潭影空人心。（常建〈題破山寺後禪院〉）
。‧　。‧　。‧　＊。‧　。

山暝聞猿愁，滄江急夜流。（孟浩然〈寄廣陵舊遊〉）
。‧　。‧　。‧　＊。‧　。

以上詩例多數是用在對句的位置，而它所對的出句通常是個拗句，例如：

鳳皇所宿處，月映孤桐寒。（王昌齡〈段宥廳孤桐〉）
。‧　。‧　。‧　。‧　。

這聯詩的對句是A7「仄仄平平平」；出句的第二字「鳳」、第三字「所」本應爲平聲，這裡拗用仄聲。

山光悅鳥性，潭影空人心。（常建〈題破山寺後禪院〉）
。‧　。‧　。‧　。‧　。

這聯詩的對句是A8「平仄平平平」；出句的第三字「悅」本來應該是平聲，在這裡拗用仄聲。

從A7、A8的詩例數量可知：「平平平」固然是古詩三字尾的正調，而當近體詩的句聯拗用之時，同樣也會出現三平尾，A7「仄仄平平平」與A8「平仄平平平」其實是近體詩中常見的拗句。這個事實，推翻了「雙句不可使下有三平而成三平落腳。三平落腳只能用於古詩，不能用於近體，與孤平同爲詩家大忌。」的說法。〔註27〕

〔註26〕詳見本文第三章第二節。
〔註27〕見張思緒，《詩法概述》，頁79。

3. B2「仄平仄仄平」

自王士禎《律詩定體》首先提出「孤平」的觀念之後，凡論詩的人都知道孤平句 B2「仄平仄仄平」是近體詩的大忌。趙執信、董文渙等詩家更認為孤平句是古詩句式，「律無孤平」。〔註28〕

其實 B2「仄平仄仄平」雖然犯了「孤平」，但該句的第二、第四字平仄相反，仍屬近體詩句式。以清人治學的嚴謹，而指稱「律無孤平」，實在是因為唐人律詩中孤平例不容易蒐尋。儘管近體詩避犯孤平，倒也不是完全禁忌，以下即列舉本文整理的律詩中的孤平句 B2「仄平仄仄平」：

將軍膽氣雄，臂懸兩角弓。（杜甫〈寄贈王十將軍承俊〉）
。。。。。＊。。。。

夜深露氣清，江月滿江城。（杜甫〈玩月呈漢中王〉）
＊。。。。

覽卷冰將釋，援毫露欲垂。（韋應物〈戲示青山郎〉）
．．．．．＊．．．．

斗酒勿為薄，寸心貴不忘。（李白〈南陽送客〉）
．．．．．．．．．．

出谷未停午，到家日已曛。（孟浩然〈遊精思觀回〉）
．．．．．．．．．．

平虜將軍婦，入門二十年。（李白〈平虜將軍妻〉）
。。。。。。。。。。

飲酒莫辭醉，醉多適不愁。（高適〈淇上送韋司倉往滑臺〉）
．．．．．＊．．．．

為逼霜臺使，重裘也覺寒。（岑參〈虢州西亭陪端公宴集〉）
．．．．．＊．．．．

春草連天積，五陵遠客歸。（劉長卿〈送友人西上〉）
。。。。。＊。。。。。

上列詩例顯示，在平韻律詩中，數量不多的 B2「仄平仄仄平」大多數是用在首聯對句；與它配合成聯的出句大多是拗句。而 B2 句式之

〔註28〕同註26。

為近體詩禁忌，其實是從六朝詩歌沿留下來的習慣，早在近體詩聲律定型之前的六朝詩歌就已罕用 B2 句式，並非到唐人近體詩才避孤平。至於為什麼從六朝以來即少用孤平句，真正的原因尚無法確知。

4. a7「仄仄仄仄仄」

五仄句 a7「仄仄仄仄仄」的第二、第四字平仄相同，是一種古詩句式，但在講求聲律的唐人律詩中仍時有所見，尤其多出現在初盛唐詩人的作品中。詩例如下：

（1）仄起首句不入韻式

本式中，a7「仄仄仄仄仄」運用在首聯出句居多，與 B5「平平平仄平」搭配成聯。其次是運用在頸聯出句，也是與 B5「平平平仄平」搭配成聯。

首聯例：

士有不得志，棲棲吳楚間。（孟浩然〈廣陵別薛八〉）
＊‧‧‧‧‧　。。。。。

亂後碧井廢，時清瑤殿深。（杜甫〈銅瓶〉）
＊‧‧‧‧‧　。。。。。

頸聯例：

世事了可見，憐君人亦稀。（岑參〈送顏韶〉）
＊‧‧‧‧‧　。。。。。

草木歲月晚，關河霜雪清。（杜甫〈送遠〉）
＊‧‧‧‧‧　。。。。。

（2）仄起首句入韻式

本式中，a7「仄仄仄仄仄」只選了二聯詩例，都用在頸聯出句，對句分別搭配 B5「平平平仄平」與 B6「仄平平仄平」。

欲去不得去，薄遊成久遊。（李白〈秋浦歌之二〉）
＊‧‧‧‧‧　。。。。。

獨步石可履，孤吟藤好攀。（寒山〈詩之一百六四〉）
＊‧‧‧‧‧　。。。。。

（3）平起首句不入韻式

本式中，a7「仄仄仄仄仄」以使用在頷聯出句，搭配 B1「平平

仄仄平」居多；其次是用在尾聯出句，搭配 B5「平平平仄平」。

　　首聯例：

　　　欲徇五斗祿，其如七不堪。（孟浩然〈京還贈張維〉）
　　　＊・・。。　　。。。＊・

　　　至德不可拔，嚴君獨湛冥。（吳筠〈嚴君平〉）
　　　＊・・・・　　。。＊・・

　　尾聯例：

　　　響發調尚苦，清商勞一彈。（王昌齡〈段宥廳孤桐〉）
　　　＊・・。。　　。。。＊・

　　　勝事不可接，相思幽興長。（岑參〈聞崔侍御灌口夜宿報恩寺〉）
　　　＊・・・・　　。。。＊・

　　從以上詩例可見，a7「仄仄仄仄仄」在平韻律詩中存在的基本特點是，大多和 B5「平平平仄平」結合成聯使用。

5. b2「仄平平仄仄」

　　b2「仄平平仄仄」的第二、第四字平仄相反，首字拗用，是個拗句。依統計結果，這個句式在平韻律詩中的運用方式，和同類的律句 b1「仄仄仄平平」大致相同，但出現的比例卻比 b1 來得高。

　　（1）仄起式

　　依照平韻律詩仄起式的正格體式，b1「平平平仄仄」應該位於頷聯以及尾聯的出句位置，對句是 A1「仄仄仄平平」。b2 在本式中的位置也是頷聯與尾聯的出句，唯所對的對句大多是 A2「平仄仄平平」。詩例如下：

　　頷聯例：

　　　送君從此去，書信定應稀。（賈至〈送夏侯參軍赴廣州〉）
　　　＊・。。。　　。。。＊・

　　　白雲迴望合，青靄入看無。（王維〈終南山〉）
　　　＊・。。。　　。。。＊・

　　尾聯例：

　　　帝城誰不戀，回望動離騷。（岑參〈送趙侍御歸上都〉）
　　　＊・。。。　　。。。＊・

有書無寄處，相送一霑裳。（張謂〈別睢陽故人〉）

*‧。。。‧　。‧。。。

（2）平起首句不入韻式

律詩中，唯在本式 b 類句型可以運用在首聯。b2 和 b1 一樣，都用在首聯與頸聯出句，而在頸聯更多於在首聯。和 b1 搭配成聯的兼有 A1「仄仄仄平平」、A2「平仄仄平平」；和 b2 結合成聯的仍以 A2 為多。

首聯例：

日高雞犬靜，門掩向寒塘。（丘為〈尋廬山崔徵君〉）

*‧。。。‧‧。。。

月明湘水白，霜落洞庭乾。（賈至〈長沙別李六侍御〉）

*‧。。。‧‧。。。

頸聯例：

狎鷗輕白浪，歸雁喜青天。（杜甫〈倚杖〉）

*‧。。。‧‧。。。

故人驚逝水，寒雀噪空牆。（韋應物〈同李二過亡鄭友子故第〉）

*‧。。。‧‧。。。

（3）平起首句入韻式

在平起首句入韻式中，b2 和 b1 一樣用在頸聯出句居多。但 b1 的對句以 A1「仄仄仄平平」佔多數；b2 則與 A2「平仄仄平平」搭配成聯為多。詩例如下：

海禽逢早雁，江月值新秋。（儲光羲〈洛橋送別〉）

*‧。。。‧‧。。。

錫飛常近鶴，杯度不驚鷗。（杜甫〈題玄武禪師屋壁〉）

*‧。。。‧‧。。。

如上詩例可見，b2 和 b1 在平韻律詩中的使用情況相去不遠，b2 的數量之所以比 b1 多，是由於：平韻律詩中以平腳句偏多，仄起平收的 A1、A2 都有很高的比例，與之相配的 b1 與 b2 隨之數量提高。依統計結果，A2 的比例又高於 A1，所以與 A2 搭配成聯機會較多的 b2，在比例上自然也高於 b1。

6. b5「平平仄平仄」

b5「平平仄平仄」是六朝詩歌中就已經普遍使用的句式,依照近體詩的判別標準,b5「平平仄平仄」的第二、第四字同為平聲,非近體句式。但因唐人近體詩深受六朝詩歌影響,沿襲了許多六朝詩歌的聲調句式,所以屬於六朝詩歌特徵之一的 b5,到唐人律詩中仍然常見:

(1)仄起式

本式中的 b5「平平仄平仄」百分之七十以上出現在尾聯出句,搭配的對句 A2「平仄仄平平」多於 A1「仄仄仄平平」。

　　無人信高潔,誰為表予心。（駱賓王〈在獄詠蟬〉）
　　* ○ 。 。 ‧ 。 。 ○

　　登臨白雲晚,流恨此遺風。（崔顥〈題沈隱侯八詠樓〉）
　　* 。 。 。 ‧ 。 。 ○

(2)平起首句不入韻式

本式的 b5「平平仄平仄」以運用在首聯出句居多。所搭配的對句以 A1「仄仄仄平平」多於 A2「平仄仄平平」。

　　晨征犯煙磴,夕憩在雲關。（王勃〈長柳〉）
　　* 。 。 。 ‧ 。 。 ○

　　門前洛陽客,下馬拂征衣。（王維〈喜祖三至留宿〉）
　　* 。 。 。 ‧ 。 。 ○

(3)平起首句入韻式

b5「平平仄平仄」在本式中,以運用在頸聯出句居多,所搭配的對句大多是 A2「平仄仄平平」。

　　庭陰幕青靄,簾影散紅芳。（劉希夷〈晚春〉）
　　* 。 。 ‧ 。 　 。 。 ○

　　山河據形勝,天地生豪酋。（孟浩然〈送張祥之房陵〉）
　　* 。 。 ‧ 。 　 。 。 ○

b5 由於使用數量高,形成一種特定的平仄格式,因此,儘管它的二、四字同平仄,不合近體規則,一般仍視之為「特拗」句式,為近體詩常見的拗句之一。

二、仄韻律詩

　　仄韻詩雖然似近體而又非近體，身分曖昧，但其中有些作品的確是平仄大致合律，對仗又復工整。簡明勇《律詩研究》說：

> 凡律詩以押平韻爲正例。雖有押仄韻者，爲數極少，是爲變例。〔註29〕

這些少數的仄韻「律詩變例」數量不多，其實都屬於齊梁體或仿齊梁體，在律詩的形貌下，包含了許多齊梁詩歌的特徵。在此爲便與平韻律詩對稱，仍名爲「仄韻律詩」。本文選錄有二十三首，一百八十四句，茲將句式異同依三十二句式分類歸納，製成統計表、圖，以呈現它使用聲調句式的大致狀況。表、圖如下：

五言仄韻律詩句式統計表（共 23 首 184 句）

		仄 韻				合 計
		平 起		仄 起		
		入 韻	不入韻	入 韻	不入韻	
A1	句 數	10	0	0	5	15
	比 例	10.42%	0%	0%	7.81%	8.15%
A2	句 數	5	0	0	3	8
	比 例	5.21%	0%	0%	4.69%	4.35%
A3	句 數	0	0	0	0	0
	比 例	0%	0%	0%	0%	0%
A4	句 數	0	0	0	0	0
	比 例	0%	0%	0%	0%	0%
A5	句 數	6	0	0	2	8
	比 例	6.25%	0%	0%	3.13%	4.35%
A6	句 數	1	0	1	3	5
	比 例	1.04%	0%	4.17%	4.69%	2.72%

〔註29〕見簡明勇，〈律詩研究〉，《師大國文研究所集刊》第十三號，1969年 6 月，頁 87。

A7	句 數	1	0	0	1	2
	比 例	1.04%	0%	0%	1.56%	1.09%
A8	句 數	1	0	1	2	4
	比 例	1.04%	0%	4.17%	3.13%	2.17%
a1	句 數	13	0	6	10	29
	比 例	13.54%	0%	25.00%	15.63%	15.76%
a2	句 數	6	0	3	2	11
	比 例	6.25%	0%	12.50%	3.13%	5.98%
a3	句 數	0	0	0	1	1
	比 例	0%	0%	0%	1.56%	0.54%
a4	句 數	1	0	0	1	2
	比 例	1.04%	0%	0%	1.56%	1.09%
a5	句 數	3	0	0	0	3
	比 例	3.12%	0%	0%	0%	1.63%
a6	句 數	1	0	1	2	4
	比 例	1.04%	0%	4.17%	3.13%	2.17%
a7	句 數	0	0	0	0	0
	比 例	0%	0%	0%	0%	0%
a8	句 數	0	0	0	0	0
	比 例	0%	0%	0%	0%	0%
B1	句 數	0	0	1	0	1
	比 例	0%	0%	4.17%	0%	0.54%
B2	句 數	0	0	1	0	1
	比 例	0%	0%	4.17%	0%	0.54%
B3	句 數	0	0	0	0	0
	比 例	0%	0%	0%	0%	0%
B4	句 數	0	0	0	0	0
	比 例	0%	0%	0%	0%	0%

B5	句　數	0	0	0	0	0
	比　例	0%	0%	0%	0%	0%
B6	句　數	0	0	2	0	2
	比　例	0%	0%	8.33%	0%	1.09%
B7	句　數	0	0	0	0	0
	比　例	0%	0%	0%	0%	0%
B8	句　數	0	0	0	0	0
	比　例	0%	0%	0%	0%	0%
b1	句　數	8	0	3	9	20
	比　例	8.33%	0%	12.50%	14.06%	10.87%
b2	句　數	4	0	1	7	12
	比　例	4.17%	0%	4.17%	10.94%	6.52%
b3	句　數	0	0	0	0	0
	比　例	0%	0%	0%	0%	0%
b4	句　數	0	0	0	0	0
	比　例	0%	0%	0%	0%	0%
b5	句　數	27	0	3	9	39
	比　例	28.12%	0%	12.50%	14.06%	21.20%
b6	句　數	0	0	0	3	3
	比　例	0%	0%	0%	4.69%	1.63%
b7	句　數	8	0	1	3	12
	比　例	8.33%	0%	4.17%	4.69%	6.52%
b8	句　數	1	0	0	1	2
	比　例	1.04%	0%	0%	1.56%	1.09%
句數總計		96	0	24	64	184

五言仄韻律詩三十二句型統計圖

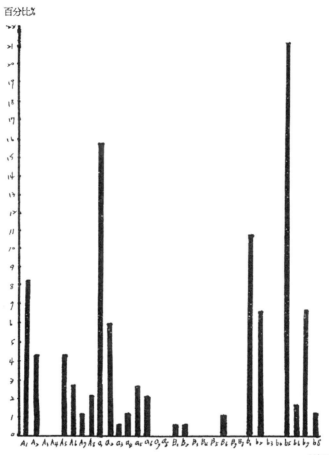

由上列統計圖表，我們發現唐人五言仄韻律詩所使用的句式，和前述仄韻絕句一樣，仄腳的 a、b 二類句式比例遠高於平腳句式：a1「仄仄平平仄」、a2「平仄平平仄」、b1「平平平仄仄」、b2「仄平平仄仄」、b5「平平仄平仄」、b7「平平仄仄仄」等句式的比例都相當突出，而這些句式在齊梁詩中使用率就已經很高了；堪稱齊梁詩特徵之一的 b5「平平仄平仄」在此的使用頻率且是最高。由於 b 類句型使用的比例特別高，與它相對的 A1「仄仄仄平平」、A2「平仄仄平平」

以及 A5「仄仄平仄平」隨之出現頻繁。至於平韻近體中比例最高的 B1「平平仄仄平」，則幾乎敬陪末座，顯示了仄韻律詩聲律與平韻律詩的不同。

總的而言，仄韻律詩中的律句、拗句與古句的比例分別是：

句　類	包　含　句　式	比　例
律　句	A1、a1、B1、b1	35.33%
拗　句	A2、A7、A8、a2、a5、a6、B2、B5、B6、b2、b5、b7、b8	54.35%
古　句	A3、A4、A5、A6、a3、a4、a7、a8、B3、B4、B7、B8、b3、b4、b6	10.32%

古詩句式的使用明顯比平韻律詩中多；拗句的數量尤其遠超過正格的律句。這種和六朝詩歌相近，而異於平韻律詩的聲律現象正是因為：仄韻律詩乃六朝詩歌的餘緒，本是齊梁體之屬。

第四節　五言排律的聲調句式

排律者，排比聲律，是「排偶櫛比，聲和律整」的意思。其實就是依四韻八句律詩的聲律規則，將篇幅引而長之，使成為六韻至百韻以上的長韻詩。因此，除了韻數較多外，排律在音律、對偶方面的講求，與一般律詩並無二致。

五言排律的體裁起源相當早，可以上溯到六朝時期。明代高棅在《唐詩品彙》中云：

> 排律之作，其源自顏、謝諸人古詩之變，首尾排句，聯對精密。梁陳以還，儷句尤切。唐興始專此體，與古詩差別。
> 〔註30〕

其後徐師曾編《詩體明辨》承續了高氏的見解云：

> 按排律源於顏、謝諸人，梁陳以還，儷句尤切，唐興始專

〔註30〕見明・高棅，《唐詩品彙》（上海：上海古籍出版社，1988 年 7 月），頁 618。

　　此體。〔註31〕

該書收錄的排律便包含了六朝謝靈運、王融、劉孝綽等人的詩,都是排律醞釀階段的先驅作品,已略具唐初五言排律的格局。唐初的排律作品漸多;不過,要一直到高宗以後科舉試詩,五言排律六聯十二句、十五聯三十句的典型才算確立。之後,由於杜甫在試場外創作長至二十韻,甚至百韻的鴻篇鉅製,排律的發展達到了最高峰。白居易、元稹繼之屢有新作。

　　排律的體製雖然在唐代成型發皇,但當時並未有「排律」之名。唐元稹在〈酬樂天東南行詩一百韻〉詩中,稱這種長篇詩體爲「大律」。〔註32〕到了元朝楊士弘的《唐音》中設有「排律」一類,才首先以「排律」名詩。之後明代高棅《唐詩品彙》和徐師曾《詩體明辨》都承用「排律」的名稱。清代沈德潛《說詩晬語》則改稱爲「長律」。由於「排律」一詞,最能顯見「排偶櫛比,聲和律整」的意義,本文就沿用「排律」之名。

　　五言排律既爲五言四韻律詩的延長,所以五言律詩的平仄基本句式,也就是五言排律的正格句式:a1「仄仄平平仄」、B1「平平仄仄平」、b1「平平平仄仄」、A1「仄仄仄平平」。

一、平韻排律

　　本文選錄唐人平韻五言排律八百四十首,共計一萬四千九百三十八句。現將句式異同依三十二句式分類歸納,製成數字統計表,並畫長條圖以凸顯三十二句型的高下落差。表、圖如下:

〔註31〕　見明・徐師曾,《詩體明辨》(臺北:廣文書局,1972 年 4 月),頁903。

〔註32〕　見唐・元稹,《元氏長慶集》(臺北:臺灣商務印書館,影印文淵閣四庫全書本,1986 年 7 月),卷十二。

五言平韻排律句式統計表（共 840 首 14938 句）

		平　　　　韻				合　計
		平　　起		仄　　起		
		首句入韻	首句不入韻	首句入韻	首句不入韻	
A1	句數	34	552	144	831	1561
	比例	10.43%	11.63%	12.33%	9.56%	10.45%
A2	句數	48	598	194	1236	2076
	比例	14.72%	12.59%	16.61%	14.21%	13.90%
A3	句數	0	2	5	2	9
	比例	0%	0.04%	0.43%	0.02%	0.06%
A4	句數	0	3	0	5	8
	比例	0%	0.06%	0%	0.06%	0.05%
A5	句數	1	11	5	5	22
	比例	0.31%	0.23%	0.43%	0.06%	0.15%
A6	句數	1	9	1	4	15
	比例	0.31%	0.19%	0.09%	0.05%	0.10%
A7	句數	3	54	10	60	127
	比例	0.92%	1.14%	0.86%	0.69%	0.85%
A8	句數	0	10	7	29	46
	比例	0%	0.21%	0.60%	0.33%	0.31%
a1	句數	46	627	131	1310	2114
	比例	14.11%	13.21%	11.22%	15.06%	14.15%
a2	句數	20	310	54	606	990
	比例	6.13%	6.53%	4.62%	6.97%	6.63%
a3	句數	1	33	5	35	74
	比例	0.31%	0.70%	0.43%	0.40%	0.50%
a4	句數	0	13	6	35	54
	比例	0%	0.27%	0.51%	0.40%	0.36%
a5	句數	6	85	13	107	211
	比例	1.84%	1.79%	1.11%	1.23%	1.41%
a6	句數	1	68	8	74	151
	比例	0.31%	1.43%	0.68%	0.85%	1.01%
a7	句數	0	3	3	7	13
	比例	0%	0.06%	0.26%	0.08%	0.09%

a8	句數	0	6	2	13	21
	比例	0%	0.13%	0.17%	0.15%	0.14%
B1	句數	76	823	234	1842	2975
	比例	23.31%	17.33%	20.03%	21.18%	19.92%
B2	句數	2	3	3	9	17
	比例	0.61%	0.06%	0.26%	0.10%	0.11%
B3	句數	2	8	5	11	26
	比例	0.61%	0.17%	0.43%	0.13%	0.17%
B4	句數	1	3	0	6	10
	比例	0.31%	0.06%	0%	0.07%	0.07%
B5	句數	15	233	40	233	521
	比例	4.60%	4.91%	3.42%	2.68%	3.49%
B6	句數	2	55	10	76	143
	比例	0.61%	1.16%	0.86%	0.87%	0.96%
B7	句數	0	0	0	0	0
	比例	0%	0%	0%	0%	0%
B8	句數	0	0	0	0	0
	比例	0%	0%	0%	0%	0%
b1	句數	20	380	77	650	1127
	比例	6.13%	8.00%	6.59%	7.47%	7.54%
b2	句數	24	446	115	911	1496
	比例	7.36%	9.39%	9.85%	10.48%	10.01%
b3	句數	0	10	2	5	17
	比例	0%	0.21%	0.17%	0.06%	0.11%
b4	句數	1	7	1	12	21
	比例	0.31%	0.15%	0.09%	0.14%	0.14%
b5	句數	12	173	49	288	522
	比例	3.68%	3.64%	4.20%	3.31%	3.49%
b6	句數	1	71	10	39	121
	比例	0.31%	1.50%	0.86%	0.45%	0.81%
b7	句數	7	136	33	237	413
	比例	2.15%	2.86%	2.83%	2.73%	2.76%
b8	句數	2	16	1	18	37
	比例	0.61%	0.34%	0.09%	0.21%	0.25%
句數總計		326	4748	1168	8696	14938

五言平韻排律三十二句型統計圖

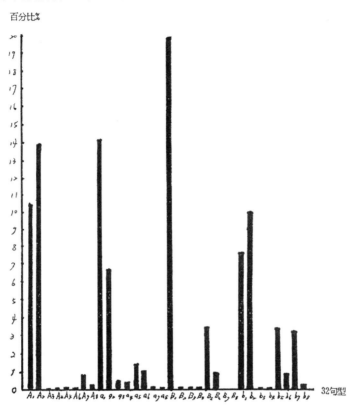

　　五言排律的平仄法只是五言律詩韻數的延長，所以兩者在使用聲調句式方面基本上相當接近。從上列的統計圖表中可以看出，五言平韻排律所使用的聲調句式，和平韻律詩一樣以平腳的 B1「平平仄仄平」19.92%居冠；A1「仄仄仄平平」和 A2「平仄仄平平」緊接在後。因為平腳句數量多，相對的仄腳句 a1「仄仄平平仄」、a2「平仄平平仄」、b1「平平平仄仄」、b2「仄平平仄仄」等句式的使用量隨之提高。拗第三字的 B5「平平平仄平」也因為 B1 的比例高而隨著出現得多。至如 b5「平平仄平仄」與 b7「平平仄仄仄」的數量多，則是受六朝詩歌的影響所致。

　　整體來看，圖、表中的律句、拗句以及古句的比例分別是：

句　類	包　含　句　式	比　例
律　句	A1、a1、B1、b1	52.06%
拗　句	A2、A7、A8、a2、a5、a6、B2、B5、B6、b2、b5、b7、b8	45.19%
古　句	A3、A4、A5、A6、a3、a4、a7、a8、B3、B4、B7、B8、b3、b4、b6	2.75%

　　明顯的，平韻排律的聲調句式百分之九十七以上合於近體詩的平仄規則，正格的律句更居多數，可知平韻排律的韻數雖長，聲律上的要求仍如四韻律詩一般謹嚴。然而，接近半數比例的拗句也是不可忽視的事實。這些在正格律句之外普遍存在的聲調句式，一方面是六朝詩歌餘風，一方面則是唐人在嚴格的聲律中所做的變化。

二、仄韻排律

　　和仄韻律詩一樣，五言仄韻排律的數量也很少，本文選錄的八百多首排律中，仄韻僅有十四首，二百三十四句。我們仍試著將句式異同依三十二句式分類歸納，製成統計表、圖，來呈現它使用聲調句式的大致狀況。

五言仄韻排律句式統計表（共 14 首 234 句）

		仄　　　　　韻				
		平　　起		仄　　起		合　計
		首句入韻	首句不入韻	首句入韻	首句不入韻	
A1	句　數	7	0	3	9	19
	比　例	12.50%	0%	4.69%	8.82%	8.12%
A2	句　數	2	2	1	6	11
	比　例	3.57%	16.67%	1.56%	5.88%	4.70%
A3	句　數	0	0	0	2	2
	比　例	0%	0%	0%	1.96%	0.85%
A4	句　數	0	0	0	3	3
	比　例	0%	0%	0%	2.94%	1.28%

A5	句　數	2	0	2	1	5
	比　例	3.57%	0%	3.13%	0.98%	2.14%
A6	句　數	1	0	2	3	6
	比　例	1.79%	0%	3.13%	2.94%	2.56%
A7	句　數	0	0	0	3	3
	比　例	0%	0%	0%	2.94%	1.28%
A8	句　數	1	0	0	0	1
	比　例	1.79%	0%	0%	0%	0.43%
a1	句　數	10	4	15	19	48
	比　例	17.86%	33.33%	23.44%	18.63%	20.51%
a2	句　數	5	1	3	5	14
	比　例	8.93%	8.33%	4.69%	4.90%	5.98%
a3	句　數	0	0	1	0	1
	比　例	0%	0%	1.56%	0%	0.43%
a4	句　數	0	0	1	0	1
	比　例	0%	0%	1.56%	0%	0.43%
a5	句　數	0	0	2	0	2
	比　例	0%	0%	3.13%	0%	0.85%
a6	句　數	0	0	2	0	2
	比　例	0%	0%	3.13%	0%	0.85%
a7	句　數	0	0	0	0	0
	比　例	0%	0%	0%	0%	0%
a8	句　數	0	0	0	0	0
	比　例	0%	0%	0%	0%	0%
B1	句　數	0	1	5	0	6
	比　例	0%	8.33%	7.81%	0%	2.56%
B2	句　數	0	0	0	0	0
	比　例	0%	0%	0%	0%	0%
B3	句　數	0	0	0	0	0
	比　例	0%	0%	0%	0%	0%

B4	句 數	0	0	0	0	0
	比 例	0%	0%	0%	0%	0%
B5	句 數	1	0	1	0	2
	比 例	1.79%	0%	1.56%	0%	0.85%
B6	句 數	0	0	2	0	2
	比 例	0%	0%	3.13%	0%	0.85%
B7	句 數	0	0	0	0	0
	比 例	0%	0%	0%	0%	0%
B8	句 數	0	0	0	0	0
	比 例	0%	0%	0%	0%	0%
b1	句 數	6	1	7	11	25
	比 例	10.71%	8.33%	10.94%	10.78%	10.68%
b2	句 數	5	1	3	5	14
	比 例	8.93%	8.33%	4.69%	4.90%	5.98%
b3	句 數	0	0	0	0	0
	比 例	0%	0%	0%	0%	0%
b4	句 數	0	0	0	0	0
	比 例	0%	0%	0%	0%	0%
b5	句 數	14	2	11	30	57
	比 例	25.00%	16.67%	17.19%	29.41%	24.36%
b6	句 數	1	0	1	3	5
	比 例	1.79%	0%	1.56%	2.94%	2.14%
b7	句 數	1	0	2	2	5
	比 例	1.79%	0%	3.13%	1.96%	2.14%
b8	句 數	0	0	0	0	0
	比 例	0%	0%	0%	0%	0%
句數總計		56	12	64	102	234

五言仄韻排律三十二句型統計圖

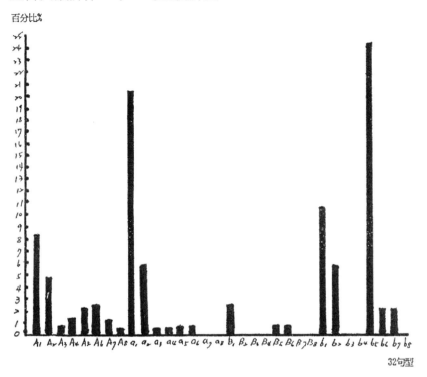

　　五言仄韻排律使用的聲調句式也和仄韻律詩接近，仄腳句式的
比例遠比平腳句式高：a1「仄仄平平仄」、a2「平仄平平仄」、b1「平
平平仄仄」、b2「仄平平仄仄」等句型都是統計圖中相當突出的；在
六朝詩中就已經出現頻繁的 b5「平平仄平仄」，仍以 24.36% 之數居
最高位。A1「仄仄仄平平」、A2「平仄仄平平」則因相對的 b 類句
型比例高而隨之出現得多。在平韻排律中比例最高的 B1「平平仄仄
平」在仄韻排律中反而用得比上述這些句式都要少。這種仄腳句特
別多的現象，乃是源於六朝詩歌；而唐人仄韻詩都是齊梁體之屬，
所以具有齊梁詩歌的特徵。

　　總體來說，圖、表中的律句、拗句與古句的比例分別是：

句　類	包　含　句　式	比　例
律　句	A1、a1、B1、b1	41.88%
拗　句	A2、A7、A8、a2、a5、a6、B2、B5、B6、b2、b5、b7、b8	48.29%
古　句	A3、A4、A5、A6、a3、a4、a7、a8、B3、B4、B7、B8、b3、b4、b6	9.83%

　　仄韻排律中律句雖然仍有相當高的比例，但古詩句式的使用明顯比平韻排律中提高許多；拗句的數量尤其多於正格的律句。這是近體詩未定型之前，六朝詩歌開始嘗試人爲聲律所特有的聲律現象，直到唐代仍有詩人學習仿作，所以儘管排律是到唐代才成立，在仄韻排律的聲律上仍呈現齊梁體的特徵。

第五節　初盛唐一般近體詩與試律、應制詩聲調句式的比較

　　前面我們統計了初盛唐近體詩的聲調句式，得到一些普遍性的現象。這種普遍性的聲律型態，客觀地呈現近體詩在前人所說的正格體式之外的另一番面貌。

　　這些聲律現象的形成，除了前文所說的六朝詩歌影響、詩人刻意擺脫聲律規則束縛之外，詩人籍貫不同，方音殊異；時期不同，語音分合變化；或官定韻書的音系與私人吟詠所用的實際語音不同；以及詩歌聲律規則定型前後，標準不一，都可能造成一般近體詩與正格體式在聲律型態上有所差別。然則，前人能夠歸納出所謂的「正格體式」，必定也有所依據，必定有些詩能統合上述障礙，聲律可放諸四海皆準。於是我們把目光集中到唐人「試律」與「應制詩」。

　　唐代以科舉取士，科舉中有進士科，規定要考詩賦，限題目、限格式，使文人舉子嘔心瀝血，磨鍊詩律。這種應試而作的詩稱爲「試律」或「試帖詩」，在聲律上是力求謹嚴不逾矩。而在試場外，詩風鼎盛的唐代，文人、臣子與帝王有爲數不少的應酬之作，這類「應制

詩」因爲要上呈帝王及皇親國戚，所以特別講究對仗工穩，格律精嚴。在特定功能的要求下，「試律」與「應制詩」的聲律大體比一般自由創作的近體詩來得中規中矩。

　　我們從《文苑英華》中選錄了中唐以前的試律與應制詩，同樣依三十二句式分類統計，製成統計表、長條圖，以資與一般的近體詩聲律做比較。表、圖如下：

初盛唐五言試律、應制詩句式統計表

	詩　類	試　　　律	應　制　詩
	作　品	33 首	269 首
A1	句　數	52	345
	比　例	13.00%	10.76%
A2	句　數	50	472
	比　例	12.50%	14.72%
A3	句　數	0	6
	比　例	0	0.18%
A4	句　數	0	6
	比　例	0%	0.18
A5	句　數	0	14
	比　例	0%	0.44%
A6	句　數	0	9
	比　例	0	0.28%
A7	句　數	0	14
	比　例	0%	0.44%
A8	句　數	0	12
	比　例	0%	0.37%
a1	句　數	65	499
	比　例	16.25%	15.56%
a2	句　數	29	189
	比　例	7.25%	5.90%
a3	句　數	0	8
	比　例	0%	0.25%

a4	句　數	0	5
	比　例	0%	0.16%
a5	句　數	2	22
	比　例	0.50%	0.69%
a6	句　數	2	15
	比　例	0.50%	0.47%
a7	句　數	0	0
	比　例	0%	0%
a8	句　數	0	1
	比　例	0%	0.03%
B1	句　數	94	646
	比　例	23.50%	20.15%
B2	句　數	1	3
	比　例	0.25%	0.09%
B3	句　數	0	7
	比　例	0%	0.22%
B4	句　數	0	4
	比　例	0%	0.12%
B5	句　數	4	72
	比　例	1.00%	2.25%
B6	句　數	1	10
	比　例	0.25%	0.31%
B7	句　數	0	2
	比　例	0%	0.06%
B8	句　數	0	1
	比　例	0%	0.03%
b1	句　數	38	251
	比　例	9.50%	7.83%
b2	句　數	40	326
	比　例	10.00%	10.17%
b3	句　數	0	3
	比　例	0	0.09%
b4	句　數	0	4
	比　例	0%	0.12%
b5	句　數	15	143
	比　例	3.75%	4.46%

b6	句　數	0	30
	比　例	0%	0.93%
b7	句　數	7	79
	比　例	1.75%	2.46%
b8	句　數	0	8
	比　例	0%	0.25%
句數總計		400	3206

唐人試律三十二句型統計圖

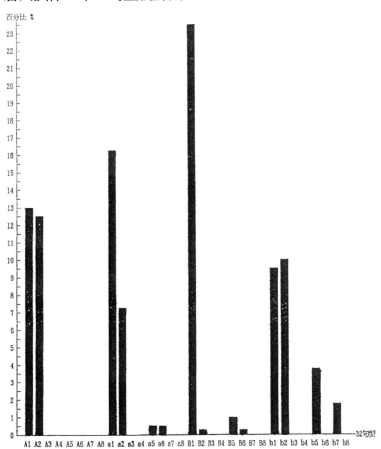

五言應制詩三十二句型統計圖

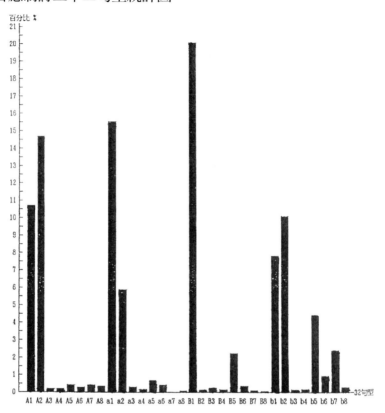

從以上的統計結果可見，唐人試律和應制詩的聲調句式相當單純，正格的 A1「仄仄仄平平」、a1「仄仄平平仄」、B1「平平仄仄平」、b1「平平平仄仄」諸句都極突出，又以 B1 所佔比例最高。而在這樣的規矩之中，仍可見一些變化，首字不論的 A2「平仄仄平平」、a2「平仄平平仄」、b2「仄平平仄仄」也都有很高的比例，A2、b2 甚且高過律句 A1、b1。B5「平平平仄平」也因 B1 的高比例而出現得多。大體上，唐人試律和應制詩的聲律是以傳統的四句平仄口訣與首字不論的組合爲多，這一點和一般自由創作的平韻近體詩並無二致。值得注意的是，在這樣比較規矩的試律、應制詩之中，還是和一般的近體詩

一樣，不免有六朝詩的影子－六朝詩中常有的 b5「平平仄平仄」、b7「平平仄仄仄」在此同樣保有相當的比例。

　　總和而言，試律、應制詩各類句式的比例分別是：

句　類	包　含　句　式	試　律	應制詩
律　句	A1、a1、B1、b1	62.25%	54.30%
拗　句	A2、A7、A8、a2、a5、a6、B2、B5、B6、b2、b5、b7、b8	37.75%	42.58%
古　句	A3、A4、A5、A6、a3、a4、a7、a8、B3、B4、B7、B8、b3、b4、b6	0%	3.12%

　　試律所用的聲調句式完全都合於近體詩平仄規則的要求，而且百分之六十以上是正格的律句。應制詩則仍有少數古詩句式。顯然，唐人應酬式的應制詩在聲律上不若應試作的試律般謹守格律規則，唯有試律較符合近體詩聲律標準。

　　我們再把一般自由創作的近體詩和六朝詩歌、試律、應制詩的各句式比例列在一起如下：

		律　　句	拗　　句	古　　句
絕　句	平　韻	44.69%	49.11%	6.20%
	仄　韻	29.69%	52.73%	17.58%
律　詩	平　韻	51.89%	45.89%	2.22%
	仄　韻	35.33%	54.35%	10.32%
排　律	平　韻	52.06%	45.19%	2.75%
	仄　韻	41.88%	48.29%	9.83%
六　朝　詩　歌		31.35%	49.38%	19.27%
試　　律		62.25%	37.75%	0%
應　制　詩		54.30%	42.58%	3.12%

　　明顯的，唐人試律的聲律是最嚴謹的，都沒有古句；照理說應該也是很講求聲律的應制詩，相形之下和一般的平韻近體詩比較接近，仍有少數古詩句式。而無論是最精嚴的試律、應該嚴謹的應制詩、或

自由創作的近體詩，都有相當數量的拗句。上文說過，自由創作的近
體詩可能受許多因素影響，導致這種正格之外的聲律型態。但現在我
們發現，以官定韻書的語音系統爲標準寫作的試律、應制詩也同樣運
用大量拗句。可見，唐人近體詩正格之外的聲律型態，不止是私人吟
詠爲然，而是在任何情況－連考場試詩都不例外的普遍存在的現象。
從這個事實，再參酌前幾節所說近體詩與六朝詩歌的異同，我們認
爲：造成唐人近體詩聲律現象的最可能因素，一是近體詩的格律要求
過於嚴苛，難以全面遵守；一是詩人刻意打破近體規則的束縛；再則
是六朝詩歌的深刻影響所致。

第四章　結　論

　　唐詩是中國詩歌史上最耀眼的一段；而近體詩聲律的確立，則是
唐詩最重要的成就。研究唐詩，聲律實在是最重要的一環。

　　目前我們所擁有的唐詩聲律的概念，大體來自清人的論述，加
上近代學者的闡釋。前輩學者教給我們的，不外是唐詩的用韻、對
仗、平仄的正格體式，以及破格、補救方法等；後人的研究也大多
集中在這些問題之上，很少人把注意力移轉到某些在「正格」以外
普遍存在的「非正格」現象。其實，唐代許多大詩人的作品，都在
「正格」之外；而唐詩聲律的研究，也絕不應該止於傳統的正格體
式。

　　我們把觸角伸向在近體詩聲律「正格」之外的現象，採用科學客
觀的統計方法進行研究。受限於論文寫作時間短促，無法盡蒐唐代各
個時期的詩，也未能兼顧唐詩格律的每個層面。而近體詩的聲律到盛
唐大致已經定型，從初盛唐的近體詩應可窺出唐代近體詩聲律的基本
面貌，因此本文選擇了初盛唐時期的五言近體詩為分析主體；並把目
光集中在近體詩聲律兩大要項之一的「平仄」之上；至於另一要項「黏
對」，則本文暫且不論。

　　文中選錄的近體詩，也僅限絕句、律詩以及排律。原本唐代的近
體詩，應該還包含三韻小律一類。然據呂珍玉《從全唐詩中六句看四

句詩及八句詩之定體並附論六言詩》文中統計，〔註1〕《全唐詩》中
輯錄的五言三韻小律僅七十四首，而且多數在中晚唐寫作，屬於初盛
唐的作品著實不多，為使選擇的材料盡量單純，因此本文選詩時將這
少數的三韻小律排除。

　　將研究範圍緊縮之後，藉由統計分析初盛唐絕句、律詩以及排律
的平仄句式，可以看出：

　　唐人五言近體詩由於押的是平韻，所以使用平腳句式多於仄腳
句式。平腳句中以 B1「平平仄仄平」佔最多數；其次是 A2「平仄
仄平平」；A1「仄仄仄平平」。由於這三種句式的使用率高，所相對
成聯的仄腳句式隨之也有很高的比例：與 B1 搭配的 a1「仄仄平平
仄」、a2「平仄平平仄」；與 A1、A2 搭配的 b1「平平平仄仄」、b2
「仄平平仄仄」都有很高的比例。由 B1 拗第三字而成的 B5「平平
平仄平」也因為 B1 的使用率最高，隨著常常出現。至於 b7「平平
仄仄仄」以及 b5「平平仄平仄」二種句式，都是在六朝詩歌中就普
遍使用，到唐人近體詩仍然沿用，而佔有相當比例。對於從古詩經
六朝聲律孕育而形成的唐代近體詩來說，承襲六朝聲律的痕跡應是
可以理解的。

　　就整體句式的合律程度而言，唐人平韻近體詩中，合乎近體平仄
規則的律句、拗句的使用率遠高於古詩句式，可見唐人平韻近體詩對
平仄聲律的要求十分嚴謹，迥異於古詩。值得注意的是：在這樣的嚴
格要求下，非正格的拗句仍有接近半數的比例。這種普遍性的現象，
客觀地呈現近體詩在前人所說的正格體式之外的另一番面貌。而其形
成的原因，除了受六朝詩的影響之外，詩人籍貫不同，方音殊異；時
期更迭，語音分合變化；或官定韻書的音系與私人吟詠所用的實際語
音不同；詩歌聲律規則定型前後，標準不一；甚至是詩人刻意擺脫聲
律規則的束縛，都可能造成這種與正格體式有別的聲律型態。

〔註1〕 見呂珍玉，《從全唐詩中六句詩看四句詩及八句詩之定體並附論六言
　　　　詩》（東海大學中文研究所碩士論文，1990 年）。

　　至於唐人五言仄韻近體詩的平仄聲律，與平韻近體詩又有所差別。仄韻近體詩所使用的句式中，仄腳句 a、b 類的比例普遍較高：a1「仄仄平平仄」、a2「平仄平平仄」、b1「平平平仄仄」、b2「仄平平仄仄」、b5「平平仄平仄」、b7「平平仄仄仄」等句式的比例都相當突出，而這幾種句式在六朝詩歌中就已經有很高的使用量，其中堪稱齊梁詩特徵之一的 b5「平平仄平仄」，在仄韻近體詩中的使用頻率更居最高位。從這些句式的傳承，可見唐人仄韻近體詩受齊梁詩歌的影響遠較平韻近體詩深刻。而由於 b 類句型使用的比例特別高，與它相對的 A1「仄仄仄平平」、A2「平仄仄平平」以及 A5「仄仄平仄平」隨之出現頻繁。至於平韻近體中比例最高的 B1「平平仄仄平」，在仄韻近體詩中則幾乎敬陪末座，也顯示了仄韻近體詩聲律與平韻近體詩的不同。

　　就總體句式的合律程度而言：和平韻近體詩比起來，仄韻近體詩使用古詩句式的比例提高許多；拗句的比例也遠高過正格的律句。這種情況和近體聲律尚未定型前的六朝詩歌相當類似，可說明唐人五言仄韻近體詩在聲律上是近乎齊梁體，而不同於唐人律體。更精確地說，唐人仄韻近體詩實際上都是六朝詩歌餘緒，應屬於齊梁體。

　　以上所說的是唐人一般近體詩的聲律現象，由於有著詩歌發展背景，及種種個別原因的影響，所以呈現出與詩家所謂的「正格體式」不同的聲律型態。實際上，這些都不屬於標準的近體詩，真正的近體詩應該是只准律調，不允許用古詩句式，亦即唐人科舉應試所作的「試律」，才是謹嚴不逾矩的標準近體詩。

　　唐人試律的聲調句式相當單純嚴謹，詩中都沒有古句；正格的A1「仄仄仄平平」、a1「仄仄平平仄」、B1「平平仄仄平」、b1「平平平仄仄」諸句比例極突出。而在這樣的規矩之中，仍有一些變化，首字不論的拗句 A2「平仄仄平平」、a2「平仄平平仄」、b2「仄平平仄仄」也都佔很高的比例，A2、b2 甚且高過律句 A1、b1。第三字拗用的 B5「平平平仄平」也因 B1 的高比例而出現得多。值得注意的是，

在這樣規矩的試律之中，還是和一般的近體詩一樣，不免有六朝詩的影子－六朝詩中常有的 b5「平平仄平仄」、b7「平平仄仄仄」在此同樣保有相當的比例。

而試律中拗句的存在可知，一般自由創作的近體詩可能受許多因素影響，導致正格之外的聲律型態；而以官定韻書的語音系統為標準寫作的試律，也同樣運用大量拗句。這說明了：唐人近體詩正格之外的聲律型態，不止是私人吟詠為然，而是在任何情況－連考場試詩都不例外的普遍存在的現象。據此，我們認為：造成唐人近體詩聲律現象最重要的因素，一是近體詩格律過於嚴苛，難以全面遵守；一是詩人刻意打破近體規則的束縛；再則是六朝詩歌的深刻影響所致。

參考書目舉要

一、詩文集

1. 《全漢三國晉南北朝詩》，（清）丁仲祜編（臺北：藝文印書館，1983年6月）。

2. 《漢魏六朝百三名家集》（臺中：松柏出版社，1964年8月）。
   《謝康樂集》，（宋）謝靈運撰。
   《鮑參軍集》，（宋）鮑照撰。
   《王寧朔集》，（齊）王融撰。
   《謝宣城集》，（齊）謝朓撰。
   《沈隱侯集》，（梁）沈約撰。
   《庾開府集》，（北周）庾信撰。

3. 《全唐詩》，清聖祖御定（臺北：文史哲出版社，1987年12月）。

4. 《宋之問集》，（唐）宋之問撰（臺北：台灣商務印書館，上海涵芬樓影印常熟瞿氏鐵琴銅劍樓藏明刊本，1981年2月）。

5. 《王子安集》，（唐）王勃撰（臺北：台灣商務印書館，上海商務印書館縮印江南圖書館藏明刊本，1975年6月）。

6. 《楊盈川集》，（唐）楊炯撰（臺北：台灣商務印書館，上海商務印書館縮印江南圖書館藏明刊本，1975年6月）。

7. 《幽憂子集》，（唐）盧照鄰撰（臺北：台灣商務印書館，上海商務印書館縮印江安傅氏雙鑑樓藏明刊本，1975年6月）。

8. 《張說之集》，（唐）張說撰（臺北：台灣商務印書館，上海商務印書館縮印明嘉靖丁酉刊本，1975年6月）。

9. 《王右丞集箋注》，（唐）王維撰（臺北：中華書局，據清乾隆刻本校刊，1981年6月）。

10. 《孟浩然集》，（唐）孟浩然撰（臺北：中華書局，據明刻本校刊，1981 年 6 月）。

11. 《李白集校注》，（唐）李白撰・瞿蛻園等校注（臺北：偉豐書局，1984 年）。

12. 《杜工部集》，（唐）杜甫撰（臺北：中華書局，據玉鈎草堂本校刊，1981 年 6 月）。

13. 《岑嘉州詩》，（唐）岑參撰（臺北：台灣商務印書館，上海商務印書館縮印蕭山朱氏藏明正德本，1975 年 6 月）。

14. 《高常侍集》，（唐）高適撰（臺北：台灣商務印書館，上海商務印書館縮印明活字印本，1975 年 6 月）。

15. 《唐皇甫冉詩集附皇甫曾詩集》，（唐）皇甫冉、皇甫曾撰（臺北：台灣商務印書館，上海涵芬樓影印常熟瞿氏鐵琴銅劍樓藏明本，1981 年 2 月）。

16. 《元氏長慶集》，（唐）元稹撰（臺北：臺灣商務印書館，影印文淵閣四庫全書，1986 年 7 月）。

17. 《文苑英華》，（宋）李昉等編（臺北：新文豐出版公司，1979 年 10 月）。

18. 《唐音》，（元）楊士弘編（臺北：臺灣商務印書館，影印文淵閣四庫全書，1986 年 7 月）。

19. 《唐詩品彙》，（明）高棅編撰（上海：上海古籍出版社，1988 年 7 月）。

20. 《詩體明辨》，（明）徐師曾纂・沈芬、沈騏箋（臺北：廣文書局，1972 年 4 月）。

21. 《唐宋詩舉要》，高步瀛選注（臺北：明倫出版社，1971 年 10 月）。

22. 《唐人絕句詮解》，周敬瑜撰（臺北：東方出版社，1965 年 5 月）。

23. 《唐詩三百首》邱燮友注譯（臺北：三民書局，1973 年 5 月）。

二、詩文評

1. 《文鏡秘府論》，（日）弘法大師撰（臺北：河洛出版社，1976 年 3 月）。

2. 《詩學指南》，（清）顧龍振輯（臺北：廣文書局，1973 年 4 月）。〈詩法正論〉，（元）傅與礪。

3. 《歷代詩話》，（清）何文煥輯（臺北：漢京文化事業公司，1983 年 1 月）。《六一詩話》，（宋）歐陽修。

《白石詩說》，（宋）姜夔。
《石林詩話》，（宋）葉少蘊。
《滄浪詩話》，（宋）嚴羽。
《詩法家數》，（元）楊載。
《木天禁語》，（元）范梈。
《詩學禁臠》，（元）范梈。
《談藝錄》，（明）徐禎卿。

4. 《續歷代詩話》，（清）丁仲祜編（臺北：藝文印書館，1974 年 4 月）。
  《藝苑巵言》，（明）王世貞。
  《升庵詩話》，（明）楊慎。
  《懷麓堂詩話》，（明）李東陽。

5. 《詩藪》，（明）胡應麟撰（臺北：廣文書局，1962 年 9 月）。

6. 《唐音癸籤》，（明）胡震亨（臺北：木鐸出版社，1983 年 7 月）。

7. 《清詩話》，（清）丁福保編（臺北：西南書局，1979 年 11 月）。
  《薑齋詩話》，（清）王夫之。
  《答萬季埜詩問》，（清）吳喬。
  《鈍吟雜錄》，（清）馮班。
  《然鐙記聞》，（清）何世璂。
  《律詩定體》，（清）王士禎。。
  《師友詩傳錄》，（清）王世禎等。
  《師友詩傳續錄》，（清）王士禎。
  《漁洋詩話》，（清）王士禎。
  《王文簡古詩平仄論》，（清）翁方綱。
  《趙秋谷所傳聲調譜》，（清）翁方綱。
  《五言詩平仄舉隅》，（清）翁方綱。
  《談龍錄》，（清）趙執信。
  《聲調譜》，（清）趙執信。
  《聲調譜拾遺》，（清）翟翬。
  《詩學纂聞》，（清）汪師韓。
  《說詩晬語》，（清）沈德潛。
  《唐音審體》，（清）錢木菴。
  《貞一齋詩說》，（清）李重華。
  《峴傭說詩》，（清）施補華。

8. 《詩法易簡錄》，（清）李鍈撰（臺北：蘭臺書局，1969 年 10 月）。

9. 《聲調四譜》，（清）董文渙輯（臺北：廣文書局，1974 年 3 月）。

10. 《百種詩話類編》，臺靜農編（臺北：藝文印書館，1974 年 5 月）。

三、詩論專書

1. 《絕句論》，洪爲法著（上海：上海商務印書館，1934 年 6 月）。

2. 《中國文學之聲律研究》，王忠林著（臺北：台灣師範大學出版，1963 年 12 月）。

3. 《詩式》，朱寶瑩編（臺北：中華書局，1968 年 10 月）。

4. 《詩學導論》，姜尚賢編著（臺北：撰者印行，1971 年）。

5. 《唐詩形成的研究》，方瑜撰（臺北：嘉新水泥公司文化基金會，1972 年 3 月）。

6. 《古漢語通論》，王力撰（香港：中外出版社，1976 年 1 月）。

7. 《古詩論、律詩論》，洪爲法著（臺北：經氏出版社，1976 年 2 月）。

8. 《中國詩歌流變史》，李曰剛著（臺北：文津出版社，1976 年 2 月）。

9. 《初唐詩學著述考》，王夢鷗撰（臺北：台灣商務印書館，1977 年 1 月）。

10. 《清代詩學初探》，吳宏一著（臺北：牧童出版社，1977 年 2 月）。

11. 《詩文聲律論稿》，啓功撰（香港：中華書局，1978 年 3 月）。

12. 《唐人絕句研究》，黃盛雄撰（臺北：文史哲出版社，1979 年 4 月）。

13. 《漢語詩律學》，王力撰（上海：上海教育出版社，1979 年 11 月）。

14. 《中國古典詩歌藝術欣賞》，賈文昭、徐召勛著（合肥：安徽人民出版社，1980 年 9 月）。

15. 《詩論》，朱光潛著（臺北：漢京文化事業公司，1982 年 12 月）。

16. 《近體詩發凡》，張夢機撰（臺北：中華書局，1984 年 5 月）。

17. 《詩法指要》，王敬身著（臺北：台灣商務印書館，1987 年 6 月）。

18. 《唐詩研究》，胡雲翼著（臺北：台灣商務印書館，1987 年 10 月）。

19. 《唐詩概論》，蘇雪林著（臺北：台灣商務印書館，1988 年 4 月）。

20. 《近體詩析微》，蔡添錦著（臺北：新文豐出版公司，1988 年 5 月）。

21. 《中國詩話史》，蔡鎮楚著（長沙：湖南文藝出版社，1988 年 5 月）。

22. 《詩法概述》，張思緒著（上海：上海古籍出版社，1988 年 10 月）。

23. 《詩詞曲格律淺說》，呂正惠撰（臺北：長安出版社，1988 年 11 月）。

24. 《詩詞曲格律與欣賞》，藍少成、陳振寰主編（廣西：廣西師範大學出版社，1989 年 7 月）。

25. 《中國詩學通論》，范況著（香港：商務印書館，出版日期不詳）。

四、韻　書

1. 《廣韻通檢》，白滌洲編著（臺北：天一出版社，1975 年 10 月）。
2. 《互註校正宋本廣韻》，余迺永校著（臺北：聯貫出版社，1980 年 10 月）。
3. 《增廣詩韻集成》，江都、余照春亭編（臺中：曾文出版社，1980 年 9 月）。

五、史　書

1. 《南史》，（唐）李延壽撰（臺北：鼎文書局，1976 年 11 月）。
2. 《新唐書》，（宋）歐陽修等撰（臺北：鼎文書局，1981 年 1 月）。
3. 《明史》，（清）張廷玉等撰（臺北：鼎文書局，1975 年 6 月）。

六、論　文

1. 〈絕句是怎樣起來的〉，孫楷第（《滄州集》，北京：中華書局，1965 年）。
2. 〈唐詩溯源〉，羅錦堂（《大陸雜誌語文叢書》，第 1 輯第 5 冊，1968 年 9 月）。
3. 〈六朝律詩之形成〉，高木正一著・鄭清茂譯（《大陸雜誌語文叢書》，第 1 輯第 5 冊，1968 年 9 月）。
4. 〈律詩研究〉，簡明勇（《師大國文研究所集刊》，第 13 號，1969 年 6 月）。
5. 〈唐人七言律詩格律的研究〉，席涵靜（《復興崗學報》，第 12 期，1974 年 9 月）。
6. 〈唐人七言絕句格律的研究〉，席涵靜（《復興崗學報》，第 14 期，1976 年 3 月）。
7. 〈唐人五言絕句格律的研究〉，席涵靜（《復興崗學報》，第 15 期，1976 年 6 月）。
8. 〈唐人五言律詩格律的研究〉，席涵靜（《復興崗學報》，第 16 期，1977 年 1 月）。
9. 〈現存唐人詩格著述初探〉，許清雲撰（東吳大學中國文學研究所碩士論文，1978 年）。
10. 〈近體詩首句用韻問題〉，林雙福（《幼獅月刊》，第 48 卷第 3 期，1978 年 9 月）。
11. 〈敘《全唐詩》成書經過〉，周勛初（《文史》，第 8 輯，北京：中華書局，1980 年 3 月）。

12. 〈中國古典詩歌的語言與格律問題〉，張松如（《吉林大學社會科學學報》，1981 年第 1 期）。

13. 〈試談近體詩的句式〉，蔣紹愚（《語言學論叢》，北京：商務印書館，1981 年 8 月）。

14. 〈齊梁體和近體詩的關係〉，徐青（《語文月刊》，1982 年第 2 期）。

15. 〈略談體詩的格律〉，張滌華（《張滌華語文論稿》，安徽教育出版社，1982 年 7 月）。

16. 〈排律起源考〉，洪順隆（《大陸雜誌》，第 67 卷第 1 期，1983 年 7 月）。

17. 〈唐代近體詩用韻之研究〉，耿志堅（政治大學中國文學研究所博士論文，1983 年）。

18. 〈中國詩何以走上律的路〉，朱孟實（《中國文學史論文選集》（2），台北：台灣學生書局，1983 年 9 月）。

19. 〈論永明聲律─八病〉，馮承基（《中國文學史論文選集》（2），台北：台灣學生書局，1983 年 9 月）。

20. 〈論近體律絕「犯孤平」說〉，李立信（《古典文學》，第 5 集，台北：台灣學生書局，1983 年 12 月）。

21. 〈唐詩中之齊梁體〉，黃坤堯（《古典文學》，第 5 集，台北：台灣學生書局，1983 年 12 月）。

22. 〈永明聲病說〉，郭紹虞（《中國文學史論文選集續編》，台北：台灣學生書局，1985 年 2 月）。

23. 〈六朝詩學〉，黃節（《中國文學史論文選集續編》，台北：台灣學生書局，1985 年 2 月）。

24. 〈六朝五言詩之流變〉，繆鉞（《中國文學史論文選集續編》，台北：台灣學生書局，1985 年 2 月）。

25. 〈論中國文學中的音節問題〉，郭紹虞（《開明書店二十周年紀念文集》，北京：中華書局，1985 年 6 月）。

26. 〈從詩歌發展史立場看「絕」截「律」半說〉，李立信（《古典文學》，第 9 集，台北：台灣學生書局，1987 年 6 月）。

27. 〈論五言律詩的形成〉，吳小平（《文學遺產》，1987 年第 6 期）。

28. 〈古代詩體演變的基本傾向─格律化〉，支菊生（《天津師大學報》，1988 年第 2 期）。

29. 〈有關「永明聲律說」的幾段歷史記載之剖析〉，王靖婷（《東海大學中文學報》，第 8 期，1988 年 7 月）。

30. 〈唐詩格律體系概說〉，徐青（《語文月刊》，1989 年第 4 期）。

31. 〈近體詩藝術形式之探究〉，陳永寶（《興大中文學報》，第 3、4 期，1990 年 1 月）。

32. 〈絕句多元說〉，方師鐸（《東海大學中文學報》，第 9 期，1990 年 7 月）。

33. 〈從〈全唐詩〉中六句詩看四句詩及八句詩之定體並附論六言詩〉，呂珍玉撰（東海大學中國文學研究所碩士論文，1990 年）。

34. 〈後七子和明末文人的唐詩觀——明代唐詩批評史研究之二〉，朱易安（《上海師範大學學報》，1991 年第 3 期）。

35. 〈唐人絕句體類散論〉，李傳國（《中州學刊》，1991 年第 4 期）。

36. 〈庾信詩研究〉，邱淑珍（東海大學中國文學研究所碩士論文，1991 年）。

37. 〈隱藏在「平仄歌訣」背後的一些問題〉，方師鐸（《東海大學中文學報》，第 10 期，1992 年 8 月）。